KB262496

진격 新무협 판타지 소설

흡정마공

吸精魔功

FANTASTIC ORIENTAL HEROES

흡정마공 3

진격 新무협 판타지 소설

초판 1쇄 찍은 날 § 2007년 3월 31일
초판 1쇄 펴낸 날 § 2007년 4월 6일

지은이 § 진격
펴낸이 § 서경석

편집장 § 문혜영
편집책임 § 이재권
편집 § 유경화

펴낸곳 § 도서출판 청어람
등록번호 § 제1081-1-89호
등록일자 § 1999. 5. 31
어람번호 § 제2-1165호

주소 § 경기도 부천시 원미구 심곡1동 350-1 남성B/D 3F (우) 420-011
전화 § 032-656-4452 팩스 § 032-656-4453
http://www.chungeoram.com
E-mail § eoram99@chollian.net

ⓒ 진격, 2007

ISBN 978-89-251-0548-2 04810
ISBN 978-89-251-0545-1 (세트)

괴혈정마공

[마왕과 마교]

吸精魔功

3

진격 新무협 판타지 소설

FANTASTIC ORIENTAL HEROES

도서출판 청어람

흡정마공

목차

第一章
시련이 아닌 시험

“아니, 마왕이라 해야 옳습니다.”

“마왕?”

“예. 흡정마공이 절대마공인 이상, 그걸 익힌 그를 더 이상 인간으로 볼 순 없습니다. 일단 당하면 반항할 수 없게 하는 그 마력! 육대절학을 익힌 저조차 거미줄에 걸린 하루살이 이상은 아니었습니다. 그 결과……”

가뜩이나 좋지 않던 소일성의 안색이 더욱 안 좋아졌다.

그 모습에 애써 내색치 않던 소철상도 안쓰러움을 숨기지 못했다. 그러나 금방 얼굴을 고치는 다들로 인해 그도 금방 표정을 바꾸었다.

“여하튼 아버님, 흡정마공은 우리가 알고 있는 이상으로 저주받은 무학입니다. 그러니 지금 본 궁이 그 무엇보다 우선시해야 할 일은 흡정마공을 익힌 고경천이란 자를 제거하는 것입니다.”

“음…….”

소철상은 참았던 신음을 토해냈다.

지금까지 들은 두 가지 이야기.

북신마교와 흡정마공.

어느 하나도 그냥 넘어갈 수 없지만, 특히 소일성은 흡정마공에 대해 강조를 했다.

“알겠다. 내 너의 말을 꼭 명심하마. 그러니 한시 빨리 몸을 추슬러 건강부터 찾아라. 나머지는 이 아비에게 맡겨라.”

“예.”

“그럼 아비는 이만 물러가마.”

소철상은 소일성의 손을 한번 굳게 잡아준 후, 몸을 돌려 소일성의 곁에서 물러났다.

“아버님.”

문손잡이를 잡아가는 소철상을 소일성이 불렀다.

“무슨 일이냐?”

“이 소일성 아직 포기하지 않았습니다. 그러니 너무 감정에 치우쳐 일을 처리하지 마십시오. 그들에 대한 복수는 제 손으로 못해도 머리로라도 반드시 할 것입니다.”

“그래. 이 아비도 그때를 기다리고 있으니, 어서 빨리 자리나 떨치고 일어나라. 아직까지 소씨 가문엔 싸움에 패해 한 달 동안 침상을 벗어나지 못한 자는 없다.”

“예.”

그제야 두 부자의 얼굴에 깔린 먹구름이 조금이나마 걷혀졌다.

달칵.

소철상은 문을 닫고 나서야 오랜 시간 가두었던 감정을 드러낼 수 있었다.

“감히 하나뿐인 내 아들을 저 지경으로 만들다니, 고경천, 현무칠수 네놈들을… 으드득.”

소철상은 이빨이 부서지지 않을까 걱정이 들 정도로 거세게 어금니를 물었다. 그러나 그의 어금니는 또 다른 이유로 한 번 더 수난을 당해야 했다.

“거기다 범문동. 네놈까지… 으득!”

소철상은 미처 말하지 못했지만, 실상 삼양궁의 현 입장이 사천에 있을 고경천과 현무칠수에게 신경 쓸 상황이 아니었다.

드디어 녹림 총표파자 범문동이 오랜 시간 감추어두었던 발톱을 드러냈다.

범문동은 요즘 삼양궁의 입지가 약해진 틈을 타 그 산하 문파에 손을 뻗쳤다. 주로 그 대상이 녹림의 주무대인 안휘성과

맞닿은 강서성 북부 문파들로 벌써 몇 개 문파가 녹림에 넘어
갔다.

그러다 보니 가뜩이나 술렁이던 다른 산하 문파마저 전보
다 더욱 크게 술렁거렸다.

대표적으로 강서성에서 삼양궁 다음 위치를 차지한 항운
산장이 그들과 거리를 두었다. 명분이야 송일학의 장례가 끝
날 때까지 무림 활동을 금한다였지만, 조문차 참석한 소궁주
성철현까지 들이지 않은 것은 명백히 그들의 관계가 예전 같
지 않다는 것을 말해주었다.

이렇다 보니 삼양궁은 지금 내우외환에 빠진 상태나 다름
없었다.

그래서 오늘도 그에 대한 시급한 대책을 위해 회의장인 광
양전(光陽殿)에 삼양궁의 각전과 각당의 수뇌들이 모여 있었
다.

그리고 소철상은 광양전에 들르기 전, 소일성이 한 달 만에
깨어났다는 연락을 받고 바로 이곳으로 달려온 것이다.

소철상은 조금씩 살기를 지워 나갔다. 소일성의 말마따나
지금은 감정적인 처리보다 이성적으로 일을 추진해 나가야
했다.

'범문동만이 아니다. 이십 년 동안 정체되었던 무림이 움
직이고 있다. 마치 흡정마공으로 인해 생긴 평화는 흡정마공
으로 깨야 된다는 것처럼… 살얼음 같은 평화가 깨어져 나가

고 있다.'

　살기가 완전히 사라지자 소철상은 멈췄던 발걸음을 광양 전으로 옮겼다.

　흡정마공 사건이 터지자마자 기다렸다는 듯이 곳곳에서 움직임을 보였다.

　녹림은 노골적으로 이빨을 드러냈고 마염성은 무어라도 꾸미는지 선하령 일 이후론 폭풍 전야의 고요처럼 침묵에 빠졌다. 그리고 난세를 기가 막히게 예측한다는 단혼살막이 한 번의 실패를 빌미로 삼양궁의 청부를 거절했다.

　그리고 잠자는 용이라 불리는 육파일방 또한 서서히 눈을 뜨려 했다. 그들은 이번 무당 장문인의 구십 회 생일날 무엇이라도 보여주려는지 대대적으로 무림에 배첩을 뿌리고 있었다.

　하지만 삼양궁만은 아직까지 이렇다 할 움직임이 없었다.

　소철상은 광양전 입구에 다다라 마지막으로 생각을 정리했다.

　'삼양궁의 모든 열쇠는 궁주님이 쥐고 있다. 이십 년을 침묵한 그분이 움직이지 않으면, 삼양궁의 진실한 힘은 눈을 뜨지 않는다. 그러나 그분도 이번만큼은 어쩔 수 없을 것이다. 흡정마공이 전설이 아닌 현실인 이상, 무림인 어느 누구도… 앞으로 벌어질 싸움에서 도망칠 수 없다.'

　　　　＊　　　　＊　　　　＊

　‘염병타불! 차라리 도망칠까?

　쾅!

　"커헉!"

　잠깐 동안의 딴생각이 아불승의 대응을 늦게 만들었다.

　결국 고경천의 힘을 제대로 받아내지 못해 허공으로 몸이 떠올랐다. 그 여파로 인해 그는 날아서 계단을 올라가기까지 해야 했다.

　그러나 분노에 사로잡힌 고경천은 그조차 두고 보려 하지 않았다. 그는 삼색으로 화려하게 물든 양손을 들어 올려 또다시 강력한 일격을 날렸다.

　"빌어… 반야장(般若掌)!"

　아불승은 욕도 아니고, 기합도 아닌 한소리를 토해냈다. 그리고 디딜 곳 없는 허공에서 소림절예인 연대구품을 이용해 자세를 잡은 후, 또 다른 절예인 반야장을 사용해 놀랄 만한 반격을 펼쳤다.

　그러자 고경천이 뿜어낸 화려한 빛깔의 삼색기운과 장엄한 서기를 내뿜는 황금빛 기운이 상대를 덮치려 중간에서 격렬한 싸움을 일으켰다.

　퍼버버벙!

　좀 전보다 더한 충돌음이 사방으로 퍼져 가며, 거기서 일어난 강렬한 바람이 주변의 모래를 빨아올려 모래폭풍을 일으켰다.

그사이 더 높은 허공을 날아야 했던 아불승은 떠올리는 힘이 사라지자 서서히 바닥으로 내려설 수 있었다.

"윽!"

내재된 충격이 작지 않은지, 미처 제대로 중심을 잡지 못하고 비틀거렸다.

그리고 그 순간.

아불승 전방의 모래폭풍이 반으로 갈라지며, 그 안에서 지긋지긋한 얼굴이 그를 향해 쏘아져 왔다.

"이런 환장… 컥!"

피하고 자시고도 할 기회도 없이 아불승의 목이 고경천의 손아귀에 틀어잡혔다.

"그들은 죽었나? 살았나?"

"커윽. 목을 그렇게 세게 누르면 어떻게 말을……."

하지만 고경천은 그 말에 오히려 손아귀에 힘을 더 주었다.

우두두둑.

"크악!"

"두 번 말하게 하지 마라. 이 다음은 이보다 더한 고통이 기다리고 있으니까."

마치 그 말을 예감하듯 고경천의 얼굴을 덮은 검은 선들이 꿈틀거렸다.

"사… 살아 있다."

고경천은 그 한마디에 아불승을 그대로 바닥에 패대기쳤다.

퍽!

"크윽!"

아불승은 바닥에 떨어지고 나서 금방 일어나지 못했다.

"일어나라. 그 자세 그대로 추한 꼴로 죽고 싶지 않으면……."

"이런 염병타불!"

"어서!"

"알겠다, 알겠어. 거 성질 더러운 놈이네."

아불승은 입으론 연신 툴툴거리면서도 억지로 몸을 일으켰다.

그러나 고경천이 다시 손을 올리자 그대로 앞장서서 걸었다.

'빌어먹을. 도대체 일이 어떻게 된 거야? 별로 강하지 않은 이런 놈들한테 현무칠수의 일인이라는 서생이 맥없이 잡혀 버린 거야? 수적으로 안 되면 도망쳤다 내가 오길 기다려야지!'

고경천은 내심 이렇게 소리쳤지만, 지금 스스로 예전의 그보다 얼마나 강해졌는지 모르고 있었다.

현음빙기만 해도 약하지 않은 힘인데, 거기에 천년화리의 기운과 소일성의 벽뢰진기가 합쳐졌다. 그러다 보니 천하의 백호칠수도 그 앞에서는 별로 강하지 않은 존재가 되었다.

'여하튼 서생과 선자의 몸에 털끝만치라도 이상이 있어봐라. 그날부로 무림이십팔수는 일곱이 줄어 이십일수가 될 것이다!'

고경천은 두 눈에서 강한 살기를 뿜어내며 절뚝거리면서 계단을 오르는 아불승을 따라 걸음을 옮겼다.

그런데 계단의 한 중간쯤 올라갔을 때였는가?

캬오오오.

고경천의 곁에서 계단을 오르던 설묘가 무얼 느꼈는지 갑자기 소리를 쳤다.

그러나 그걸 확인하기도 전에 고경천은 이미 골이 지끈거리고 다리가 휘청이는 느낌을 받았다. 그리고 전신이 뻣뻣하게 변해가는 것이 더 이상 움직일 수 없게 만들었다.

"으하하하. 어린 놈. 걸려들었구나."

갑작스레 계단을 따라 이어진 절벽 뒤편에서 한 사내가 즐거운 웃음과 함께 뛰어내렸다.

"다섯째 형!"

아불승이 그를 보고 반갑게 맞았다.

그러나 나타난 자는 반가움은커녕 대뜸 구박부터 했다.

"이 멍청한 놈. 명색이 백호칠수란 놈이 그 무슨 형편없는 몰골이냐? 게다가 소림십팔나한 출신인 놈이… 쯧쯧, 네 몰골

을 봤으면, 소림땡중들이 파문 잘 시켰다고 얼씨구나 하겠
다.”

“다섯째 형! 왜 여기서 소림 이야기가 나오오? 그럼 다섯째
형도 독 따위 쓰지 말고 직접 싸워보슈. 내 평생 저런 괴물은
처음 봤수.”

“독 따위? 네놈도 한 번 독 맛 좀 볼 테냐?”

백호칠수의 다섯째 하독대가(下毒大家) 당협기(唐狹己)는
금방이라도 독을 풀 기세로 허리춤의 가죽 주머니를 잡았다.

“아… 아니, 되었소. 그보다 다섯째 형, 사람이 정말 왜 그
러오? 이 몰골을 보고도 그런 말이 나오요?”

“너야말로 그 몰골에 독 따위라는 말이 나오냐? 자, 봐라.
네놈이 어쩌지 못한 어린 놈을 내가 어떻게 해놓았나?”

“……”

“그러니 백호칠수의 위명을 깎아먹은 일에 대해 반성이나
하면서 한쪽에 찌그러져 있어.”

“염병타불!”

입이 열 개라도 할 말 없는 아불승은 당협기의 말대로 조용
히 한편으로 물러났다.

당협기는 그런 아불승을 뒤로하고, 고경천에게로 다가갔
다.

고경천은 지금 낯빛이 검게 변한 채로 어떤 행동도 못하고
가만히 서 있었다.

"흐흐흐. 요놈아, 어째 좀 짜릿하냐? 아무래도 현무칠수의 우두머리라 해서 제법 짜릿한 공작담(孔雀膽)을 준비했는데."

"……."

"말할 수도 없을 것이다. 공작담은 신경을 마비시켜 서서히 죽음에 이르는 신경독이니까. 그보다 왜 건방지게 백호칠수를 잡는다는 생각을 한 것이냐? 차라리 자라 일곱 마리나 데리고 소꿉놀이나 할 것이지. 그랬으면 당진용을 골탕 먹이러 어렵게 준비한 공작담을 쓰지 않아도 되지 않았느냐? 정말 공작담을 정제하는 것이 얼마나 어려운 일인데……."

당협기는 고경천을 이미 죽은 사람으로 치부하고, 그의 앞에서 한탄까지 해댔다. 그만큼 공작담은 위력에 있어서는 독중지독이라 불려도 손색없지만, 그 제조가 너무 어렵다는 것이 문제였다.

그러나 때론 아닌 사람도 존재하기 마련이었다.

"할 말은 그것뿐인가?"

"억?!"

당협기는 놀란 눈이 되어 다른 행동을 하지 못했다.

"일단 나도 받았으니 그대로 돌려주지."

"다섯째 형, 피하시오!"

"흥!"

고경천은 그대로 멍하니 서 있는 당협기의 가슴을 후려쳤다.

“컥!”

당협기는 비명과 함께 뒤로 날아갔다. 그리고 이빨을 세차게 부딪치며 금방 피부색이 검게 물들어갔다.

“으드드. 이건 한독. 아니… 사독(蛇毒)? 그런데 도대체 무슨 뱀의 독인지…….”

그러면서 당협기는 일단 그가 비상으로 사용하는 해독약을 털어 넣었다.

그러나 한독과 사독은 둘 다 음한 성질이라 해독약이 미처 퍼지기 전에 빠르게 그의 몸을 중독시켜 갔다.

“백호칠수 점점 실망이군.”

고경천은 천년화리로 독을 몰아내기도 하고, 나머지는 몸속으로 끌어들여 본래의 독 기운과 섞어버렸다.

“이런 인간 같지도 않은 놈. 어찌 공작담에 당하고도 그리 빨리… 진정 네놈은 부처가 이 광승을 괴롭히려 보낸 마귀라도 된단 말이냐?”

“마귀? 좋아. 이 순간부터 나는 마귀가 되도록 하지. 그러니 어서 빨리 나를 현무칠수에게 안내해라.”

“염병타불. 어린 놈, 올라가면 그 잘난 듯이 떠드는 것도 마지막이 될 것이다.”

“그건 두고 보면 알지. 그러니 어서 서둘러.”

“알겠다.”

아불승은 매섭게 고경천을 노려보다 당협기를 부축해 계

단을 올라갔다. 그사이 당협기는 해약이라도 먹는지 계속해서 무언가를 입속에 털어 넣었다.

그들이 신형을 돌리자 무슨 일인지 무섭게 변해 있던 고경천의 표정이 씁쓸하게 바뀌었다.

'그보다 왜 점점 내가 악역처럼 되어가는 거야?'

고경천은 정말 이 상황이 맘에 들지 않았다. 그의 목적은 사로잡힌 현무이수를 구하고, 백호칠수와 손을 잡기 위함이었다.

그런데 지금은 마치 그가 백호칠수를 괴롭히기 위해 온 것 같지 않은가?

'젠장. 벽운노야의 그 말이 저주라도 된단 말인가?'

송일학이 죽기 전에 외친 '마공을 익히면 마가 되고, 제어할 수 없는 힘을 얻는 순간 마가 된다'라는 말이 마치 저주처럼 이 순간 고경천을 옥죄어왔다.

"기다리다 지치는 줄 알았다."

고경천은 계단을 오르자 거대한 산에 가로막히는 듯한 착각을 받았다. 예전 화양의원에서 본 살덩이는 저리 가라 하는 거대한 덩치의 사내가 고경천 앞에 그림자를 만들고 있었다.

"꽤 험하게 날뛰었나 보구나."

그 거대한 산이 아불승을 향해 입을 열었다.

"꽤 요란하게 당한 것 같구나.'

"묻지 마슈. 속 아프니… 그보다 셋째 형, 빠른 시간 안에 저놈을 작살내슈. 안 그럼 셋째 형도 어떻게 될지도 모르오. 도대체 무슨 독에 당했는지, 독이라면 서러워할 다섯째 형마저 이 몰골 아니오."

그 말에 우문태는 당협기의 상태를 살폈다.

"흐음. 아무래도 그건 독보다 한독에 의한 영향이 클 거다. 한독으로 인해 내공에 제약을 받아 독기운을 제대로 다스리지 못해서일 거다."

"뭐 어떻든 셋째 형 선에서 끝장을 보슈. 이러다간 백호칠수가 어린 놈 하나에게 몽땅 당했다는 오명을 벗기 힘드니까."

"알겠다. 너는 다섯째를 데리고 안으로 들어가라. 아마 대형이 한독을 몰아내는 데 도움을 줄 것이다. 그럼, 다섯째가 독은 알아서 해독할 거고."

"그럼 수고하슈."

아불승이 당협기를 데리고 사라지자 별다른 장식물도 없고 화초도 없는 넓은 공터의 중심에 우문태와 고경천만 덩그러니 남았다.

그런데 막상 바로 불붙을 것 같던 싸움은 우문태의 갑작스런 질문으로 잠시 뒤로 미뤄졌다.

"싸우기 전에 한 가지만 묻자. 정말 네가 현무칠수의 주인이냐?"

“주인?”

“그래.”

우문태가 대답을 기다리듯 주름만 있는 눈에서 빛을 발했다.

고경천은 왜 이런 질문을 하는가 했지만, 생각해 볼 필요도 없기에 바로 대답했다.

“아니다.”

“아니야? 분명 추일학이 네놈이 현무칠수가 모시는 교주라 하던데…….”

“교주는 맞다. 그러나 서생의 말과 달리 나는 그들을 내 수하라 생각해 본 적 없다. 그래서 나는 그들의 주인이 아니라 동료다.”

고경천의 한마디에 우문태의 눈에서 더 강한 빛이 뿜어졌다. 마치 눈을 크게 뜨는 것과 비슷한 행동이었다.

“으하하하. 좋아. 그럼, 우리의 싸움도 시작하자. 한데, 나는 막내처럼 여러 가지 무학을 알고 있는 것도 아니고, 다섯째처럼 특별한 수단도 있는 것이 아니다. 단지, 이 커다란 몸뚱이와 이 몸뚱이를 움직이게 할 수 있는 경공. 그러니 나는 최고의 경공을 발휘해 너에게 부딪쳐 가겠다. 만일 부딪치고 네가 살아남는다면, 내가 진 것으로 하겠다.”

“너무 간단하지 않느냐?”

“그거야 겪어보고 말해도 늦지 않는다.”

콰류르르르.

반색을 한 우문태가 기세를 끌어올리자 그의 몸 주변에 바람이 불기 시작했다. 처음에는 약하던 것이 시간이 지나면서 점점 세게 부는 광풍으로 변해 바람은 곧 거대한 그의 몸을 붕 떠오르게 만들었다.

"그럼, 간다."

콰아아아앙.

공기가 터져 나가는 듯한 굉음과 함께 도저히 그렇게 움직일 수 없을 거라 여겨졌던 우문태의 몸이 허공을 날았다. 움직이는 순간 그의 몸은 고경천의 코앞에 다다라 피하고 자시고 할 틈도 주지 않았다.

'젠장. 이런 것이었다니…….'

거대한 산이 그대로 덮쳐 오는 것처럼 느껴졌다. 마치 어디로 피해도 그대로 깔아뭉개질 수밖에 없을 정도로…….

고경천은 이를 악물고 몸속의 기운을 빠르게 양손으로 끌어올렸다.

곧 고경천의 손에 한기와 화기가 같이 공존하고, 그 주위로 푸른 벼락의 기운이 솟구쳤다.

"하앗!"

고경천은 한소리 기합성과 함께 양손으로 덮쳐 오는 거대한 산을 그대로 받아 안았다.

콰아아아아아앙!

지금까지 한 번도 들을 수 없던 충돌음이 터지며 고경천의 몸이 우문태에게 파묻혀 정신없이 밀려 나갔다.

'빌어먹을……!'

치이이이익.

발이 땅을 끄는 소리와 함께 고경천은 내심 욕설을 퍼부었다.

"자! 시험해 본 결과가 어떠하오?"

"큰소리칠 만하더이다."

"후후후. 그럼, 내가 믿는 구석 없이 순순히 사로잡혀 주고, 이런 제안까지 할 거라 생각했소?"

"정말 그 미친 짓을 할 것이오?"

"못할 것은 없지 않소. 귀하으 머리와 내 머리가 합쳐지는데. 그리고 우리는 머리 외에도 천하를 흔들 백호와 현무의 힘이 있지 않소."

"음… 그건 그렇다 치고. 그보다 우리가 귀하에 뜻에 동조하면, 구체적으로 무슨 이득이 있소?"

"날개를 주겠소."

"날개?"

"그렇소. 당신들이 이 좁은 곳을 벗어나지 못하는 것도 바로 그것 때문 아니오? 당신들이 우리와 손을 잡으면, 높고 위대한 하늘 아래서 힘차게 날 수 있는 날개를 얻게 될 것이오."

"하하하. 참 재미있는 말을 하오. 자신의 주군의 이름을 풀어 이런 비유를 하다니, 그보다 우리보고 밑으로 들어오라면서 자유의 상징인 날개를 거론하다니 그건 모순되지 않소?"

"전혀 모순되지 않소. 그 해답은 이미 주군의 대답에서 듣지 않았소?"

"음……."

"결코 손해 보는 짓은 아닐 것이오. 진정한 자유란 것은 그걸 지켜 나갈 믿을 만한 동료가 필요하다는 걸 말이오."

"좋소! 그러나 우리도 자존심이 있으니 쉽게는 고개를 숙일 수 없소."

"……?"

"그러니 한 가지 선물을 받은 후 최종 결정을 내리겠소. 그러니 그때까지는 귀하는 절대 나서지 마시고 구경만 하시오."

"……?"

"후후후. 걱정 마시오. 그리 큰 선물을 요구하는 것은 아니……."

"져… 졌다."

거대한 산이 그대로 넘어갔다.

쿵.

산 정상에 작은 울림을 준 우문태는 입가에는 붉은 선혈이 흘러 내상을 입은 모습이지만, 무언가 만족한 미소를 짓고 있었다.

"헉헉."

고경천은 우문태를 쓰러뜨린 후, 거친 숨을 몰아쉬고 있었다.

'젠장. 두 번 하고 싶지 않은 경험이다.'

고경천은 끔찍하다 못해 진절머리가 났다.

온 전신이 끝도 없는 살 속에 파묻히는 경험. 돈 받고 하라 해도 사양하고 싶었다.

"빌어먹을, 턱걸이군."

고경천은 슬쩍 뒤를 돌아보니 그의 발뒤꿈치가 정상의 끝자락에 걸쳐 있었다.

'그보다 저 사람의 미소… 찜찜해.'

다시 한 번 우문태를 보며 만족한 미소를 짓고 있는 그 모습에 무언가 이상한 점을 느꼈다.

어딘가 지금까지 해온 모든 것들이 꼭 시험당하는 것 같았다. 그렇지 않으면 이렇듯 단계마다 사람이 기다린 채 그와 대결하는 일은 없을 것이다. 그리고 다시 생각해 보면, 지금까지 그를 상대한 어느 누구도 말과 달리 살기를 일으킨 자는 없었다.

"이거 또 서생의 사기술에 당한 것 아니야?"

무언가 찜찜하다 싶으면 고경천은 자연스레 추일학이 떠

올랐다.

덜컹.

그러나 고경천의 그런 생각은 초옥의 문이 열리는 소리에 깨졌다. 지금 그 안에서는 백호칠수의 나머지라 생각되는 사람들이 모습을 드러냈다.

대검을 들고 있는 백발의 노인과 소도를 들고 손톱을 손질하며 나오는 반백의 노인, 그리고 봉두난발에 손을 쉼없이 움직여 뼈마디가 부딪치는 소리를 내는 여인. 그리고 제일 선두에 서책을 손에 말아 쥔 채로 나오는 자도 볼 수 있었다.

바로 화산마검(華山魔劍) 혁진응(赫辰鷹), 독수괴의 갈음심, 파면마녀 교홍홍, 귀묘수재 제갈효였다. 그 속에는 이미 안면이 있는 아불승과 당협기가 어느 정도 치료가 된 모습으로 다시 나타났다.

그리고 제일 마지막에 나오는 이국적인 외모를 가진 청년이 그들의 공동전인 호군평으로 그는 두 사람을 옆구리에 끼고 있었다.

고경천은 다른 사람은 몰라도 호군평의 옆구리에 낀 두 사람을 보고 두 눈이 찢어질 듯 부릅떠졌다.

"서생! 선자!"

고경천은 목이 터져라 둘을 불렀다.

그러나 그 부름을 듣지 못했는지 추일학과 홍아연은 꿈쩍도 하지 않았다.

그 모습에 고경천은 피가 거꾸로 치솟는 느낌에 자신도 모르게 앞으로 쏘아져 나갔다.

"둘을 내놔라!"

이젠 자연스레 빙, 화, 뇌의 기운이 고경천의 양손에 매달렸다. 그리고 그 기운을 가장 선두에 선 자에게 날렸다.

빙, 화, 뇌의 세 가지의 기운이 마치 몸을 뒤틀 듯 거세게 용솟음치며 몰려 있는 백호칠수를 향해 날아갔다.

하지만 상대하는 것은 오직 일인. 혁진웅이 대검을 들고 그 삼색기운을 향해 달려들었다.

"갈라져라!"

혁진웅은 기합성과 함께 대검을 수직으로 내리그어 삼색기운을 갈라갔다.

쾅!

거짓말처럼 삼색기운이 갈라져 폭발했다.

그리고 두 가지 짧은 신음과 함께 두 사람이 똑같은 거리만큼 물러났다.

'막히다니……'

고경천은 처음으로 자신의 공격을 막아낸 자의 등장으로 인해 머리끝까지 치솟던 분노가 차갑게 식는 것을 느꼈다.

"휴우. 괴물은 괴물이군. 대형을 물러나게 만들다니."

"괴물은 얼어죽을 괴물. 대형은 아직 제 힘을 다 발휘한 것도 아니니 너무 호들갑 떨지 마라."

"제가 그걸 어찌 모르겠습니까? 그래도 직접 보니 더 대단한 생각이 드는군요."

"하긴 대단하긴 대단하다. 저 정도의 힘이라면, 대형 말고 삼제나 육매, 그리고 막내나 그럭저럭 받겠다. 그 외는 바로 한 방에 지옥행이다."

"그거야 당연한 거 아닙니까? 둘째 형이나 저, 다섯째는 본업이 무공이 아니지 않습니까?"

"그걸 지금 내가 모를까 봐 말하는 것이냐?"

"아닙니다. 소제가 어찌 모르겠습니까?"

제갈효와 갈음심은 저희들끼리 떠들며 지금의 상황에 대해 각자 놀라움을 나타냈다.

그러나 그들보다 더 놀란 것은 다른 자도 아닌 고경천이었다.

고경천은 백호칠수를 상대하며 빙, 화, 뇌의 기운으로 다 이겨냈다. 우문태 때에는 조금 고전을 했지만, 그래도 별 상처 없이 그를 물리쳤다.

'자신했건만, 세상은 넓단 말인가?'

고경천은 자신도 모르게 백호칠수를 경시하던 마음을 싹 지웠다.

백호칠수의 수좌 혁진웅도 별반 다르지 않은지 형형한 안광으로 고경천을 바라보았다.

이렇듯 본의 아니게 잠시 소강상태에 빠지자 제갈효가 한 발 앞으로 나섰다. 그래서 그와 대화를 나누던 갈음심이 대신 쓰러진 우문태의 상태를 살피러 갔다.

제갈효는 혁진웅과 고경천의 사이어 교묘하게 끼어들며 둘의 시선을 막았다.

"자자, 계집처럼 눈싸움은 그만 하고. 그보다 공자, 귀공의 목적은 대지서생과 천풍선자가 아니오? 그렇다면 이럴 것이 아니라 무언가 방법을 강구해야 하는 거 아니오? 뭐, 일단 이쪽에서는 싸울만큼 싸웠으니 대화로 풀어나갈 의향이 있소. 만일 공자가 응하겠다면, 나는 거래를 통해 이들을 무사히 돌려주겠소."

"그전에 서생과 선자의 상태를 확인시키는 게 먼저 아닌가?"

"군평아, 이리 오너라."

"예⋯⋯."

제갈효의 말에 홍아연과 추일학을 들고 있던 호군평이 그에게 다가왔다.

제갈효는 그가 곁에 오자 추일학의 숙이고 있는 머리를 뒤로 젖혔다.

"크윽!"

추일학은 입가에 피가 묻은 모습으로 고통스런 신음을 토해냈다.

"서생! 감히 네놈들이!"

고경천은 식었던 피가 다시 거꾸로 치솟는 듯했다.

드러난 추일학의 얼굴은 이곳저곳 붓고, 피에 젖은 모습이었다.

"워워. 흥분하지 말고. 이거 선불 맞은 멧돼지처럼 그래서야 제대로 된 거래를 하겠소?"

제갈효는 손을 들어 금방이라도 날뛸 듯한 고경천을 말렸다.

"거래 조건이 무엇이냐?"

고경천은 머리끝까지 치솟은 분노에 말투가 달라져 버렸다.

"그 말은 거래할 용의가 있다는 뜻이오?"

"그렇다. 어떤 거래라도 들어주겠으니, 어서 빨리 조건을 제시해라."

"하하. 사내다운 시원시원한 대답이오. 그보다 조건을 말하기 전에 노파심에 한마디만 하겠소. 아무리 귀하에게 하늘을 뒤집는 능력이 있다 해도, 우리 앞에선 이 둘을 무사히 구할 순 없을 것이오. 그러니 다른 생각 하지 말고, 거래에 순순히 따르는 것이 이득일 것이오."

제갈효는 고경천의 무례한 말투에도 미소와 예의를 잃지 않았다.

"날 네놈들과 동일시하지 마라. 그러니 빨리 조건이나 제시해라."

"알겠소. 본시 밀고 당기고도 적당히 해야 그 효과가 있으니… 자! 그럼 조건을 말하겠소. 잘 들으시오. 흠흠."

제갈효는 잠시 마른기침을 토해낸 후 본격적인 조건을 말했다.

"자, 그럼. 본시 수하들의 잘못은 응당 그걸 막지 못한 주인의 몫이오. 더욱이 특별한 은원도 없이 남의 은거지에 쳐들어와 소란을 일으킨 것은 시정잡배도 함부로 하지 않소. 하물며 현무칠수라 불리는 자들이 그런 짓을 했다면, 이번 일이 얼마나 심각한지 말하지 않아도 알 수 있을 것이오. 특히 이 둘로 인해 대형은 연공을 미뤄야 했고, 둘째 형은 의도에 매진할 시간을 빼앗기고, 나는……."

"사설 빼고 간단히 말해라."

"후후후. 그럼 간단히 말하겠소. 우리는 쓸데없이 소비된 시간 외에 현무칠수가 앞마당까지 쳐들어와 난리를 쳐 자존심도 상했소. 그러니 당신이 주인이라면 못난 수하로 인해 벌어진 일에 대해… 무릎 꿇고 용서를 비시오!"

"……!"

모두의 눈이 놀람에 커졌다.

그건 같은 백호칠수도 이렇게까지 할 줄은 몰랐다는 듯, 제갈효의 얼굴을 바라보았다.

우두두둑.

고경천의 손에서 뼈마디가 부딪치는 소리가 나더니 손 위로 핏줄이 숫구쳐 올랐다. 거기다 몸은 부르르 떨고, 굳게 다문 입술이 일그러질 정도로 굳게 다물렸다.

그러나 곧 잔잔한 표정으로 돌아오며 한마디를 꺼냈다.

"그거면 만족하느냐?"

"물론. 우리는 우리가 입은 자존심의 손해에 대해서만 받으면 되오. 어차피 당신들로 벌어진 이 일로 귀하를 막던 셋이 중상을 입었소. 그렇다면 이 정도의 조건은 우리에게 작다고도 할 수 있소."

"알겠다. 그대들의 조건을 따르겠다."

캬옹.

설묘는 고경천의 말이 떨어지자 크게 울었다.

그러나 고경천은 설묘의 그런 울음에도 조금도 반응하지 않았다.

대신 다른 자가 설묘의 울음소리에 반응을 보였다.

"서… 설묘?"

이제야 정신이 돌아왔는지, 축 늘어져 있던 홍아연이 고개를 들어 소리가 들려온 곳을 바라보려 했다.

그런데 그녀가 보게 된 것은 설묘가 아니라 고경천이었다.

"교… 교주님!"

"선자, 무사한 것 같소."

"어… 어떻게 교주님이… 그리고 내가 왜?"

홍아연은 전신의 마혈이 점혈되어 있어 이상함에 고개를 좌우로 돌려 살피다 또 한 사람의 모습에 소리쳤다.

"큰 오라버니!"

추일학도 그녀처럼 상처투성이 몰골로 축 늘어져 있었다.

그러나 그보다 고경천의 갑작스런 등장에 다시 시선을 돌리니 그가 그녀를 향해 부드러운 미소를 짓고 있었다.

'선자의 무사함도 확인했으니 더욱 망설일 필요가 없지. 빌어먹을 연공수칙도 십 년이나 지켰는데, 이 정도야……'

고경천은 천천히 다리에서 힘을 풀었다. 그리고 백호칠수가 지켜보는 가운데에서 천천히 무릎을 꿇었다.

그런데 갑작스런 그의 행동에 홍아연이 경악 어린 표정을 지었다.

"자… 잠깐! 교주님, 지금 뭐 하시는 거예요? 큰 오라버니! 눈 좀 떠봐요. 놔! 놔라! 어서 빨리 나를 풀어줘라! 교주님, 안 돼요! 안 돼에에!!"

홍아연은 이도저도 할 수 없기에 주변으로 고개만 돌리며 보이는 사람을 향해 족족 다급한 비명만 질러댔다.

그녀를 잡고 있던 호군평이 그 모습에 괴로운 표정을 지으며 고개를 하늘로 돌렸다.

한편 추일학은 한 사람과의 심각한 전음으로 홍아연의 부름에 답할 수 없었다.

[이게 지금 뭐 하는 짓이오? 설마 선물이라는 게 이걸 말하는 거였소?]

[그렇소. 후후. 천하에 명성이 자자한 백호칠수를 거두려면, 이 정도의 성의는 보여야 하는 것 아니오?]

[그렇다고 앞으로 모셔야 할 주군의 무릎을 꿇리겠다는 것이오?]

[허… 이상한 말을 하는구려. 나는 귀하의 뜻에 동조한다고 했지 그를 주군으로 모신단 말은 한마디도 하지 않았소.]

[…귀묘수재 제갈효! 제갈세가의 후예답게 이런 잔꾀를 부리는구나. 그보다 어서 빨리 이런 미친 짓을 중지해라. 교주님은 네놈 따위에게 함부로 무릎을 꿇을 분이 아니다. 그러니 어서 멈춰라!]

[미친 짓? 함부로? 듣고 있으려니 기분이 살짝 나빠지려 하오.]

[제갈효! 얼른 멈추지 않으면, 지금까지 일을 다 없던 일로 돌리겠다. 그래도 멈추지 않겠느냐?]

[후후후. 마음대로 하시오. 아쉬워 찾아온 사람이 누구인데, 오히려 하니 마니 큰소리를 치는지… 그보다 귀하가 하려는 일은 절대 쉬운 일이 아니오. 더욱이 다른 곳과 달리 고수가 부족한 마당에 당신처럼 똑똑한 사람이 이런 중요한 수를 놓치겠소?]

[…….]

[자자, 무릎 한 번 꿇는다고 닳는 거 아니지 않소? 더욱이 무릎 꿇는 거 한 번에 무림이십팔수 중 최고의 무력을 갖고 있는 백호칠수를 얻는다면, 아무리 내가 백호칠수의 한 사람이라지만 그건 싸도 너무 싼 것이오.]

[크윽!]

제갈효는 웃음을 흘렸다. 이왕지사 하기로 마음먹은 일. 시작하기 전에 상대의 기세를 꺾어놓는 것이 앞으로를 위해 좋았다.

그러나,

"그만!"

휘이이이익.

창노한 음성과 함께 거대한 검이 날아와 구부러지려는 고경천의 무릎 앞에 꽂혔다.

쾅!

"대… 대형!"

즐거움에 사로잡혔던 제갈효의 얼굴이 똥이라도 씹은 듯 일그러졌다.

"무인이 함부로 무릎을 꿇는다면, 그것만큼 보기 싫은 것은 없다. 그리고 강자가 대접받는 것은 예전부터 전해 내려온 무림의 불문율. 이미 막내, 다섯째, 셋째의 시험을 통과한 그는 강자로 대접을 받아 마땅하다."

“하지만 이건 그저 앞으로 일에 대한 조그만 보상 아닙니까?”

“나는 두 번 말하는 것을 좋아하지 않는다!”

“……”

“넷째는 들어라. 백호칠수가 손을 잡고 안 잡고는 마지막 시험으로 결정짓는다.”

“마지막 시험이요?”

“그래.”

고경천은 무릎이 반쯤 구부러진 상태로 둘의 이야기를 말없이 들었다. 그리고 그 말속에서 고경천은 모든 일의 전말을 알 수 있었다.

그래서 혹시나 추일학을 보니 크게 다친 줄 알았던 그는 멀쩡한 얼굴을 하고 있었다. 대신 고경천에게 죄송한 눈빛을 보내다 고개를 떨구었다.

‘빌어먹을, 또 속았다, 속았어. 그런데… 후후후.’

고경천은 왠지 화가 나기는커녕 내심 웃음이 나왔다. 보아하니 홍아연도 일의 전말을 몰랐던 것 같은데, 이유야 어쨌든 속았다는 것은 두 사람 다 무사하다는 거 아닌가?

그래서인지 다시 혁진웅을 바라보는 고경천의 얼굴이 모래산을 찾고 처음으로 개운한 얼굴이 되었다.

“잠깐! 내가 그 시험을 받기만 하면, 모든 것이 답을 내리는 것이오?”

“그렇다.”

제갈효와 대화하던 혁진웅이 고경천의 말을 받았다.

“좋소. 무슨 시련인지 모르지만, 내가 당신의 시련을 받아 내겠소.”

“그럼. 정해졌군.”

혁진웅은 대답과 동시에 바닥에 꽂힌 대검을 향해 걸음을 옮겼다.

대신 그 모습을 보는 제갈효는 무언가 굉장한 불안감을 맛보았다. 그래서 주변으로 구원의 눈빛을 보내는데, 이미 그들도 같은 걸 느꼈는지 굳어진 얼굴만 할 뿐이었다.

“그럼 한 수 부탁드리겠소.”

고경천은 혁진웅이 준비를 마치자 그를 향해 공손히 포권을 올렸다.

고경천의 예가 맘에 들어서인가? 혁진웅은 굳은 입매에 잠시 한줄기 미소를 짓더니 대검을 들어 기수식을 취했다.

고경천도 삼 장의 거리를 두고 기를 끌어올렸다.

“간다!”

먼저 움직인 것은 혁진웅으로 그는 연장자로서 삼 초를 양보한다는 것도 무시한 채 고경천에게 달려들었다. 그리고 그의 이런 행동은 고경천의 능력을 자신과 동급으로 인정한다는 의미였다.

'반드시 이 시련을 넘어 백호칠수를 얻으리라!'

고경천은 달려드는 혁진웅을 향해 결연한 눈빛을 보였다.
그러나 불행히도 그의 결연한 눈빛은 혁진웅의 첫 초식을 보
고 곧 당황함으로 바뀌었다.

第二章
무릎 꿇는 백호 칠수

“낙매폭우(落梅暴雨)!”

혁진웅의 기합 소리가 산정을 울리자 온 세상이 검게 물들었다. 그리고 매화의 비. 아니, 대화의 폭우가 고경천을 향해 쏟아져 내렸다.

“컥! 대형⋯⋯.”

구경하던 자들의 입이 모두 벌어졌다.

특히, 평소 백호칠수 중 화산마검 혁진웅이 가장 강하단 사실을 알고 있던 추일학과 홍아연은 예상을 넘는 일격에 자신도 모르게 소리쳤다.

“교주님!!”

“교주님!”

그러나 정작 그런 다급한 상황 속에 빠진 고경천은 반격은 커녕 가만히 있었다.

‘이게 뭐야…….’

고경천의 입이 저절로 벌어졌다. 도대체 듣도 보도 못한 무공이었다. 전에도 강기 다발을 날리는 멸절사태를 상대해 보았지만, 그때 그녀의 무공은 이거에 비하면 가랑비였다. 거기다 그가 앞서 상대했던 백호칠수들과는 너무나 판이한 능력이라 잠시지만 얼까지 빠졌다.

그리고 떨어져 내렸다.

콰가가가강!

펑펑!

피하지 못한 고경천의 몸 위로 매화 폭우가 쏟아졌다. 그리고 그 폭우는 순식간에 암흑 속으로 고경천을 가둬 버렸다. 거기다 마치 그건 예고라는 듯 연환으로 펼쳐지는 혁진웅의 공격은 앞선 것을 뒤집어 버렸다.

“만매성막(萬梅成幕)!”

이번에는 폭우가 아니라 감옥이었다. 순식간에 연기처럼 사라진 혁진웅이 곧 고경천이 있는 곳 주변에 나오며 그 주위에 빽빽이 검은 매화를 만들어 나갔다. 그리고 그 매화들이 사방에서 고경천을 가둬왔다.

“미… 미쳤어.”

구경하던 홍아연이 넋 나간 사람처럼 중얼거렸다.

하지만 분노에 빠진 추일학은 제갈효를 향해 소리쳤다.

"제갈효, 다 네놈 때문이다! 어초대로 진행했으면 조용히 마무리될 일. 네놈이 되도 않은 자존심을 세웠기에 일이 이렇게 되지 않았느냐? 내 절대 오늘 일은 잊지 못할 것이다. 향후 현무칠수는 만사를 제쳐 놓고 오늘 일에 대해 복수할 것이다."

"아… 아니, 이건 나도 전혀……."

얼마 전의 당당함과 달리 제갈효는 말을 더듬다 주변을 향해 크게 소리쳤다.

"대… 대형을 말려! 어서, 빨리 대형을 말려!"

그러나 지금 혁진웅을 말릴 만한 사람이 없었다. 그나마 가능성있는 아불승과 우문태는 부상 상태고, 평상시 혁진웅이라면 얌전한 고양이가 되는 교홍홍으로서는 무리였다.

거기다 혁진웅은 그들이 말릴 수도 없게 마지막이라 할 수 있는 최후 초식을 펼치기까지 했다.

"암중유일매(暗中唯一梅)!"

지금까지와는 달리 전혀 움직임이 없는 자세로 고경천 앞에서 대검을 상단으로 들었다.

"끝났다."

그 모습에 제갈효는 다리에 힘이 풀린 듯 그대로 철퍼덕 주저앉았다. 이젠 말리고 자시고 할 여력도 없었다.

그리고 그건 구경하던 호군평도 다르지 않은지, 허탈함에 안고 있던 추일학과 홍아연마저 떨어뜨렸다.

털썩.

둘은 마혈이 짚인 상태라 얼굴부터 떨어졌지만, 고통을 느끼지도 못하고 정면부터 바라보아야 했다.

"교⋯ 교주님. 흐으윽!"

홍아연의 눈에서 눈물이 쏟아져 내렸다.

그녀의 뿌옇게 변해가는 두 눈에 비틀거리는 고경천의 신형이 잡혔다. 고경천은 심한 충격이라도 입은 듯, 제대로 자세를 취하지 못하고 있었다.

하지만 고경천에게 닥쳐올 불행은 아직 남아 있었다.

우우우웅―

혁진웅이 펼친 최후 초식으로 인해 산 정상은 엄청난 압력의 기의 파동으로 주변을 뒤흔들었다.

"피⋯ 피해. 모두 피해라."

백호칠수의 둘째답게 갈음심은 얼이 빠진 동생들을 일깨웠다.

교홍홍은 거대한 덩치의 우문태를 들쳐 업고, 갈음심은 아불승과 당협기를 옆구리에 끼고 나왔다.

"시간이 없다. 서둘러!"

그 둘은 나머지 사람이 피하든 말든 산 아래로 몸을 날렸다.

제갈효마저 어쩔 수 없다는 듯 산 아래로 몸을 날리려 했
다.

"군평, 피하자."

"예? 예."

얼이 빠졌던 호군평이 정신을 차리고 몸을 날리려 했다. 그
러나 그는 곧 바닥에 널브러져 있는 추일학과 홍아연을 보고,
다시 옆구리에 끼고 몸을 날렸다.

"놔! 놔! 이 자식아! 놔아아아!"

"우릴 이대로 둬라. 아니, 차라리 교주님 옆으로 던져라.
차라리 이대로 죽는 게 그나마 교주님어 대한 속죄다."

홍아연의 발악과 추일학의 치념에도 호군평은 아무런 대
꾸도 하지 않았다. 그저 얼굴에 무언가 형용하기 어려운 표정
을 담고 더욱 그들의 몸을 꽉 잡았다.

캬아아앙.

오직 설묘만이 고경천의 위험을 보고, 피하는 대신 혁진웅
을 향해 몸을 날렸다.

'빌어먹을. 바보처럼 얼이 빠지다니… 그러나 덕분에 성도
부의 수련을 시험해 볼 수 있게 되었다.'

먼지 속이라 다른 자들은 못 봤지만, 지금 고경천의 주위로
는 다섯 겹의 막이 둘러싸고 있었다. 자세히 보면 고경천의
몸에 그려진 문신을 통해서 그 기운들이 뿜어져 나오는 것을

느낄 수 있을 것이다.

'그런데 대단하긴 대단하다. 혁진웅이라는 저자…….'

고경천은 내심 상대의 무식한 공격 방식에 치를 떨었다. 상대의 반응과 상관없이 자신의 공격만 해댔다. 덕분에 멀쩡히 살아 있는 목인형 신세가 되는 경험을 했다.

'그래도 해볼 만하다.'

고경천은 엉망으로 두들겨 맞고도 자신감을 가질 수 있었다.

그 바탕이 바로 지금 고경천을 감싼 기운들로 그는 그걸 얻기 위해 성도부에서 수련을 해왔던 것이다.

'혼돈은 하나이며, 하나가 아니다.'

환청이 들려준 말이 그의 무공의 비약적인 발전을 가져왔다.

사실 그의 내공은 양은 많았지만, 각자 따로 노는 것이라 실상 없는 거나 마찬가지였다. 가끔 의지와는 상관없이 움직이는 경우가 있지만, 그 외는 철저히 무심했다.

그런 것을 고경천은 하나하나 길들여 갔다. 일단 다른 운기법은 몰라 무턱대고 현음심법에 따라서 했다. 그랬더니 천년화기가 현음빙기처럼 움직였다. 그리고 묵강수는 백강수가 되며 뜨거운 열기를 발산했다. 그외 다른 것들도 시행해 보니 마음대로 되는 것이 아닌가?

그리고 고경천은 깨달았다. 이 모든 것이 다 혼돈의 무학이란 흡정마공의 위력임을…….

그 다음에 행한 것이 바로 두 가지를 동시에 움직이려는 시도였다. 하나이며 하나가 아니란 그 말처럼 각각 따로는 안 되었지만, 동시에 움직이는 것은 뜻대로 되었다. 그렇게 고경천은 두 가지의 기운을 움직여 보았다. 화와 빙, 빙과 독, 독과 화 등. 그의 몸속에서는 극성과 상관없이 움직였다.

그렇게 점점 가짓수를 늘려 나갔다.

얼마 전에 아불승이나 당협기를 공격한 것은 바로 이런 운용 방법을 깨달았기에 가능했던 것이다.

'나는 수련 끝에 다섯 가지 전부를 운용할 수 있는 능력을 가졌다.'

고경천은 거대한 매화를 만들고 있는 혁진웅의 모습을 보며 시험해 보고 싶은 욕망을 느꼈다.

그러나 어떻게 될지 알 수 없었다. 지금 싸움은 어디까지나 시험. 혹시라도 둘 중의 한 사람이라도 죽게 되면, 모든 일이 엉망이 될 것이다.

'그래. 세 가지 기운을 우습게 받아낸 실력. 저자라면 충분히 받아낼 수 있을 것이다. 그리고 나는 이번 싸움에서 질 수 없다. 백호칠수를 얻기 위해서라도 강함을 보여줄 필요가 있다!'

고경천은 결정을 내렸다.

그리고 상황 자체도 고경천에게 고민할 시간을 주지 않았다. 이미 준비를 마친 혁진웅이 마지막 공격을 해왔다.

"마지막이다!"

콰아아아아!

태풍이라도 몰아치는 듯한 격렬한 소리와 함께 수직으로 내리그어진 검을 따라 거대한 검은 매화가 고경천에게 날아왔다.

고경천은 그런 매화를 맞아 양손을 모았다. 그러자 모아진 양팔 주위로 여러 가지 기운들이 맴돌았다. 비록 색은 세 가지로밖에 보이지 않지만, 그 안에는 빙, 화, 뇌, 독, 무란 다섯 기운이 담겨 있었다. 그리고 그 기운들은 점점 하나의 형태로 바뀌어갔다.

거대한 초승달.

현월강을 닮은 그 초승달이 내려치는 고경천의 손길을 따라 매화를 향해 날아갔다.

"홍월강(虹月罡)!"

일곱 빛깔은 아니지만, 무지개처럼 다양한 색을 가졌다 해서 붙여진 이름. 홍월강!

지금은 비록 칠채색에 비할 바 아니지만, 향후 이는 십채색, 만채색이 될 수도 있었다.

파직. 파지지지직.

둘은 상대를 잘라내려 허공에서 격렬한 싸움을 보였다. 그리고 싸움의 여파로 튕겨 나간 기운들은 그대로 산 정상을 강타했다.

쾅! 쾅! 콰가가강!

캬아아아.

기세 좋게 달려들던 설묘는 공격은커녕 폴짝폴짝 산 정상을 뛰어다니며 도망 다니기 바빴다.

그러나 곧 허물어지기 시작하는 지반으로 인해 그것도 힘들었다.

캬오오오오.

쿠르르릉!

설묘의 포효와 모래산의 붕괴 소리가 정상을 울렸다.

콰르르르르!

정말 모든 것이 허무하다 싶어질 정도로 모래산이 산산히 부서져 나갔다.

"끝이다. 모든 것이 끝이야."

이미 위험 지역을 벗어난 제갈효는 스러지는 모래산을 보며 이 말만 되풀이했다. 도대체 왜 이렇게까지 일이 흘렀는지 도무지 이해가 되지 않았다.

"자! 일단 호언대로 네놈부터 죽여주마."

언제 마혈이 풀렸는지 추일학이 살기를 뿜어내며 제갈효

에게 다가왔다. 홍아연도 그런 추일학의 곁에 서서 백호칠수를 잡아먹을 듯 노려보았다.

제갈효는 잠시 그런 둘의 모습을 보다 나머지 백호칠수를 바라보았다. 백호칠수들도 눈앞의 현실에 분노한 얼굴들이었다.

"닥쳐라! 지금 누가 누굴 죽인다는 말이냐? 애초에 네놈들이 오지 않았으면 이런 일이 왜 벌어졌겠느냐?"

"내 네놈들의 살가죽을 한 꺼풀 한 꺼풀 벗겨내 대형의 죽음에 대한 애도로 삼겠다."

추일학이 다가드는 것처럼 갈음심과 교홍홍이 살기를 일으키며 둘에게 다가갔다.

제갈효는 중간에 딱 껴서 이 사태를 어떻게 해야 하나 고민을 했다. 그런데 평상시 머리 좋다 자부한 그도 딱히 해답이 없었다.

'도대체 이런 허무한 결과를 누가 예상할 수 있단 말이냐?'

그저 멍하니 처음처럼 모래산으로 시선을 돌렸다.

그런데,

퍼엉!

막혔던 그의 머리를 뻥 뚫어줄 것처럼 허물어진 모래 더미를 뚫고 무언가가 하늘로 솟아올랐다.

"대사부!"

그리고 그런 실랑이와 상관없이 모래산만 바라보던 호군평은 그림자 속에서 한 사람을 확인하고 크게 소리쳤다.

"퉤퉤. 모래투성이군."

고경천은 입가의 모래를 뱉어내며 툴툴거렸다. 그는 머리와 몸이 피와 모래로 범벅이 된 상태였지만 그래도 스스로 서 있었다.

그러나 고경천과 달리 혁진웅의 거대한 덩치는 고경천의 양팔에 안겨 있었다.

"이 싸움은 네가 승자다."

"아니오. 모래산만 무너지지 않았으면……."

"그래도 내 매화는 너의 초승달에 갈라졌다."

고경천은 그 한마디에 혁진웅을 바라봤지만, 그는 눈을 감은 채로 더 이상 말을 하려 하지 않았다.

대신 설묘가 답답한지 고경천의 품에서 고개를 빼고 울었다.

캬아.

"도대체 네놈은 왜 남은 거냐? 설마 나를 도우려고 한 거냐?"

캬웅.

당연한 거 아니냐는 듯 설묘가 소리쳤다.

그러나 그 모습에도 고경천은 고개를 젓다 해바라기처럼

그 둘만 바라보는 자들을 향해 다가갔다.

그 둘이 나타나자 모두는 멍하니 바라볼 뿐, 누구 하나 입을 열거나 하지 않았다.

고경천은 일단 안고 있던 혁진웅을 바닥에 내려놓고, 추일학과 홍아연이 있는 곳으로 갔다.

"교… 교주님."

털썩.

추일학이 고경천 앞에서 무릎을 꿇었다.

"교주님…….."

홍아연도 따라 무릎을 꿇으며 눈물부터 흘렸다.

"이거 표정들이 다 왜 이러오. 설마 두 분은 날 못 믿소?"

"그거야 교주님이…….."

"왜 내가 맥없이 두들겨 맞아서 그러오? 서생, 내 그러지 않았소. 출도할 때는 지금보다 수배는 강해질 것이라고, 그래서 얼마나 강해졌는지 좀 맞아줬소."

얼이 빠져 선수를 빼앗겼던 일이 이렇게 탈바꿈되었다.

"진짭니까?"

그러나 추일학은 눈을 빛내며 반문해 왔다.

"진짜요. 어디 속고만 살았소?"

"만일 가짜라면, 교주님은 저보다 더한 사기꾼입니다."

"…….."

그 한마디에 고경천의 입이 붙어버렸다.

그런데 그런 그를 다른 쪽에서 구해줬다.

"대… 대형!"

백호칠수가 있는 곳에서 소란스러움이 일었다.

혁진웅이 비틀거리는 걸음으로 고경천이 있는 곳으로 걸어오고 있었다.

"한 가지만 묻지."

"무엇이오?"

"나는 아직 존대라는 것을 모르고 지냈다. 그래도 괜찮느냐?"

고경천은 잠시 혁진웅의 두 눈을 바라보다 미소를 지었다.

"그거야 내가 강요할 것이 아니지 않소? 나는 아직까지 나에게 존대하라고 먼저 말해본 적이 없소. 그저 현무칠수가 알아서 한 것이지."

"좋다!"

혁진웅은 그 말에 천천히 무릎을 꿇었다.

털썩.

"혁진웅, 약속대로 너의 수하가 되겠다."

"아……."

누군지 모르지만 참지 못하고 탄성을 터뜨렸다.

"휴우. 마겸께선 왜 좋은 말 놔두고, 수하라고 그러시오? 차라리 동료라는 말이 더 듣기 좋지 않소?"

"그건 차츰 생각해 보도록 하지."

“쩝.”

고경천은 입맛을 다시고 말았다.

그리고 혁진웅 뒤로 줄줄이 다른 자들도 무릎을 꿇었다.

“대형의 뜻을 좇겠소.”

“일어나시오. 나는 이런 예를 별로 좋아하지 않소.”

그러나 그들은 일어나지 않고, 한곳에 가만히 서 있는 제갈효만 바라보았다.

“무슨 일이오? 잠깐 사이에 당신들끼리 싸우기라도 했소?”

고경천은 선뜻 이해가 가지 않아 제갈효에게 질문을 던졌다.

“귀하는 얼마 전의 일을 기억 못하는 것이오?”

“얼마 전의 일이라니… 무슨 일 말이오?”

“내가 당신의 무릎을 꿇게 만든 일.”

말 끝에 제갈효의 표정이 굳어졌다.

“하하하. 그 일 말이오? 기억하고 있소. 그런데 그게 어떻단 말이오?”

“정말 몰라서 묻는 것이오? 나는 그 일로 당신에게 무례를 범한 사람이오. 아무리 다른 백호칠수들이 귀하를 따른다 해도 난 차마 양심상 못하겠소. 그러니 다른 사람들과만 함께하시오. 나는 이대로 떠나겠소.”

“넷째야, 무슨 헛소리야!”

“오라버니!”

갈음심과 교홍홍이 놀라 소리쳤다.

"염병타불. 중도 이 짓 하는 마당에 도대체 넷째 형은 뭐가 불만이오? 어차피 하기로 한 거 과정이야 어떻든 그냥 하면 되지. 아니면 갑자기 나처럼 미치기라도 했소?"

"……."

그러나 제갈효는 굳게 입을 다물고 아무런 말도 하지 않았다.

고경천은 잠시 그런 제갈효의 얼굴을 바라보았다. 그러더니 대뜸 한마디를 했다.

"밴댕이 소갈머리를 갖고 있는 쫌생이군."

"뭣이오?"

제갈효가 그 한마디에 발끈했다. 다른 백호칠수도 별로 좋은 표정들이 아니었다. 무인은 죽을지언정 욕은 보지 않는다 했다.

그러나 고경천은 그런 그들의 표정은 무시하고 자신의 이야기를 해나갔다.

"그런데 서생, 무릎을 꿇게 한 일이 그렇게 못할 짓이오?"

"교주님, 당연한 거 아닙니까? 아직 정식으로 틀이 잡히지 않았지만, 어디까지나 교주님은 한 문파의 수장입니다. 이유가 무엇이 되었든 수장은 함부로 무릎을 꿇어서는 안 됩니다."

추일학이 발끈하고 나섰다.

"선자도 그렇게 생각하시오?"

"예. 저는 지금 교주님을 무릎 꿇리려 했던 저자는 물론, 교주님을 위험에 빠지게 했던 백호칠수와 같이 있는 것도 화가 나고 불쾌합니다."

"뭐야? 이 계집이 누군 좋아서 이 짓거리 하고 있는 줄 알아? 대형이 인정 안 했다면, 내 죽는 한이 있어도 이런 짓 따위 하지 않았다."

교홍홍이 발끈하고 나섰다.

"좋아. 그럼, 내가 이런 짓 할 필요 없이 만들어주지. 그렇지 않아도 얼마 전의 빚을 톡톡히 갚아주고 싶으니까."

홍아연도 지지 않고 금방이라도 싸울 기세였다.

"그만!"

일단 고경천은 여인들의 싸움을 말렸다.

'앞으로 골치가 많이 아플 거 같아.'

고경천은 고개를 내젓다 제갈효에게 다가갔다.

"한 가지만 물읍시다."

"……?"

"수재께서는 만일 칠수의 목숨이 무릎 한번 꿇는 것으로 해결된다면 하겠소, 안 하겠소?"

"그건 상황이 다르지 않소. 그들은 형제고, 귀하는……."

"뭐요?"

고경천은 여기서 말을 끊었다.

"수장이오."

"서생과 똑같은 말을 하는군."

고경천은 책을 읽는 자들은 다 그런가 하고 제갈효에게 다시 되물었다.

"수재는 내가 마검께 하는 말 듣지 않았소?"

"들었소."

"그럼 말하기가 편해지는구려. 나는 내가 딱히 수장이니 주인이니 이런 생각 해본 적 없소. 그건 짐승인 설묘를 대함에도 마찬가지요."

캬오오옹.

고경천의 말이 맞다는 듯 설묘가 울었다.

"나는 아직 동료나 친구라 부를 만한 사람도 제대로 가져보지 못했소. 그런 것을 갖기 전에 나는 세상을 등지고, 산속에 처박혀야 했소. 그러다 이제 그럴 만한 사람들을 만났소. 그런데 그들은 자꾸 나를 떠받들려고만 하오. 그게 난 이해가 가지 않소. 나는 당신들보다 무림 경험도 세상을 살아온 경륜도 짧소. 거기다 알고 있는 것보다 모르는 것이 더 많소. 그리고 무공? 그건 그나마 나름대로 자부심을 가졌소. 그런데 그것도 마검을 만나며 자부심이 아니라 오만이란 것을 깨달았소. 천하는 넓소. 내가 아직 만나지 못했지만, 분명 이 넓은 천하에는 나보다 강한 고수도 많을 것이오. 그러기에 뭐 하나 제대로 갖추지 못한 나는 수장이 될 수 없소. 그래서 나는 수

하보다 동료가 필요하오. 내 말뜻 알겠소?”

“…….”

“흠. 좋소. 그럼 이렇게 합시다. 어차피 무릎 꿇는 일로 시작된 거 수재도 한번 꿇으시오. 비록 난 꿇다 말아 손해가 될 수도 있지만, 그렇게 하면 피차일반 아니오?”

“그건 편법이오. 그런 걸로 될 일이었다면, 애초부터 난 떠난다는 말을 하지 않았을 것이오.”

‘이런 벽창우. 도대체 글 좀 읽었다는 자들은 왜 이리 답답해.’

고경천은 내심 복장이 끓다 못해 터질 것 같았다. 어떻게 매번 고생 끝에 낙이 아닌 이처럼 벽만 찾아오는가?

결국 고경천은 하늘로 시선을 던진 채 구원의 손길을 찾았다.

[서생, 꾀 좀 내보시오. 이대로라면 다 된 밥에 코 빠뜨린 일밖에 더 되겠소?]

[그러나 그는 분명 수하 될 자로서 하지 말아야 할 짓을 했습니다.]

[정말 그렇게 생각하오?]

[예. 비록 백호칠수를 얻지 못한다 해도 이건 분명하게 짚고 넘어가야 할 문제입니다.]

[그럼 어떻게 하자는 것이오. 백호칠수를 포기하자는 것이오? 죽도록 고생하고, 여기서 나 몰라라 하자고?]

[그건 아닙니다. 대신 다시는 수장이 될 수 없다는 그런 말을 입에 담지 마십시오. 이 약속만 지켜주신다면, 제가 어떻게든 수를 내보겠습니다.]

[…좋소.]

고경천은 왠지 당한다는 기분이 들었지만, 상황이 상황이기에 어쩔 수 없었다.

벌써 다른 자들이 지금의 침묵에 이상함을 느끼고 웅성거리고 있지 않은가?

[그럼.]

추일학은 마지막 전음과 함께 자리에서 일어났다.

"제갈 형."

"왜 그러시오. 이번에는 추 형까지 날 설득할 생각이오? 잊지 마시오. 난 당신은 물론, 당신의 주군까지 속인 사람이오."

"설득할 생각 없소. 어차피 난 그 일에 대해서는 아직 분노가 가시지 않았으니 말이오. 대신 한 가지 이야기를 해주겠소. 그 이야기를 듣고 우리와 함께하던가 떠나던가 결정을 하시오. 어떻소?"

"말하시오."

제갈효도 이번에는 순순히 응했다.

추일학은 그의 대답에 잠시 주변 사람을 바라보았다. 나머지 사람들도 그가 무슨 말을 할지 기대하고 있었다.

"내 미처 말하지 않았지만, 당신들이 우리와 손을 잡는 것은 생각보다 더 위험할 수도 있소."

"그게 무슨 뜻이오?"

"그게 우리와 손을 잡는 순간, 당신들은 천하인들에게 손가락질을 당할 수 있소."

"하하하. 도대체 무슨 말을 하려는지 모르지만, 이 제갈효는 물론, 나머지 형제들도 이미 무림에서 별로 좋은 소리는 못 듣고 있소. 그런 거로 날 설득하려 했다면, 추 형은 잘못 선택한 것이오."

제갈효는 무언가 기대하는 듯한 표정을 짓다 허탈한 한마디를 했다. 그도 내심 추일학의 말을 기대했던 것이다.

"제갈 형, 아직 내 이야기는 끝나지 않았소. 아무리 백호칠수가 정파의 이단아들이란 좋지 않은 악명을 갖고 있지만, 설마 교주님만큼 하겠소? 아마 세상 어떤 누구도 교주님만큼의 악명을 갖고 있진 않을 것이오. 왜냐하면 교주님이 바로 흡정마공의 전인이기 때문이오!"

"흡정마공!"

흡정마공이란 한마디에 백호칠수의 눈이 크게 떠졌다. 그리고 그들은 참지 못하고 웅성거렸다.

"조용히 해라."

혁진웅은 이 와중에도 조금의 내색 없이 나머지 동생들의 입을 막아버렸다. 이미 그들은 선택한 입장이라 고경천이 어떤 악명을 갖고 있던 아무 의미 없었다. 의미가 있는 자는 아직 선택을 못한 제갈효 한 사람뿐이었다.

제갈효는 떨리는 눈으로 추일학을 바라보았다.

"지금 그 말이 사실이오? 흡정마공을 익혔다는 말이 사실이오?"

"그렇소. 이 추일학, 늘 옳은 갈만 하는 것은 아니지만, 이런 말은 거짓말을 하지 않소."

"하하하!"

제갈효는 그 한마디에 미친 사람처럼 크게 웃었다. 마치 십년 묵은 체증이 내려갔다는 통쾌한 웃음이었다. 그렇게 한참을 웃던 제갈효가 고경천을 향해 무릎을 꿇었다.

"앞으로 교주님으로 모시겠습니다."

"결정한 것이오?"

조금 어안이 벙벙했지만, 고경천은 결정이 되었기에 다행이란 생각이 들었다.

"예, 결정했습니다."

"후회하지 않소?"

"후회하지 않습니다. 오히려 그 이야기를 듣지 않았다면, 저는 이대로 떠났을 것입니다."

"다른 백호칠수 분들은 어떻게 할 것이오? 난 남들이 공적이라 부르는 흡정마공을 익힌 사람이오. 그래도 괜찮겠소?"

"그건 걱정 마라. 남아일언중천금. 이미 약속한 이상 목숨을 걸고 지킨다."

혁진웅이 대표로 입을 열었다.

'허 참, 정말 특이한 사람들이네. 남들은 어떻게든 피해가
려고 할 텐데.'

고경천은 막상 이야기를 듣고도 잘 실감나지 않았다.

그런데 그의 그런 표정을 봤는지 추일학이 전음을 보내왔
다.

[교주님, 아까 언급했다시피 그들은 모두 정파의 이단아들
입니다. 그러기에 오히려 더 거리낌이 없을 것입니다. 왜냐하
면 그들은 내심 정파의 굴레에 묶여 있기 때문입니다. 그러나
교주님과 함께하는 순간, 그들은 전혀 거리낄 게 없게 되지
요.]

[이해가 안 가오. 도대체 평범한 자들은 아닌 줄 알았지
만…….]

[하하. 어쩌면 아까 교주님이 한 일장 연설의 효과일 수도
있지요. 수하와 동료의 차이에 대한…….]

[…….]

막상 추일학에게 이 말을 들으니 고경천은 칭찬인지 비꼼
인지 선뜻 이해가 가지 않았다.

그래서 막 발작하려는데,

"그보다 장소를 옮기지요. 이렇게 먼지 뒤집어쓴 상태로
이야기를 하는 것도 이상하지 않습니까? 그리고 정식으로 몇

가지 준비를 하려면 제대로 된 장소가 필요합니다. 그러니 일단 우리의 비밀 은거지로 갑시다."

제갈효의 말에 다른 자들도 자리를 털고 일어났다.

'이런.'

고경천은 내심 한마디 하려다가 먼저 일어나 장소를 옮기는 자들로 인해 할 수 없이 뒤를 따랐다.

*   *   *

삼양궁의 가장 커다란 대전 중 한곳인 태양전(太陽殿).

이곳은 광양전과 달리 삼양궁의 궁주인 성효명이 주로 머무는 장소였다. 그래서 평소에는 비어 있던가 아님 성효명 혼자만 있는 때가 많았다.

그러나 지금은 단 두 사람만으로도 꽉 찰 만한 자들이 태양전에 머물렀다.

성효명은 평소대로 태사의에 몸을 탄쯤 묻은 자세였고, 소철상은 그 아래 의자에 단정한 모습으로 앉아 있었다.

"흑양전(黑陽殿)을 열자고?"

"예."

"너는 내가 군악이의 죽음 때도 열지 않은 그곳을 지금 열자는 것이냐?"

성군악(成君岳)은 이십 년 전에 마경쟁탈전으로 죽은 성효명의 아들이었다.

"예. 이번 일은 군악 형님의 죽음보다 더 커다란 문제입니다. 향후 저주의 마공이라는 흡정마공이 무림에 줄 여파를 생각해 보면, 아마 이십 년 전의 그 일은 비교도 되지 않을 것입니다. 이미 무림에 도는 흡정마공의 소문이 일성이를 통해 진실로 밝혀진 이상, 제일 먼저 척결되어야 할 것입니다. 그리고 그들이 서사천에서 꾸미려는 일. 그것만 해도 절대 가만히 두고 볼 수만은 없는 문제입니다. 비록 서사천이 패자들의 집합소라 하지만, 그들도 하나로 뭉쳤을 때는 충분히 무림에 위협이 될 것입니다. 거기다 흡정마공이 함께 하면, 서사천의 일은 호랑이 등에 날개를 다는 격입니다. 그러니 절대 보고만 있어서는 안 됩니다. 그래서 현재 녹림과 산하 문파를 다독여야 하는 본 궁의 전력은 그대로 두고, 드러나지 않은 전력을 쓰려는 것입니다."

이미 광양전의 회의 결과로 향후 삼양궁의 진로는 결정되었다. 빠른 시간 안에 내부 결속을 다지고, 더 이상 녹림이 파고들 틈을 안 준다는 것이 수뇌부 회의를 통한 결과였다.

그러나 문제는 바로 서사천의 일이었다. 이 문제는 말처럼 쉽게 해결할 수 있는 것이 아니었다.

"그럼 네가 흑양전의 힘을 쓰자는 것은 아직 서사천의 일을 무림에 알리지 말자는 것이냐?"

"예. 어차피 알려질 일이지만, 우리가 나서서 그럴 필요는 없습니다. 어차피 얼마 전의 일도 다 우리가 꾸민 음모라 소문나지 않았습니까? 만일 이번에 우리가 언급을 한다면 다시 우리의 소행이란 소문만 날 것은 뻔합니다. 그러니 우리는 여기서 두 가지를 생각해야 합니다. 되도록 우리의 손을 쓰지 않고 그들을 궁지에 모는 일, 또 결정적인 순간에는 우리의 손으로 그들을 제거하는 일. 그래서 우리는 감히 삼양궁을 궁지에 몬 현무칠수에게 일퇴를 내리고, 우리에게 씌어진 헛소문을 벗기는 것입니다."

"음……."

성효명은 마치 심각한 고민에 빠진 듯 눈을 감았다. 그러나 지금 그의 내심은 오히려 소철상의 제안을 반기고 있었다.

'역시 철상이답군. 멍청한 갈승령도 찾지 못한 현무칠수의 행방을 찾다니. 거기에 그놈들을 상대할 계책까지 세운 걸 보면……. 오히려 일성이의 일로 인해 ㄴ보다 더 잘 처리할 수 있을 것이다. 벽운 그 친구가 그렇게 가 강서성이 술렁이는 것을 잠재우려면 삼양궁은 흔들려선 안 된다.'

대충 생각을 정리한 성효명은 감았던 눈을 뜨고 말했다.

"좋다. 그러나 그전에 한 가지 물어볼 것이 있다. 그에 따라 결정이 바뀔 수도 있다."

"예."

"너는 만일 이번 일로 인해 얻게 될지 모를 흡정마공을 어떻게 하겠느냐?"

성효명은 실상 흡정마공의 정체를 알면서 넌지시 물었다.

"파괴시킬 것입니다. 이번 기회에 반드시 파괴시켜 흡정마공이란 저주받은 무공이 다시는 무림에 나타나지 못하게 할 것입니다."

소철상의 두 눈에 확고한 신념을 넘어 분노까지 나타났다.

그 눈빛에 성효명은 만족했다. 소일성이 그렇게 된 마당에 소철상의 저 눈빛은 변하지 않을 것이다.

"흑양전의 전권을 너에게 맡기마. 하나 명심할 것은 그들은 알려져서는 안 되는 힘이다. 알겠느냐?"

"예."

"그럼, 향후 모든 일은 네가 지휘해서 처리하거라."

"예, 맡겨주십시오."

"물러가라."

"그럼."

소철상은 성효명에게 깊이 읍을 하고 대전을 물러났다.

성효명은 사라지는 소철상을 보며 더욱 무료한 신색을 드러냈다.

'흑양전은 삼양궁의 분열을 막기 위해 준비한 힘. 또, 혹시 모를 삼음교의 재래를 막고자 한 힘인데, 결국 그 의도대로 되는 것인가? 뭐, 많은 것을 포기한 철상이를 위해서 이번에는 그 뜻을 따라주는 것도 좋지. 일단 저 아이가 직접 처리한다면, 조금 더 지켜봐도 되겠군. 괜히 노물들을 자극시킬 필

요가 없으니까.'

성효명은 자신이 직접 움직이려던 생각을 잠시 접어두었다. 그가 직접 움직이면, 움직일 자들이 둘이나 있었다.

그와 더불어 천중삼원이라 불리는 둘.

자미마염(紫微魔閻) 막청해(幕淸邂).

천시명왕(賤視冥王) 공야현(公冶賢).

막청해는 잘 알려진 마염성의 태상성주고, 공야현은 겉으로 드러난 것은 별로 없지만, 누구도 함부로 무시할 수 없는 지하무림의 대부, 하오총문(下午總門)의 문주였다.

이 중 공야현은 몰라도 막청해는 성효명이 하는 일에 쌍심지를 켜는 경우가 많아 오히려 그가 나서면 기를 쓰고 막으려 할지 몰랐다.

'그보다 아직도 이해가 가지 않는 것은 도대체 어떻게 현무칠수가 그 물건의 호송을 알았냐는 것이다. 마치 하늘이 알려주지 않고서야 어찌 일이 이렇게 공교로울 수가 있는가?'

성효명은 눈을 감았다. 지난 시간 동안 아무리 고민해도 이에 대한 해답은 그 외에는 생각할 수 없었다.

*　　　*　　　*

고경천과 현무이수, 백호칠수는 장소를 옮겨 송번의 외곽에 지어진 한적한 장원으로 이동했다.

이 장원이 바로 일반적으로 알려진 모래산의 초옥과 달리 백호칠수의 알려지지 않은 비밀 보금자리 은풍장(隱風莊)이었다. 그리고 이 장원은 지하에 한 가지 비밀을 갖고 있어 그 효용성이 더욱 컸다.

은풍장의 객청인 휴심청(休心廳). 지금 휴심청에는 먼지를 제거하고 말끔한 모습이 된 백호칠수와 고경천, 추일학, 홍아연이 모여 있었다.

"일단 정식으로 소개부터 드려야겠군요."

그렇게 시작한 제갈효의 서두로 그는 백호칠수를 하나둘 정식으로 소개시켰다.

백호칠수의 대형인 혁진웅은 우연히 화산파(華山派)의 매화칠절검(梅花七絶劍)을 얻어 익혔다. 그런데 문제는 그가 당시 사도 내공심법을 익혀 매화칠절검이 완전 다른 존재로 변해 버렸다. 그리고 그가 매화칠절검을 익혔단 소문은 화산에도 퍼져 나가고 그로 인해 화산과 마찰이 생겼다.

그러나 그의 성격상 단순 마찰이 아닌 인명 살상까지 번져 그 뒤 화산파와 앙숙이 되었다. 그 후, 화산마검이라는 별호가 그들과의 충돌로 생겨났다.

둘째 갈음심은 성수곡(聖手谷)이란 명문 출신이다. 하지만 의도의 연구가 점점 괴이하고 괴팍하게 변하자 결국 성수곡에서는 그를 감금시켰는데, 그는 사람을 죽이고 탈출했다. 그 뒤 성수곡과는 등을 진 상태다.

'흐음. 저자가 그럼 양운천하고 같은 동문인가?'

고경천은 성수곡이란 말에 잠시 기령촌의 양운천을 떠올렸다.

넷째 제갈효와 셋째 우문태는 지금은 사라진 제갈세가와 우문세가의 사람이었다. 제갈서가는 과거 와룡제갈세가(臥龍諸葛世家), 우문세가는 비천우문세가(飛天宇文世家)란 이름으로 무림에서 꽤 유명한 가문이었다. 그러나 세가는 세월 속에서 제대로 명맥을 유지한 곳이 없었다. 특히 이십 년 전의 난으로 가뜩이나 적은 수였던 그들은 결국 몰락의 길을 걸었다.

다섯째 당협기는 세가로서는 유일하게 현재까지 건재함을 보이는 사천당가 출신이었다. 그러나 현 가주인 당진용과의 불화로 사천당가를 뛰쳐나왔다. 당진용이 독보다 암기와 무공을 중시하자 독을 중시한 당협기는 소외감에 늘 다툼을 벌였다. 그리고 어느 날, 크게 한바탕 벌인 둘은 당협기가 사천당가를 뛰쳐나간 후 앙숙처럼 지내고 있었다.

여섯째 교홍홍은 불문문파로 알려진 보타암 출신이었다. 전에는 비구니였기도 하지만, 과거 같은 무림이십팔수 중 하나인 단정을 시기심에 상해해 그 뒤부터는 보타암에게 쫓기는 인물이 되었다. 인물 중 가장 명문 출신답지 않은 그녀는 사도의 백골음풍조(白骨陰風爪)를 익혀 완전 마녀가 되었다.

일곱째 아불승도 교홍홍처럼 불문 출신이었다. 어찌 보면 이들 중 가장 뛰어난 출신인 소림 승려였다. 그것도 십팔나한의 수좌로 차기 사대금강의 위치까지 지명되던 자였다. 그러나 이십 년 전 마경쟁탈전 후, 그는 술에 미쳐 동문과 다투는 일이 벌어졌다. 그 뒤부터는 소림과 척을 지고, 이렇게 백호칠수와 함께 생활하고 있는 중이었다. 정확하게는 그가 왜 소림을 뛰쳐나왔는지 같은 백호칠수도 몰랐다. 그 부분만큼은 아불승도 절대 입을 열지 않았다.

'정말 과거들이 다 화려하군.'

고경천은 그들의 과거를 들으며 흡정마공을 익힌 자신과 함께하는데도 왜 별 반응이 없는지 알 수 있었다.

"그래서 저희들은 교주님이 흡정마공의 전인이든 뭐든 상관이 없습니다. 하지만 미리 그걸 알았다면, 심각하게 고민했을 것입니다. 지금도 몇몇 자들이 틈만 나면 죽이려 드는데, 오히려 더 늘릴 필요는 없지 않습니까? 하하하."

하지만 그 말에 아무도 웃지 않았다.

그래서 조금 민망해진 제갈효는 얼른 다른 말을 꺼냈다.

"뭐, 과정이야 어떻든 중요한 것은 무림이십팔수 중 백호와 현무가 뜻을 같이했다는 것입니다. 그리고 그건 앞으로 커다란 힘으로 작용할 수 있다는 것을 뜻합니다. 비록 지금까지는 명성에 비해 많이 움츠려 있었지만, 앞으로는 그럴 필요가 없지요. 백호는 천하를 향해 포효하고, 현무는 숨긴 또 하나의 머리를 드러낼 때입니다."

"그래서 내가 추가로 할 말이 있소."

추일학이 자리에서 일어났다.

"말하시오. 어차피 이 모든 일의 시작은 추 형이 계획한 것이니 말이오."

제갈효는 발언권을 추일학에게 넘겨주고 자리에 앉았다.

"일단 말을 꺼내기 앞서 우린 얼마 전의 일을 머리 속에서 지우겠소. 그것이 교주님이 바라는 뜻이고, 향후 일을 처리하는 데 좋기 때문이오."

추일학은 고경천을 바라보았다.

"이해해 줘서 고맙소."

"그럼, 지금부터 본격적인 일에 대해 언급하겠습니다."

고경천에게 양해를 구한 뒤, 추일학이 이야기를 해나갔다.

"일단 여러분이 과거를 밝혔듯, 현무칠수에 대한 것도 밝히겠소. 사실 우리 일곱은 출신 문파가 없다고 알려졌지만, 우리는 같은 동문이오. 여러분도 들어본 적이 있는 삼음교가 우리의 출신 문파요."

"삼음교!"

이것 또한 놀랄 만한 일이었다. 삼음교는 멸망하기 직전까지만 해도 강남에서 꽤 이름을 날리던 문파였다. 그러다 삼양궁의 손에 멸망해 지금은 잊혀진 곳이다.

"그렇소. 그러기에 우린 필연적으로 삼양궁과 양립할 수 없소. 그리고 그게 아니더라도 우린 몇 가지의 일로 삼양궁과는 이미 척이 진 사이요."

추일학은 흡정마공의 입수에 대한 일을 빼고, 나머지를 그들에게 이야기해 주었다.

"현재 그들이 직접적으로 손을 쓰지 못하는 것은 마염성과 녹림으로 인해서일 거요. 더욱이 이곳은 그들의 본거지인 강서성과 거리가 있어 당분간은 특별히 별다른 일을 하지 못할 것이란 생각이 드오. 그래서 그사이 우리는 빠른 시간 안에 사천에 근거지를 만들어야 하오. 얼마 안 있으면, 숨기려 해도 교주님이 흡정마공을 익혔다는 소문은 진실로 드러나 전 무림에 퍼질 것이오. 그럼 그때부터는 전 무림이 우리를 주목하거나 제거하려 할 것이오. 그나마 이십 년 전의 은원으로 그들이 쉽게 손을 합칠 수 없다는 점이 다행이라면 다행인 점이오."

"잠시 질문이 있소."

지금껏 이야기를 잘 듣고 있던 제갈효가 질문을 던져 왔다.

"무엇이오?"

"내 한 가지 마음에 걸리는 것이 있는데, 혹시 이십 년 전의 혈사. 그것도 당신들이 꾸민 일 아니오?"

'어?

고경천도 그 말에 놀란 얼굴이 되었다. 그러고 보니 지금까지는 전혀 생각지 못했는데, 충분히 가능한 일이었다. 지금 현무칠수들의 나이로 미뤄봤을 때, 그때는 한창 혈기 왕성한 나이들 아닌가?

"네놈들 짓이었냐? 정말 네놈들 짓이었어!"

특히 아불승의 반응은 놀람을 넘어서 격한 분노를 뿜어냈다. 그의 눈에 광기마저 어른거리며 곧이라도 발작할 기세였다.

"아니오."

추일학의 고개가 좌우로 흔들렸다.

"확실하냐? 네놈 이야기대로라면 선하령에서도 보기 좋게 무림인들을 골탕먹였는데, 어찌 그때라도 하지 못했겠느냐?"

"그건 불가능하오."

"불가능?"

"그렇소. 무림이십팔수가 생긴 것을 잘 생각해 보시오. 이십팔수에 속한 자들 중 전부터 이름을 날리던 자들도 있고, 아닌 자들도 있소. 특히 현무칠수니 백호칠수니 하는 이름은 혈사 뒤에 생긴 이름이오. 청룡칠수나 주작칠수도 그때는 그런 이름이 아니었소. 그런데 지금은 현무칠수라 불리는 우리지만, 이름도 없고 경험도 없는 우리가 어찌 그 많은 무림인들을 속일 수 있겠소?"

"그거야… 염병타불!"

아불승은 이상한 불호를 내며 고개를 돌려 버렸다. 그는 미친 척한 것이지 바보는 아니었다.

"그 일은 나도 의문이오. 처음에는 무림인들에게 말한 것처럼 삼양궁이 가장 큰 주범인 줄 알았소. 하지만 요 며칠간의 일을 겪으면서 그런 생각은 완전히 바뀌었소. 아무래도 그 일의 진범은 따로 있는 것 같소. 어쩌면 우리가 알고 있는 곳일 수도 있고, 어쩌면 전혀 모르는 곳일 수도 있고…….”

“추 형은 짐작 가는 곳이라도 있소?”

“하하하. 제갈 형도 조금만 생각하면 한곳이 의심 가지 않소?”

“음…….”

제갈효는 생각에 잠기는 모습이었다.

그러나 다른 자들은 뭔 소리를 하나 어안이 벙벙한 표정들이었다.

‘정말 누가 글줄 읽은 자들 아니랄까 봐. 못 알아들을 소리만 하네.’

고경천은 그들에게 물어볼까 했지만, 그만두었다. 아직 무림 정세는 많이 어두운 편이고, 지금은 거기까지 생각할 이유는 없었다.

“자! 그 일은 되었고, 일단 우리 일부터 논의해 봅시다. 현재 우리는 첫 번째 단계인 백호칠수와 손잡는 일을 끝냈소. 그러니 이번에는 두 번째 단계로 가야만 하오.”

“두 번째라면 북신마교 세우는 일 말씀이오?”

“예, 교주님. 우리가 지금 든든한 고수를 얻었다지만, 실상 문파는 이것으로 유지되지 않습니다. 그럴 바에는 애초에 이 일을 추진하지도 않았습니다. 우리에게 고수가 필요한 만큼,

그 밑에서 움직일 자들도 필요합니다. 더욱이 지금 당장은 당당히 현판을 걸 수 없습니다. 남들이 함부로 손을 댈 수 없을 정도의 힘을 모은 다음에 외교적인 전략도 펼쳐야지요. 그러기 위해서는 사람을 모으는 것이 시급합니다. 그리고 거점도 필요하지요."

"추 형이 이곳을 택한 것은 우리 말고도 서사천의 낭인들도 흡수하려는 속셈 아니오."

"맞소, 제갈 형."

"그거라면 방법이 없는 것이 아니오. 어차피 더 이상 서사천이 예전처럼 있기는 힘드오. 이미 송번 회교사원의 그 집회를 봐서 알 것이고, 성도 근처를 지난 적이 있다면 소문도 들었을 것이오."

"그래서 성도 일을 나름 준비를 해놓았소."

"호오. 그러시오?"

제갈효는 감탄했다는 듯 탄성을 터뜨렸다.

"아마 제갈 형도 이쪽의 일은 수가 있다는 얼굴이오."

"그렇소. 하하하."

"하하하."

둘은 말하며 기분 좋게 웃었다. 얼마 전에 싸웠다는 것은 다 잊어버린 모습들이었다.

그러나 그들 외의 사람들은 굉장한 소외감을 맛보고 있었다.

‘빌어먹을. 완전 꿔다 놓은 보릿자루잖아.’

“교주님……..”

고경천의 변해가는 표정을 살피던 홍아연이 넌지시 불렀다.

“바람이나 쐬겠소.”

“나도…….”

“흠흠. 나도 바람 좀.”

다른 자들도 고경천과 같은 마음인지 하나둘 자리를 뜨고 밖으로 나갔다.

“휴우…….”

홍아연은 떠나가는 그들과 이쪽은 신경 쓰지 않고 저희들끼리 떠드는 둘을 보다 고개를 저으며 밖으로 향했다.

그리고 둘의 대화는 다른 사람들이 잠자리에 들 때까지 계속되었다. 아니, 다음날에도 여전히 떠들고 있는 모습을 보고 다른 사람들은 치를 떨었다.

그러나 그들이 나머지 사람들에게 밤새도록 이야기한 것을 전해준 뒤에는 오히려 더한 모습을 보였다. 확실히 왜 둘이 잔머리가 좋다는지 새삼스럽게 드러난 순간이었다.

그 뒤, 각자는 추일학과 제갈효가 시키는 대로 일을 처리해 나갔다.

第三章

별과 달이 하나로 어우러진 심야.

구름 한 점 없는 이곳에 새로운 것이 하나가 되어갔다. 작은 동체를 힘찬 날갯짓으로 이끄는 하얀 새가 심야의 어둠에 쌓인 한 전각으로 날아들었다.

구구.

전서구는 자기가 왔음을 알리는 울음소리를 냈다.

그러자 하나의 손길이 그런 전서구를 부드럽게 안아 들었다. 그는 삭발을 해 민머리를 자랑하는 자로 익숙한 손길로 전서구의 다리에 묶힌 서찰을 풀어냈다

"수고했다."

그는 전서구의 머리를 한번 쓰다듬어 주더니 익숙한 손길로 새장 안으로 밀어 넣었다.

그리고 전서구는 피곤하다는 듯 잠시 후 고개를 떨구고 졸았다.

대신 서찰을 받아 쥔 자는 눈을 밝히고 서찰을 읽어나갔다.

동사천, 아니, 무파무림이 드디어 눈을 뜨려 함. 향후 그들의 행보를 지켜볼 필요가 있음. 무슨 일인지 지금까지 침묵을 유지한 백호칠수가 그 선두에 섰다. 향후 동사천에도 영향을 줄 가능성이 있으니 각별한 주의가 필요함. 만약에 나에게 무슨 일이 있을 시 최우선으로 서사천을 조사하기 바람.

자무(慈武).

서신의 마지막에는 이름 옆에 그자의 신분을 나타내는 조그만 소검이 그려져 있었다.

"후후. 교주님과 대형이 백호를 잡았나 보구나. 그런데 그 위치가 모호하던 아미사천왕 중 하나인 남방중장천왕 자무가 동사천에 잠입해 있었던가? 그렇다면 나도 슬슬 준비를 해야겠지."

말을 하는 자는 서신을 옆의 촛불에 대더니 금방 재로 만들었다. 지금은 당직자를 제외하고는 아무도 없는지라 그의 이런 행동은 어떤 제지도 받지 않았다.

그리고 옆에 준비된 같은 모양의 종이에 글을 적어갔다.

무파무림은 여전히 아무런 변화도 없음. 그리고 그들의 선두에 선 백호칠수도 이빨 빠진 호랑이가 되었는지 여전히 침묵을 지킴.

자무.

그리고 한 장의 서찰을 또 꺼내 글을 적어갔다.

서찰은 잘 받았음. 일단은 최선을 다해 그들의 행보를 막기 바람. 본 파는 준비되는 대로 최대한의 지원을 아끼지 않겠음.

자심(慈心).

그리고 마지막에는 이곳 천이당(天耳堂)을 맡고 있는 당주 자심의 법호를 적었다. 아마 자무급 정도에 대한 서신은 그가 직접 적었을 것이다. 그건 그가 잠깐 일하는 동안에 이미 파악된 상태였다.

그런데 한 사람이 적은 두 개의 서찰이 완전 다른 필체를 보였다. 처음 적은 것은 자무란 자가 보낸 것과 동일하고 아마 자심이라 적힌 서찰도 다르지 않을 것이다.

"끝났군. 나머지는 대형이 알아서 하겠지. 아마 자무는 정체를 속이고 있을 거다. 동사천의 어떤 자도 기존 문파인들을 좋아하진 않을 테니까. 그럼… 당분간 아미파(峨嵋派)의 동향을 살피는 일만 남았다.”

그는 미소와 함께 졸고 있는 전서구를 깨워 준비된 서찰을 다리에 묶고는 허공으로 날렸다.

푸드드득.

전서구는 잠시간의 졸음으로 피로를 풀었다는 듯 다시 힘차게 동사천으로 날아갔다. 그리고 또 한 장의 서신을 들고 그는 상급자를 찾으러 갔다. 그래야 나중에 문제가 터져도 뒤탈이 없을 것이다.

그런데 지금 아미파의 천이당에서 벌어진 일이 동사천의 다른 곳, 청성파, 당가 모두에서 벌어졌다.

그들은 동사천에서 날아온 정보를 지급으로 보고 상급자에게 전했다. 그 후, 이 모든 정보는 빠르게 분석되어 동사천에 심어놓은 세작들에게 확실한 조사를 하란 명으로 다시 전해졌다.

*   *   *

송번 근처에 있는 유수로 침식되어 생긴 지하공동.

이곳은 본래 과거 이교도들의 비밀 집회장으로 사용되었던 곳이나, 그 뒤 관의 토벌로 버려진 곳이다. 후에 백호칠수가 이 위에 은풍장을 지어 이 동굴의 정체는 묻혀져 버렸다.

그런데 오늘은 이 지하공동에 많은 수의 사람들이 모였다.

주로 송번 회교사원의 집회에 얼굴을 드러냈던 자들과 또 새롭게 연락을 받거나 소문을 듣고 찾아온 자들이었다. 그들도 나름 이상한 예감을 받았는지 생각보다 많은 자들이 모였다. 만약 백호칠수가 직접적으로 언급한 것이 아니고, 장소가 비밀스런 지하공동이 아니었으면, 이 정도까지 모이지 않았을 것이다.

그런데 이렇듯 거의 공동을 가득 채운 자들을 보며 내심 불만을 나타내는 자도 있었다.

"휴우. 너무들 하는군. 내가 모이라 할 때는 그렇게 모이지도 않더니……."

"뭐가 말이오?"

고경천은 모인 사람들을 보며 한숨 쉬는 호군평을 불렀다.

호군평은 그의 한숨에 답하는 소리에 뒤를 돌아보다 놀라 소리쳤다.

"앗! 교주님."

"잠깐!"

고경천은 그의 말을 막은 후, 주변을 둘러보았다.

현무이수나 백호칠수들은 지금 이 비밀집회를 위해 정신이 없었다. 그중 가장 한가한 자가 고경천이고, 그 다음으로 한가한 자가 호군평이었다.

호군평은 입구에서 사람들의 방명록을 작성 중이고, 극적인 효과를 위해 뒷전에 몰린 고경천은 그저 이렇듯 어슬렁거렸다. 그리고 올 사람은 거의 다 왔는지 더 이상 입구 근처에 사람들은 없었다.

고경천은 주변에 사람이 없는 것을 확인하고 호군평을 노려보았다.

"우리 하나만 짚고 넘어갑시다."

"뭘 말입니까?"

"호칭."

"혹시 저의 호칭이 맘에 들지 않으십니까?"

"맘에 들지 않소."

"예에?"

호군평은 혹시 무언가 잘못한 것이 없나 고민에 빠졌다.

그는 모래산 일 이후로 고경천에게 존경심을 품게 되었다. 고경천이 하늘같이 존경하는 혁진웅을 물리친 것은 둘째 치고, 그가 사람을 대하는 태도에 더욱 마음을 빼앗겼다. 어찌 보면 주군치고 조금 가벼워 보이는 태도였으나, 오히려 그런 면이 더 인간적으로 다가왔다. 그리고 또래와 지내지 못한 그의 마음이 더욱 고경천을 가깝게 생각했는지도 몰랐다.

그러나 지금은 어디까지나 주군과 수하였다. 아무리 호군평이 무림이십팔수만큼의 관심을 받는 북두칠강이라도 긴장된 표정을 감추지 못했다.

"당신이 나를 부르는 호칭, 진짜 맘에 안 드오."

"그럼, 뭐라 불러야겠습니까?"

"형님."

"예. 형님이라고 앞으로 부르……. 헉"

잘 말하던 호군평의 눈이 커졌다.

"대답했으니 앞으로 그렇게 부르도록 하게."

"안 될 말입니다. 어찌 저보다……."

"어려서 그래? 좋아. 그럼 내가 형닉이라고 부르지. 혀어……."

"아악!"

호군평이 얼른 소리쳐서 그의 입을 막아버렸다. 만약 백호칠수나 현무칠수의 둘이 보면 그를 회를 치려 할지도 몰랐다.

그러나 고경천은 그런 그의 반응에 오히려 미소를 지었다.

"그래? 그럼 그것이 싫다면, 형님으로 부르는 걸로 알고 있지."

"하지만 교주님은 저의 주군이시고……."

"좋아. 그런 식으로 나오면, 내가 직접 마겸께 찾아가 그렇게 부르라 말해야겠네. 뭐, 내 말보다는 그쪽 말이 더 설득력이 있겠지."

고경천은 정말 떠나려는 듯 발길을 돌렸다.

"잠깐!"

이번에는 호군평이 잠깐을 외쳤다.

고경천은 슬쩍 고개를 돌려 호군평의 얼굴을 보았다.

“형님!”

“좋아, 동생.”

고경천은 기특하다는 듯 호군평의 어깨를 두드렸다.

그러나 호군평은 울상으로 변해 있었다.

“걱정 마. 내 다른 사람이 있을 때도 그렇게 부르라 하진 않을 테니. 이 호칭은 우리 둘만 있을 때의 호칭이니 그럴 때만 사용해.”

“예.”

호군평이 한시름 덜었다는 얼굴을 했다.

고경천은 이제 막 집회가 열릴 분위기라 그에게서 멀어지며 한마디를 남겼다.

“동생과 나는 만난 지 얼마 되지 않잖아. 그러니 빨리 친해지려면, 그런 딱딱한 호칭보다는 이런 친근한 호칭이 좋지. 난 동생과 빨리 친해지고 싶거든. 교에 속한 사람 중 유일한 내 또래잖아.”

“예……”

호군평은 잠시 고경천의 뒷모습을 바라보았다. 왠지 고경천의 뒷모습은 당당한 것과 달리 쓸쓸해 보였다.

“저도 제 또래와 이렇게 가깝게 지내본 적은 처음입니다. 그러니 앞으로 잘 지내보죠.”

호군평은 들릴 듯 말 듯한 작은 소리 후, 얼른 방명록을 챙겨 단상으로 향했다.

지금 그곳에서 제갈효가 군웅들을 향해 입을 열려 하고 있
었다.

임시로 만든 단상 위.
그 뒤로 백호칠수의 나머지 인물들이 앉아 있었다. 그리고
현무이수와 고경천은 머리를 덮는 피풍을 뒤집어쓰고 자리에
앉았다.
제갈효는 단상에 서자 두 눈을 말똥거리는 군웅들을 향해
밝은 미소를 보여주었다.
어둠을 밝혀낸 주변의 횃불로 인해 조금 괴기스럽기도 했
지만 그 다음에 이어지는 음성이 그런 느낌을 금방 걷어가 버
렸다.
"이렇게 다 모이는 게 이십 년 만인 것 같소. 처음 이곳에
정착하기 시작한 이후로 그 다음부터는 각자의 발전을 위해
서만 지내왔으니 말이오. 그리고 그사이에 여러분이 우리들
에게 많은 불만을 가졌다는 것도 알고 있소."
웅성웅성.
그 말에 곳곳에서 작게 떠드는 소리가 들렸다.
"하지만, 그건 모두 인정할 것이오. 그로 인해 우리는 이곳
서사천에서 다른 자들의 억압과 눈치가 없는 이상적인 무림
을 누려오지 않았소?'
소란스러움은 다시 고요함으로 빠졌다.

"그러나 요 근래 여러분이 그런 것을 벗어던지고, 각자의 길을 가고자 이곳을 떠났다는 것을 알고 있소. 모두 과거의 한을 잊지 못하고, 또 좁은 사천 땅에 싫증을 느껴 행한 행동이란 것도 잘 알고 있소."

다시금 웅성거림이 불거졌다.

"모두 이곳이 싫소?"

딱 잘라 말하는 한마디에 장내는 싸늘한 정적에 빠졌다.

"싫지는 않습니다, 제갈 대인."

전에 호군평이 주관한 회교사원의 모임에 나타났던 철극이란 자가 일어섰다.

"철극인가?"

"예."

"싫지는 않다. 그런데 떠나고는 싶단 말인가?"

"제갈 대인도 이미 전날 집회의 결과를 알고 있을 것입니다. 그리고 그건 모두의 의지로 더 이상 막을 수 없습니다."

"예. 우리는 더 이상 이런 삶을 견딜 수 없습니다. 아무리 칠수 어르신들의 덕으로 부지한 목숨이라 하지만, 이대로는 그저 아무 의미 없이 목숨만 연명하는 것입니다."

독안의 양정이 철극의 말에 호응하고 나섰다.

"자넨 양정이군."

"예, 제갈 대인."

제갈효는 이미 일전의 그 집회에서도 저 둘이 가장 크게 반

발했다는 것을 들었다.

그도 그런 것이 철극과 양정은 서사천에서도 꽤 강한 자로 통했다. 철극은 이미 단절되었다는 팽가의 도법을 익힌 자로 도법에 관해선 일가견이 있었다. 양정은 단맥으로 전승된다는 양가창법의 계승자로 그의 창술은 신기에 다다랐다고 알려졌다.

"그럼 자네 둘은 어떻게 했으던 좋겠나? 그냥 이대로 떠나서 자네들의 가슴에 담긴 한을 풀겠다는 것인가?"

"예."

둘은 거의 동시에 대답했다.

"저 둘 말고 다른 사람들도 같은 생각이오?"

제갈효는 술렁거리기 시작하는 좌중을 향해 물음을 던졌다.

"예."

"맞습니다. 더 이상 이런 삶은 싫습니다."

"이대로 있다가는 원수들이 늙어 죽는 걸 기다리는 수밖에 없소."

"죽더라도 차라리 싸워야 합니다."

점점 격해지는 군웅들의 음성은 곧이라도 이곳을 뛰쳐나가 원수들에게 달려나갈 기세였다. 이들 모두 이십 년 전의 그 일로 가슴에 원한이 남은 자들이었다.

"조용히 좀 해! 이 인간들아!"

아불승이 참기 힘든지 자리에서 일어나 소림의 사자후를 사용해 군웅들을 향해 소리쳤다.

그러자 사람들은 그의 웅혼한 외침에 침묵을 했다. 개중에는 내부가 울렸는지 인상이 안 좋은 자들도 있었다.

제갈효는 그런 아불승에게 잘했다는 미소를 보내고, 군웅들을 향해 다시 한 번 질문을 던졌다.

"좋소. 어차피 나도 시대의 흐름은 어쩔 수 없다는 것을 잘 알고 있소. 그래서 묻는데, 본래 사연이 있는 자들은 둘째 치고, 이십 년 전의 그 일로 이곳에 흘러들어 온 여러분은 도대체 누구와 싸울 것이오?"

그 한마디에 모두들 꿀 먹은 벙어리가 되었다.

이십 년 전의 비사는 말 그대로 모든 사람들이 마경의 탐욕에 빠져 미쳐 버린 결과였다. 그 결과로 남과 북의 패자라 불리던 삼양궁과 마염성이 지금은 한 성에만 강한 영향력을 발휘하는 곳으로 전락했고, 특히 정의를 부르짖으며 일어선 육파일방은 가장 큰 피해를 입었다. 그로 인해 본산 제자의 무림행도 근 이십 년을 막아오며, 거의 봉문이나 다름없는 쥐 죽은 듯한 생활을 해오고 있었다.

그러나 개중엔 그사이에 새롭게 부각된 곳도 있었다. 녹림이 그랬고, 이곳 서사천이 그랬다.

하지만 서사천은 그 광란에 떨어져 버린 낙오자들의 집단. 그 뒤 여러 부류의 사람이 모여들었지만, 이곳의 근본 발생

원인은 달라지지 않았다.

그리고 그렇게 온 자들 누구 하나 딱히 누가 원수라 지칭할 수 없었다. 미쳐 돌아간 무림. 과연 그 누가 범인이고, 원수겠는가?

"자, 보시오. 여러분은 그저 막연한 생각만으로 움직이려는 것이오. 하지만 밖은 아직도 위험하긴 마찬가지요. 근자에 성도 주변이나 중원무림이 시끄럽다는데, 그래도 여전히 북엔 마염성이 남엔 삼양궁이, 이젠 동에 녹림이 버티고 있소. 그리고 예전의 성세를 잃었다지만, 아직 육파일방은 건재하오. 그리고 새롭게 세력을 올리는 자들도 있소. 그건 그 소문을 쫓아 먼저 이곳을 떠난 자들이 증명하지 않소?"

동사천의 청성파, 공동파가 서를 일으키자 그곳에 편승하려고 이곳을 떠난 자들이 있었다. 평상시라면 힘들겠지만, 복잡해져 가는 관계 속에서는 그들에게 기회가 생길 수 있었다. 그들은 이십 년 동안 이곳에서 유일한 소일거리인 싸움으로 본인의 무공을 높이지 않았는가?

"그리고… 듣기론 중원에 흡정마공이 나타났다는 소문이 있던데, 설마 여러분은 다시 한 번 과거의 쓸데없는 꿈을 꾸려고 하는 것 아니오!"

쾅.

제갈효는 단상을 내려쳐 크게 소리쳤다.

"흡정마공?"

“정말 그것이 다시 나왔는가?”

놀라는 자들과 달리 그 말에 내심 찔려하는 자들도 있었다.

그만큼 흡정마공은 이십 년 전 그런 지옥을 겪은 그들에게도 다시 한 번 유혹의 손길을 뿌렸다. 그걸 익힘으로써 모든 무학의 상극에 서고, 또 모든 무학의 절대 우위에서 파괴자로서의 힘을 얻는다. 이 말은 곧 그걸 얻으면 천하제일인이 된다는 소리와 다름없었다.

쾅쾅쾅.

제갈효는 손으로 여러 번 단상을 내려쳤다.

그러자 주변은 다시 조용히 변해갔고 제갈효는 그런 그들에게 다시 한 번 충격적인 말을 던졌다.

“그렇게 시끄럽게 굴 것 없소. 나도 이미 알아보았으니까. 그리고 소문은 사실로 드러났고, 그걸 익힌 자도 무림에 등장했다 하오.”

“뭣이오?”

“흡정마공을 익힌 자라니…….”

“아아…….”

군웅들은 이런 사실에 모두 어안이 벙벙해졌다. 특히 흡정마공을 익힌 자의 등장이라니, 이건 욕망을 절망으로 바꾸는 것은 둘째 치고, 앞으로의 무림이 얼마나 흉흉해질 건가를 암시하는 것과 마찬가지였다.

“자, 이래도 여러분은 무림에 나갈 것이오? 향후 불어닥칠

폭풍의 향방이 어디를 강탈할지도 모르는 시점에 그래도 강호행을 고집하겠소?"

이 말 앞엔 지금까지 강한 주장을 보였던 철극과 양정도 별다른 말을 하지 않았다.

제갈효는 잠시 변해가는 사람들의 얼굴을 보았다. 그들은 갈등과 두려움 이 두 가지의 감정이 섞여 강하게 회오리쳤다. 그리고 이때야말로 그가 노리던 때임을 깨달았다.

"그러나 여러분! 걱정 마시오. 여러분은 무림에 나갈 것이오. 어차피 시류란 건 인간의 손으로 막을 수 없고, 바야흐로 기회라는 난세가 찾아왔으니 가만히 있는 것은 바보 아니겠소?"

"……."

너무나 순식간에 바뀌는 말이라 사람들 중 어느 누구도 제갈효의 말을 이해하지 못했다.

"하하. 그렇게 어리둥절한 표정 짓지 마시오. 설마 우리가 여러분을 그저 그런 말을 하려고 모이게 했겠소? 이렇게 모이게 한 것은 사실 여러분의 발길을 막고자 함이 아니고, 여러분에게 도움이 되고자 해서 모으라 한 것이오. 군평아!"

"예."

"방명록을 가져오너라."

제갈효의 명에 따라 호군평이 방명록을 들고 왔다. 그리고 그걸 건네준 후, 그는 조용히 입구 쪽으로 몸을 움직였다.

사람들도 처음에는 왜 다 아는 마당에 방명록을 적나 했다가 지금 그 방명록이 문제 대상이 되자 또 다른 의아함을 나타냈다.

탁.

제갈효는 방명록을 단상에 내려쳤다.

"자! 앞으로 이것은 우리가 무림을 나가기 위한 혈맹부가 될 것이오. 이 자리에 모인 자들은 모두 하나가 되어 중원을 향해 뜻을 펼칠 것이오."

사람들은 자기들끼리 쑥덕거렸다. 도대체 이해할 수 없는 말이라고 너도나도 떠들었다.

"제갈 대인, 이해가 가지 않습니다. 좀 알아듣기 쉽게 설명해 주십시오."

"철극, 이해되지 않을 것은 없네. 말 그대로 우리는 오늘 이후로 하나의 단체를 만들어 중원에 진출할 울타리를 만들려고 하는 것이네."

"그럼, 칠수 어르신들께서 만든다는 말입니까?"

제갈효는 철극의 말에 대답하는 대신 그제야 뒤에 앉아 있던 삼 인을 불렀다.

"이제 제 역할은 끝났습니다."

"분위기 잡느라 고생했소."

"아닙니다."

고경천의 말에 제갈효는 백호칠수가 있는 곳으로 옮겼다.

"그럼, 이제 제 몫인 것 같습니다."

추일학이 덩치를 움직여 단상으로 향했다. 그리고 지금까지 얼굴을 가리느라 쓰고 있던 두터운 바람막이 옷을 젖혔다.

사람들은 처음에 누군가 하는 표정을 짓다 한 사람이 긴가민가한 한소리를 토해냈다.

"혀… 현무칠수?"

"어! 그다. 현무칠수 중 대지서생 추일학이다!"

"그럼, 제가 누군지도 알겠군요."

홍아연이 앞으로 나서며 바람막이 옷을 걷었다. 그리고 늘 사람들에게 보여준 면사 차림으로 한마디를 보탰다.

"억! 천풍선자!"

"홍아연이다!"

그리고 놀람도 잠시.

그들은 왜 백호칠수와 현무이수가 이 자리에 함께 있나에 대해 고민을 해야 했다. 그리고 또, 아직 바람막이 옷을 벗지 않은 또 다른 한 사람. 처음엔 현무칠수라 생각했다가 제일 맏이인 대지서생이 드러내는 테도 드러내지 않자 의문만 키웠다.

"대지서생이란 부끄러운 별호를 갖고 있는 추일학이라 하오."

직접 밝히자 그건 또 다른 의미로 좌중을 흔들었다.

추일학은 잠시 그들의 그런 변화를 보다 조금 큰 목소리로 입을 열었다.

"여러분은 버림받은 자들이오."

"……!"

"정도 될 수 없고, 사도 될 수 없는 그저 그런 존재들이오."

"말이 심하다!"

철극이 한소리와 함께 일어났다. 그는 백호칠수는 인정하지만, 현무칠수까지 인정한 것은 아니었다.

"당신 설마 밖의 명성만 믿고서 그런 헛소리를 했다면, 서사천이 왜 무파무림이라고 불리는지 똑똑히 가르쳐 주지."

독안의 양정도 싸늘한 살기를 일으켰다.

"후후. 흥분들 하지 마시오. 내가 그런 말을 꺼낸 것은 서사천이 어떤 곳인 줄 잘 알기에 꺼낸 것이니… 일단 앉아서 다음 말을 듣는 게 어떻겠소?"

"그래. 애꾸눈깔, 털보 일단 앉아. 나 미치는 꼴 보기 싫으면 말이야."

앉아 있던 아불승이 한소리 내질렀다.

그리고 그 말이 효력이 있는지 아직 분이 가시지 않은 듯한 표정으로 둘이 다시 앉았다.

"뭔가 오해가 있는 것 같은데, 나는 여러분을 자극시키려 그런 말을 한 것이 아니오. 여러분은 정도 사도 될 수 없으니 다른 길을 택해야 한다는 말을 하려 했던 것이오."

"다른 길이라니……."

"뭔 소리야?"

무림의 양대 이념인 정사 말고 또 무엇이 있단 말인가?

"이미 여러분은 이십 년 전부터 그런 길을 걸어오지 않았소? 정도 사도 아닌 제삼의 길. 그렇다고 회색도 아닌 바로 여러분의 독자적인 길 말이오."

"그게 무슨 말이오?"

"바로 마도(魔道)를 말하는 것이오."

"마도?"

"그렇소. 그러나 여러분이 흔히 아는 악마를 신봉하는 자들을 지칭하는 그런 마도를 말함이 아니오. 여기서 말하는 마도는 오직 자유, 모든 속박으로부터 벗어나 진정한 자유를 얻고자 하는 그 길을 뜻하는 것이오. 정도는 대의와 정의를 쫓기에 정도라 불리오, 사도는 일신의 이익을 우선시하기에 사도라 불리오. 그럼, 마는……."

언제부터인지 모든 이들은 추일학의 말에 귀를 기울였다.

그리고 그 모습을 보며 갈음심이 제갈효를 걸고넘어졌다.

"확실히 말은 너보다 잘해."

"그러니 제가 홀라당 넘어간 거 아니겠습니까?"

"쯧쯧. 명색이 제갈공명의 후손이란 놈이 배알도 좋다."

"뭔가 오해하시는데, 그분은 언변가가 아닙니다. 그렇다고 언변이 떨어지는 것은 아니지만, 그분이 뛰어난 것은 어떤 악조건이라도 뒤집을 수 있는 전략가로서의 능력 때문입니다."

“그럼, 네놈에게 그런 것이 있다는 것이냐?”

“지금까지는 없었죠. 그럴 대상이 없었으니까. 하지만 앞으로는 다를 것입니다.”

“곧 죽어도 지 잘났다지. 에잉!”

갈음심은 고개를 흔들며 다시 추일학의 말에 귀를 기울였다.

“그 모든 것을 초월하오. 그러기에 마는 정과 사와는 필연적으로 충돌할 수밖에 없소. 또, 정과 사 모든 것을 포용할 수도 있소. 그건 여러분을 보면 잘 알 수 있지 않소? 여러분이 이곳으로 오게 된 이유가 여러분을 억압하려는 그런 것들에게서 벗어나고자 함이라 알고 있소. 그렇기에 이곳엔 정사의 이념이 없다고 들었소. 오직 강함과 약함만이 있을 뿐. 그 외의 것은 모두 본인의 자유에 맡긴다 들었소. 그렇기에 여러분은 이미 마요. 그리고 다시는 정, 사의 길에 들어설 수 없는 존재가 되어버렸소. 그러나 세상은 정, 사 둘 중 하나를 강요하오. 그렇지 않으면 살아갈 수 없기에 선택할 수밖에 없소. 자, 그럼 여러분. 여러분은 이곳을 떠나 둘 중에 하나를 선택하라 하면 정, 사 어디든 한곳을 택할 수 있소?”

“…….”

“아마 없을 것이오. 내 단언하건대, 당신들의 가슴 깊은 곳에 뿌리내린 한(恨)이란 복수의 나무가 절대 둘 중의 하나를 선택하지 못하게 만들 것이오. 그건 나도 그 나무를 가슴 깊이 키워왔기에 잘 알 수 있소.”

점점 열기를 띠어가는 추일학과 달리 군웅들은 더욱 차갑게 식어갔다.

그러나 군웅들 중에서도 의문을 참지 못하고 끼어드는 자들도 있었다.

“무슨 소리요? 현무칠수는 무림인들이 함부로 대할 수 없는 존재들이라 들었는데, 거기다 당신들은 이십 년 전의 비사 이후로 본격적인 활동을 하지 않았소. 그런 당신네들에게 어찌 한이 생기겠소?”

“있소! 여러분의 이십 년 동안 갖고 온 한보다 더 큰… 무려 일 갑자를 참아온 한을 갖고 있소.”

“거짓말하지 마시오. 당신네들의 나이가 일 갑자가 되지 않았는데, 어찌 그런 한이 생길 수 있소.”

“이곳에도 자신이 몸담고 있던 문파가 멸문당한 사람들이 있을 것이오. 하지만 그 당시는 전 무림이 미쳐 돌아가는 광란의 시기였소. 그러나 내 문파인 삼음교는 단지 삼양궁의 야욕에 의해 사라졌소. 그것도 봉인된 흡정마공을 뺏으려는 이유로 말이오!”

그 말의 폭풍은 지금까지 말 중 그 어느 것보다 강하게 장내를 휩쓸었다.

“삼음교!”

“흡정마공!”

“설마 그 일이 흡정마공을 얻기 위해?”

“그럼, 이십 년 전의 비사는…….”

사람들은 각자 자기들만의 생각을 떠들며 이 상황을 어떻게 받아들여야 할지 제대로 갈피를 잡지 못했다.

‘쯧쯧. 사람들이 또 서생의 사기술에 휘말리고 있군. 선하령의 그들도 그렇고, 흡정마공이란 글자만 언급되면 정신을 못 차리는군.’

고경천은 바람막이 옷 안에서 고개를 살살 흔들었다.

‘여하튼 이제 슬슬 결론으로 치달리는군.’

그리고 고경천은 슬슬 자신이 나타나야 할 때가 오고 있다는 것을 느꼈다.

“조용히 하시오!”

추일학은 잠시 흥분되는 그들의 분위기를 달래갔다. 굳이 그 외의 이야기는 하지 않고, 그들 스스로 생각하게 만들었다.

장내는 다시 조용해지고, 군웅들은 이번에 그가 무슨 말을 할까 자연스레 기대를 하게 되었다.

“자, 이제 여러분도 알게 되었을 것이오. 현무칠수도 여러분처럼 한을 갖고 있소. 또 백호칠수도 사문에서 버림받았단 한을 갖고 있소. 그리고 다른 자들도 각자 나름대로의 한을 갖고 있을 것이오. 그래서 우리는 각자의 한을 풀기 위해 뭉쳐야 하오. 개인의 혼자서는 그걸 해낼 수 없기에 우리는 힘을 합쳐 우리가 이 모든 것에서 벗어나 진정한 자유를 얻을 수 있도록 힘을 합쳐야 하오. 그래서 나는 이 자리에서 여러분에게 한 가지 제안을 하겠소.”

추일학은 잠시 사람들의 얼굴을 바라보았다.

지금 누구 하나 그의 얼굴을 바라보지 않는 사람들이 없었다.

‘되었군.’

추일학은 속으로 웃음을 흘렸다. 그리고 오늘 집회의 종지부를 찍어갔다.

“제갈 형도 말했다시피 우리는 하나의 단체를 만들 것이오. 여기 있는 모든 사람들이 뜻을 이룰 수 있도록. 또 우리가 모든 것에 얽매이지 않는 의지를 관철하기 위해 백호칠수와 현무칠수는 북신마교(北辰魔敎)를 만들기로 결심했소.”

“북신마교?”

“마교…….”

“북신이면… 천공에서 유유히 홀로 빛을 발하는 북극성…….”

사람들은 각자 북신마교가 주는 의디에 빠져들었다.

“자! 이제 이 방명록에 피의 맹세를 해 혈맹의 의지로 우리의 한을 품시다!”

“아…….”

“오…….”

“와아아아아!”

누가 먼저 터뜨린 건지 몰랐다. 그리고 누가 시킨 것도 아니었다. 그들은 모두 그저 크게 함성을 지르며 오늘의 이 자리를 기억시키려 했다.

“슬슬 준비를 해볼까?”

고경천은 그 함성을 들으며 조용히 손을 풀었다. 드디어 그가 나설 때가 온 것이다.

第四章
북신마교 탄생!

“개소리 마라!”

“다 미친 소리다!”

“모두 추일학의 헛소리에 속고 있는 거다!”

갑작스레 모든 함성을 잠재울 듯한 싸늘한 외침이 장내를 휩쓸었다.

“설마, 저들이…….”

제갈효는 소리친 자들을 바라보며 의외란 표정을 지었다.

소리친 자들은 군웅들을 헤치며 단상으로 걸어나오고 있었다. 그들은 한 명의 노인과 두 명의 중년인으로 이루어졌다.

"아니, 저자들이 왜?"

"저들은……."

군웅들은 고개를 갸웃거리며 그들의 뒷모습을 바라보았다.

그들은 단상 앞에 서자 삐딱한 자세로 추일학을 향해 입을 열었다.

"당신 무슨 헛소리야! 우리 모두를 엉뚱한 일에 끌어들여 다 죽일 셈이야?"

"그리고 당신, 지금까지 한 말 진실이야? 아무리 백호칠수 어르신들이 인정했다지만, 아무리 들어도 당신 말은 거짓이잖아."

"그렇네. 삼양궁이 흡정마공을 뺏으려 삼음교를 멸망시켰단 그 말. 그렇다면 왜 이십 년 전 흡정마공의 등장에 우리가 이런 꼴을 당해야 했나?"

두 중년인을 필두로 나중에는 노인까지 추일학의 말에 이의를 들고 나왔다. 그리고 두 중년인 중 한 사람이 뒤를 향한 채 그들을 바라보는 군웅들을 향해 소리쳤다.

"여러분, 이상하지 않소? 아무리 백호칠수 어르신들이 그들과 손을 잡았다지만, 저 사기꾼이 떠든 헛소리가 말이 되오? 묵장(墨杖) 어르신이 말한 것처럼 삼양궁이 흡정마공을 가지고 있다면, 왜 우리가 이곳까지 흘러들어 왔겠소?"

"그렇소. 거기다 이상한 것은 얼마 전 우리의 강호행을 막

으려 회교사원의 집회까지 연 분들이 어찌 이리 갑자기 바뀔
수 있소?"

"맞네. 아마 칠수는 무림이현이라 불리는 저놈의 교활한
계책에 말려든 걸 걸세."

나머지 노인과 중년인도 먼저 말을 꺼낸 자의 말에 동조하
듯 군웅들을 향해 소리쳤다.

웅성웅성.

정말 변하기 쉬운 것이 군중심리라고, 그들은 또다시 술렁
거렸다.

한편, 그들이 나설 때부터 고경천은 제갈효에게 전음을 받
고 이야기를 나누고 있었다.

[교주님, 저들 중 군웅들을 향해 처음 입을 연 자가 용형권(龍
形拳)을 익힌 우칠(雨七), 나머지 중년인이 적혈지(赤血指)를 쓰
는 장오(張五), 마지막으로 저 노인이 육십 근이 넘는 묵철장을
나무젓가락처럼 다룬다는 묵장이란 사람입니다.]

[그런데 저들이 왜 갑자기 이렇게 나서는 것이오? 오늘 모
임은 믿을 만한 자들로 모았다 하지 않았소?]

[교주님이 보기에는 어떻습니까?]

[수재도 서생 닮아가오? 간단한 이야기를 돌려 말하는 버릇
좀 없앱시다.]

[예, 죄송합니다. 저들은 각기 용형문, 적혈방이란 곳의 출

신입니다. 묵장은 출신이 불분명하고, 아마 세 사람 중 무공은 묵장이 제일 높을 것입니다. 그러나 드러나지 않은 실력이 있다면 이야기는 달라지지요.]

[그 말은 저들이 신분을 숨긴 자들이란 말이오?]

[그렇다고 볼 수도 있지요. 실상 서사천에는 여러 인간들이 몰려들었습니다. 그리고 다 그 나름의 사정이 있는 자들이지요. 하지만 개중 그 사정이 애매한 자들도 있습니다. 또 시간이 흘러 변해 버린 자들도 있지요. 바로 저기 있는 자들이 그런 경우일 것입니다. 그래도 나름 오랜 시간 지켜본 믿을 만한 자로 오늘 이 자리에 참석시켰거늘. 조금 의외이긴 합니다.]

[그럼 저들이 변해 버린 자들이거나 일부러 신분을 숨기고 잠입해 온 자들이란 말이오?]

[예. 이곳은 여러모로 무림인들에게 신경이 쓰일 것입니다. 혼란스럽다 하나 파가 없기에 하나로 뭉쳤을 때는 바로 거대한 힘으로 바뀔 수가 있지요.]

제갈효의 말에 고경천은 잠시 침묵을 지켰다. 그리고 다시 전음을 보냈다.

[그래서 화려하게 해달라고 한 것이오?]

[그렇지요. 지금까지는 그런 자들이 있든 없든 신경 쓰지 않았습니다. 굳이 위협을 가하지 않는다면, 굳이 그들을 먼저 자극할 필요가 없었지요. 하지만 앞으론 다릅니다. 그런 자들

이 있으면 대업을 달성하는 데 걸림돌이 될 것입니다. 차후 다시 색출 작업을 하겠지만 일단 다른 마음을 먹을 수 없게 확실한 걸 보여줄 필요가 있습니다.]

[알겠소.]

고경천은 대답을 하며 천천히 단상을 내려가 한참 떠들고 있는 삼 인에게 다가갔다.

“그럼 교주님께서 저들에게 확실한 대답을 내려주십시오.”

추일학은 고경천이 움직이는 모습을 보고 내공을 가미해 주위를 향해 크게 소리쳤다. 그리고 그 소리는 떠드는 군웅들은 물론 삼 인의 귀에도 확실히 전해졌다.

“교주?”

“어? 백호칠수와 현무칠수 말고 북신마교를 따로 이끄는 사람이 있단 말인가?”

사람들은 자연스레 바람막이 옷으로 얼굴을 가린 고경천을 주목했다.

앞서 나선 삼 인도 고경천을 주시하며 서서히 그들을 향해 뿜어지는 기세에 조금씩 얼굴에 긴장감을 드러냈다.

하지만 묵장은 긴장을 지우고 무거운 묵철장으로 땅을 찍으며 한 발 앞으로 나섰다.

쿵. 쿵.

한번 땅을 찍을 때마다 둔중한 소리가 주변으로 퍼져 나갔다.

묵장은 고경천과 삼 장여를 남기자 걸음을 멈추었다. 그리고 상대의 정체를 파악하려는지 노안으로 뚫어지게 고경천을 바라보았다.

"당신이 앞으로 개파할 북신마교의 교주란 자요?"

아직은 나이는 물론, 성별도 짐작하기 어려워 묵장은 말을 조심했다. 특히 고경천에게서 뻗어 나오는 한기가 그의 긴장감을 더욱 높였다.

"그렇다면?"

고경천은 천천히 얼굴에 쓰고 있던 바람막이 웃을 벗었다.

"어……?"

"아니, 저럴 수가……."

사람들은 고경천의 모습에 놀란 탄성을 터뜨렸다.

너무 젊은 나이와 수려한 외모. 현무칠수와 백호칠수에게 동시에 우대를 받기엔 무엇 하나 믿을 만한 구석이 없었다. 하지만 얼굴에 문신처럼 그어진 검은 줄 만큼은 왠지 가슴 한편에 서늘함을 불러일으키게 만들었다.

그러나 고경천의 모습을 본 삼 인은 서늘함보다 다른 것을 받은 듯 험악한 기세를 드러냈다.

"마치 백호칠수와 현무이수에게 놀림당한 기분이군. 그들이 내세운 교주란 자가 이리도 어린아이일 줄이야. 허허허."

묵장은 허탈한 웃음을 터뜨렸다.

고경천은 그의 웃음과 우칠, 장오의 표정에 내심 내키지 않았던 마음이 싹 바뀌었다.

'양심의 가책을 받을 필요가 없겠어.'

고경천은 얼굴을 싸늘하게 굳히며 단상을 향해 소리쳤다. 마치 묵장의 그 한마디를 묵살하는 듯한 일갈이었다.

"마검, 당신의 선택이 군웅들을 놀려먹기 위한 연극이었소?"

혁진웅은 자리에서 일어나 앞쪽으로 성큼성큼 걸어나왔다. 그리고 매서운 눈으로 군웅들을 바라보다 단호한 한마디를 토해냈다.

"아니다. 내가 당신을 교주로 선택한 것은 당신이 나보다 강한 강자이기 때문이다."

몇 마디 되지 않는 말이지만, 그 말이 주는 무게는 엄청났다. 더욱이 지금까지 서사천의 최고 강자로 불려지는 그를 통한 말이기에 모두는 벌어진 입을 다물지 못했다.

반론을 제기했던 삼 인도 일순 얼이 빠져 다음 말을 잇지 못할 정도였다.

"…쳐 주지."

"……?"

삼 인은 잠시 얼이 빠졌다 고경천이 내뱉은 말에 정신을 차렸다.

"뭐라고 했… 소?"

우칠은 반말이 튀어나오려던 것을 애써 막았다.

"왜 그들이 나를 교주로 모셨는가 가르쳐 준다고 했다."

"……!"

삼 인은 일순 어떻게 반응해야 될지 갈피를 잡지 못했다.

고경천은 움직이지 않는 그들을 바라보며 반할 듯한 미소를 지었다.

"겁먹은 것인가? 그렇다면 이대로 돌아가도 좋다. 그러나……."

너무 나직하여 부드럽게 속삭이는 것 같았다. 그러나 전신에서 뿜어지는 살기는 동굴 전체를 뒤덮을 듯 어마어마했다.

그건 앉아 있는 현무이수와 백호칠수들의 표정조차 바꿀 정도였다.

그리고 고경천은 그걸로 성이 차지 않았는지 손을 내밀어 손바닥이 하늘로 향하게 했다. 그러자 그곳에서 꿈틀거리며 다섯 가지의 기운이 용솟음치며 서서히 뻗어 나왔다.

스스스.

투명한 검은색의 빙기와,

화르르르.

하얀색의 화기.

파지지직.

벽록색의 뇌기.

스멀스멀.

탁한 흑색의 독기.

마지막으로 색이 없지만 다른 네 가지 기운들과 회오리쳐지는 하나의 기운.

점점 그 다섯 가지의 기운들은 서로의 꼬리를 물려는 것처럼 고경천의 손바닥에서 맴돌았다. 그리고 그 기운은 점점 고경천의 몸 전체로 퍼지며 점점 주변에 강한 회오리바람을 일으켰다.

콰류르르르.

"결정은 빠를수록 좋다. 내가 이 일장을 내치면, 너희들에게 다음은 없으니까 말이다."

"……."

삼 인의 시선은 얼어붙은 듯 고경천의 손 위에 머물렀다.

대저 일반인들은 한 번에 한 가지 특성의 내공을 갖는 게 보통이었다. 그건 단전의 특성상 처음 단전을 여는 내공에 맞춰지기 때문이다. 그래서 새로운 내공을 쌓게 되면, 기존의 내공을 없애고 익히거나, 아니면 새로운 걸 익히는 와중에 자연히 소멸되게 마련이다.

그러나 때론 성질이 다른 내공이 몸속에서 충돌을 일으켜 내상을 입거나 심마에 빠지는 경우가 있었다.

결코 고경천처럼 동시에 여러 가지 기운을 사용할 수 없었다.

"정말 괴… 아니, 인간이 아니야. 염병타불."

아불승은 전에 쓰디쓴 기억이 떠올라 자신도 모르게 요상한 불호를 읊었다. 그나마 많이 익숙해진 모습이었다.

하지만 경험해 보지 않은 자들은 아불승처럼 억지로라도 받아들일 수 없었다.

"으으으……."

우칠의 입에서 요상한 신음이 새어 나왔다.

"으드드!"

장오도 눈에 띄게 몸을 떨며 이빨을 부딪쳤다.

그러나 묵장만큼은 그 와중에서도 어느 정도 정신을 유지하다 비장한 표정으로 눈을 감았다. 그리고 아무도 들을 수 없을 정도로 입만 움직였다.

'혹시, 아미타불?'

고경천은 그 입 모양이 요상한 불호를 외는 아불승의 그것과 비슷하다고 느꼈다.

그러나 미처 그걸 생각해 볼 수 없게 상대가 고경천에게 덤벼들었다.

"하앗!"

묵장은 기합성과 함께 그대로 몸을 날렸다. 그리고 손에 들린 묵철장을 들어 정신 나간 사람처럼 전방을 향해 어지럽게 휘둘렀다.

픽픽.

그러자 묵철장에서 바람이 빠지는 소리가 들리더니, 곧 고경천의 주위를 감싼 기운을 가르며 본신을 노렸다.

"어!"

아불승이 그 모습에 앉아 있던 자리에서 벌떡 일어났다. 아무리 생각해도 묵장이 일으키는 바람 소리와 그 움직임이 너무 눈에 익었다.

고경천도 묵장의 무공을 보며 한 사람의 무공을 떠올렸다.

바로 최염의 풍령살.

그러나 흡사할 뿐 둘의 무공은 달랐다.

최염의 무공은 바람을 일으켜 바람 속에 검기를 숨기는 것이고, 묵장의 무공은 빠르게 움직이는 검로로 인해 바람이 일어나는 것이다.

'그래도 한 수는 있군.'

고경천은 날아오는 기운들을 보며 앞으로 뻗었던 손을 내렸다. 그러자 순간적으로 그의 몸을 맴돌던 기류가 사라지고, 그의 손에서 용솟음치던 다섯 가지의 기운까지 사라졌다.

단지 그의 전신에 엷게 어리는 아지랑이만이 얼마 전의 무공 흔적을 남겼다. 이건 집중해서 보이지 않으면, 잘 눈에 띄지 않아 얼핏 무기력하게 서 있는 것 같은 착각을 불러일으켰다.

"아!"

"교……."

막 놀라 소리치려던 백호칠수와 현두이수들은 뒷짐 진 고경천의 손이 좌우로 흔들리는 것을 보고 그대로 제자리에 앉았다.

"아앗!"

그러나 생각에 잠겼던 아불승은 그와 다른 이유로 소리쳤다. 그제야 그의 머리 속을 어지럽혔던 무공의 정체를 알 수 있었다.

"아미파의 난피풍검법(亂披風劍法)!"

그 소리에 참았던 백호칠수와 현무이수의 눈에 다시 놀람이 서렸다.

휘익. 휘이이익.

피피핏.

묵철장에서 뻗어 나온 기운들이 그대로 고경천의 전신을 난도질시킬 듯 덮어씌웠다.

"아직 멀었다!"

묵장은 그걸로도 성이 차지 않는지, 곧 바닥을 차며 뛰쳐나가 그대로 백 근이 넘는 묵철장을 머리 위로 들어 올렸다가 전 공력을 담아 그대로 고경천의 머리를 향해 내려쳤다.

쿠아아앙!

공기가 압축해서 터지는 소리와 함께 묵철장은 그대로 고경천의 머리로 떨어졌다.

"홍강수(虹剛手)!"

고경천의 목소리가 낮게 퍼지며, 묵철장과 들어 올린 고경천의 손이 머리 위에서 충돌을 일으켰다.

깡!

맨손과 묵철장이 부딪쳤다곤 믿어지지 않는 소리가 났다.

그러나 그걸 미처 받아들이기 전에 묵장은 놀란 눈이 되어야 했다.

휘익.

묵철장을 상대하지 않은 고경천의 남은 손이 먹이를 찾듯, 그의 주름진 목을 빠르게 노리고 다가왔다.

티딕.

무언가 엇갈리는 소리와 함께 묵장도 묵철장을 들지 않은 손으로 고경천의 손을 부딪쳐 갔다.

퍽. 우두둑.

채애앵.

뼈가 으스러지는 소리와 함께 검이 검집을 요란하게 빠져나오는 소리가 들렸다.

"윽!"

묵장은 비명 소리를 내며 빠르게 뒷걸음질쳤다. 어느샌가 그의 손엔 검은 날을 자랑하는 검 한 자루가 쥐어져 있었다. 하지만 이번 일격으로 손해를 봤는지 고경천과 부딪친 손을 축 늘어뜨렸다.

"호오."

고경천은 허공을 잡은 자신의 손을 보며 탄성을 터뜨렸다.

설마 묵철장 속에 검을 숨기고 있을 거라고는 생각지 못했다.

탱!

고경천은 들고 있던 묵철장 껍데기를 바닥에 던졌다.

'그래서 아미타불을 했군. 그런데 아미파 고수라니… 완전 예상 밖이군.'

고경천은 아불승의 외침에 상대의 정체를 확실히 알 수 있었다. 이미 입 모양만으로 혹시 했는데, 이로써 그의 의문은 풀렸다.

고경천은 아직 제정신을 수습하지 않은 묵장을 보며 한마디를 던졌다.

"대사는 법명이 어찌 되오?"

"……!"

"훗. 숨긴 절학까지 드러내 놓고 이제 와 놀란 표정을 해봐야 무슨 소용이 있소?"

"…….."

묵장의 얼굴에 그늘이 어렸다. 일부러 검이 아닌 묵철장을 사용해 무공을 펼쳤거늘. 그의 정체는 단박에 들통이 났다.

고경천은 그런 묵장은 잠시 두고 다른 자들을 보며 말을 했다.

"이쪽이 아미파의 고승이면, 그쪽은 청성파? 당가? 아니면, 그 외 다른 곳에서 왔나?"

고경천의 부드러운 한마디였지만, 우칠과 장오의 얼굴을

흙빛으로 만드는 데는 충분했다.

그 둘은 잠시 어찌할까 고민을 하다가 그대로 동굴 입구를 향해 몸을 날렸다.

휘잇.

빠르게 몸을 날리는 둘은 어느새 군웅들의 머리를 타고 넘어 동굴 입구까지 다가들었다. 그들도 자신의 숨겼던 무학을 드러내자 엄청난 빠르기를 자랑했다.

그러나 그들이 빠져나가려는 동굴에서 청년의 음성이 터졌다.

"만화성막(萬花成幕)!"

음성 뒤에 동굴 입구에 금빛을 자랑하는 매화꽃잎들이 휘날리며 빠져나가려는 둘의 앞에 장막을 쳐버렸다.

"헉!"

"이런……!"

그들은 갑작스레 덮쳐 오는 기세에 본능적으로 공격을 펼쳤다.

"최심장(催心掌)!"

"삼음오공조(三陰蜈蚣爪)!"

각기 우칠은 권이 아닌 장으로, 장오는 지가 아닌 조로 매화장벽에 맞부딪쳤다. 그러며 그들은 자신들의 배경을 드러내는 무공을 펼쳤다.

최심장은 청성파의 절학이고, 삼음오공조는 공동파의 절

학이었다.

콱!

충돌이 일어나며 각기 그들은 뒤로 물러나야 했다.

하지만 입구를 지키던 자와 달리 우칠과 장오는 목뒤에 느껴지는 강렬한 악력을 느끼며 명부사자의 음성도 동시에 들어야 했다.

“무엇이 두려워 도망치는가?”

“……!”

“아직 대화가 끝나지 않았다.”

고경천은 그들의 마혈을 짚고, 입구를 막아선 자를 향해 격려를 했다.

“동생, 수고했어.”

“아닙니다, 교… 아니, 형님.”

무섭게 변하는 고경천의 얼굴을 보며 호군평은 얼른 말을 바꾸었다.

“그럼, 일단 이놈들부터 처리하고…….”

고경천은 우칠과 장오를 옆구리에 끼고 단상이 있는 곳으로 가려고 했다. 그러다 무엇이 떠올랐는지 호군평을 향해 물었다.

“동생, 혹시 자네가 펼친 검법, 마검의 매화삼마검 아니야? 그런데 왜 매화가 금빛을 띠지?”

“예? 아닙니다. 사부님이 저에게 매화삼마검은 전수하지 않았습니다. 그건 마공심법을 익혀야 하기에 다른 사부들의 무공을 배울 수 없어 저는 칠사부님의 스림 내공을 배웠습니다. 그리고 지금 펼친 것은 화산의 매화칠절검입니다. 매화삼마검의 전신이죠."

"알겠어. 그럼."

고경천은 대화를 마치고 다시 간상으로 몸을 날렸다.

'아쉽군. 만일 동생이 흡정마공을 익혔다면, 그 끔찍한 매화삼마검을 익혔을 텐데. 그런데 이건 전해줄 수도 없고……'

고경천은 내심 아쉽다는 생각을 했다. 만약 비급이라면, 그에게 한번 익혀보게 할 텐데, 이건 익히는 것이 아니라 흡수하는 것이기에 반을 뚝 잘라 덜어주지 않으면 익힐 수가 없었다.

'한번 해볼까?

고경천이 이렇게 생각할 때 호군평은 갑자기 몸에 오한이 찾아드는 걸 느꼈다.

단상 앞.

이런 소란에도 동굴 내는 혼란에 빠지지 않았다. 그도 그런 것이 군웅들이 정신이 돌아와 어지러워질 때, 당협기가 한마디를 했다. 한데 그건 아불승의 사자후보다 크지 않았는데도 오히려 효과는 확실했다.

“꿈틀거리는 놈들은 쥐도 새도 모르게 핏물로 만들어 버리
겠다.”

그 뒤 그들은 말 잘 듣는 아이들처럼 돌아가는 사태를 묵묵
히 주시했다.

결과가 이렇게 되자 제갈효가 다시 나서 단상 앞에 있는 묵
장에게 말을 걸었다.

“묵 노인, 이미 정체가 드러난 이상 입을 다물어서 어떻게
하겠다는 것이오? 어차피 서사천에 당신과 같은 이유로 잠입
한 자들이 많다는 것을 알고 있소. 그러니 당신의 정체를 밝
히고 우리와 이야기를 해보는 것이 어떻소? 아직 우리는 아미
파와 척을 질 생각은 없는데 어떻소?”

그러나 묵장은 석상처럼 꿈쩍하지 않았다.

“아직까지도 입을 열지 않소?”

어느새 다시 단상으로 온 고경천이 제갈효에게 질문을 던
졌다.

“예, 교주님.”

“잠시 후면 입을 열기 싫어도 열게 될 것이오.”

“……?”

고경천은 제갈효의 의문 섞인 눈빛에도 대답은 해주지 않
고, 마혈을 제압해 세워놓은 우칠과 장오한테 다가갔다.

“아직도 입을 열 생각이 없는가?”

“…….”

“하긴 명색이 세작이라면, 그 정도 기개는 있어야지. 그런 의미에서 내가 좋은 걸 경험하게 해주지.”

고경천은 그 말을 끝으로 우칠과 장오의 마혈을 풀어주었다.

“……?”

그들은 잠시 왜 마혈을 풀어주는지 이해를 하지 못했다.

하지만 곧 다시 잡히는 목줄기를 통해 그들은 두 눈 멀쩡히 뜨고 지옥 경험을 해야 했다.

“흡정마공이란 것이다.”

고경천은 그들만 들을 수 있는 나직한 목소리와 함께 곧 흡정마기를 일으켜 그들의 몸속에 집어넣었다.

꿈틀.

검은색 문신들이 꿈틀거리기 시작하자 곧 고경천의 손을 통해 잡힌 그들의 몸속으로 흡정마기가 들어갔다.

“크아아아아!”

“으아아아악!”

둘은 거침없이 몸속을 파고드는 이질적인 기운에 참지 못하고 비명을 질렀다.

우둑. 우두두둑.

그리고 뼈마디가 요란하게 뒤틀리는 소리와 함께 곧 우칠과 장오의 사지가 미친 듯 요동을 쳤다.

그들은 견디기 힘든 고통에 어떻게든 입을 열려고 했다. 하지만 몸속을 헤집는 흡정마기는 그들에게 비명 외의 힘은 남겨주지 않았다.

"크아아악!"

"꺼어어억!"

그들의 하체가 어느덧 뜨뜻하게 적셔갔다.

이 순간 묵장은 고경천의 말이 아니라도 끔찍한 비명 소리에 우칠과 장오가 겪는 지옥을 낱낱이 보아야 했다.

잠시 후, 생을 마치는 듯한 힘없는 비명이 둘의 입에서 빠져나왔다.

"끄으으."

"꺼어……."

그들이 숨을 거두자 고경천은 잡고 있던 손을 풀어 둘을 바닥에 눕혔다.

"……."

장내는 찬물을 끼얹다 못해 얼음까지 뒤집어쓴 듯 꽁꽁 얼어붙었다.

그건 이제 함께할 백호칠수도 마찬가지였다. 단지 흡정마공을 한번 견식한 현무이수만이 제정신을 갖고 있었다.

저벅.

고경천은 천천히 묵장에게 다가갔다. 한 발 한 발 서두르지 않는 걸음으로 그와의 거리를 좁혀 나갔다.

점점 가까워지는 거리에 묵장은 자신도 모르게 불호를 터뜨렸다.

“아… 아미타불.”

“이제야 스스로의 신분을 인정하는 것이오?”

“…….”

묵장은 자신의 실수를 깨닫고 얼른 입을 다물었지만, 이미 엎질러진 물이었다.

“그렇게 정색할 필요가 있소, 이미 다 밝혀진 마당에? 그보다 방금 본 광경이 어떻소. 나는 대사에게까지 그런 수를 쓰고 싶지 않소. 내 과거 육파일방의 한곳과 연을 맺은 정리로 대사와는 대화로 일을 해결하고 싶소.”

“대화? 허허허. 더 이상 무슨 대화가 필요하단 말이냐? 네가 이미 심중에 마를 품은 마귀이고, 내가 자비를 쫓는 불제자인 이상 모든 것은 이미 정해졌다.”

묵장은 늘어뜨렸던 묵검을 천천히 들어 올렸다. 그런데 왼팔이 고경천의 홍강수에 으스러진 상태라 검을 든 자세가 불안해 보였다.

“싸움. 그게 대사의 뜻이오?”

고경천은 정색하며 입을 열었다.

“아니지. 이미 왼팔이 불구가 된 늙은 중이 향후 무림을 지옥에 빠뜨릴 마왕과 어찌 싸움을 벌이겠느냐? 그저 그 앞길을 축복하는 의미에서 붉은 피를 뿌려주겠다!”

푹.

묵검이 그대로 방향을 틀어 주인의 가슴을 파고들었다.

"이제 나의 죽음으로 곧 아미파의 제자들이 서사천으로 들이닥칠 것이다. 그럼 너희들은 모두 마의 종자로 비참한 죽음을 맞이할 것이다."

그리고 그는 놀랄 만한 말을 끝으로 그대로 숨을 거뒀다.

잠시 장내는 묵장의 저주와도 같은 외침으로 정적에 빠졌다.

아직 모든 것이 시작도 되기 전에 커다란 장애에 봉착하게 되었다.

아미파는 사천에 자리한 다른 문파와 달리 육파일방이란 든든한 배경을 갖고 있었다. 그래서 그들과의 직접적인 충돌은 자칫 육파일방 전체와의 충돌도 감안해야 했다.

그래서인지 막상 개파의 분위기에 달아올랐던 군중들도 두 눈에 갈등을 보였다. 제대로 준비도 되지 않은 상태에서 오랜 전통을 가진 아미파와의 충돌은 어찌 보면 결과가 보였다.

"두려운가?"

고경천은 묵장의 시신에서 눈을 돌리고 갈등하는 군중들을 바라보았다.

그들 모두는 아직 어떻게 해야 될지 갈피를 잡지 못해 혼란한 얼굴들을 하고 있었다.

고경천은 잠시 그런 그들의 얼굴을 하나하나 눈에 담으며 다시 입을 열었다.

"두려워할 필요 없다. 어차피 마도의 길은 투쟁의 연속이다. 그리고 그게 바로 참된 무인의 길 아니겠는가? 그러니 진정한 무인이라면 전혀 두려워할 필요 없다."

"……."

"그래도 아직 침묵이군. 역시 한번 낙오된 자들이라 막상 닥치니 두려움을 떨치지 못하는가?"

고경천의 이 말만은 효력이 있었다.

그의 말에 몇몇 자들이 두 눈에 분노를 나타냈다. 그리고 그 분노는 자연스레 주변으로 번져 가며 모든 자에게 전염되었다.

"이제야 모두 무인의 눈이 되었군."

고경천은 그런 모습에 잠시 미소를 짓다 정색하며 말했다.

"인생의 낙오는 한 번이면 족하다. 그래서 난 한 번의 낙오 후, 지금까지 악착같이 살아왔다. 그리그 앞으로도 다시는 낙오자가 되지 않기 위해 노력할 것이다. 그러나 현재의 무림은 노력만으로는 될 수 없다. 현실은 본인의 능력 외에도 여러 가지를 원한다. 그래서 난 마도를 열기로 했다. 오직 그 사람의 능력이 전부가 되는 진짜 무림을……."

고경천은 출도 후, 지금까지 생각해 온 자신의 이상을 처음으로 만인 앞에 이야기했다. 그래선지 잠시 말음 멈추고, 눈을 감았다.

꿀꺽.

정적이 견디기 어려웠는지 누군가 침을 삼켰다.

그리고 다시 떠지는 고경천의 전신에서는 지금보다 강한 기세가 뿜어 나왔다.

"흡정마공의 주인으로서 만들어갈 것이다!"

고경천은 이 말을 끝으로 단상으로 올라갔다. 그리고 바람막이 옷을 둘러쓰고 본래의 자리에 앉았다.

[수재. 어때, 이만하면 화려하오?]

[……]

[흠… 모자라오? 뭐, 그렇다 해도 나는 더 이상은 무리요.]

고경천은 조금 툴툴거리는 전음을 보냈지만, 제갈효는 그의 전음이 잘 들어오지 않았다. 지금 고경천이 마지막으로 말한 것으로 인해 정신이 몽롱했다.

[교주님! 왜 흡정마공의 주인이란 걸 밝혔습니까? 그건 아직 밝혀져서는 안 되는 사항인데, 만일 아직 나서지 않는 또 다른 무리가 밖에 소문이라도 내면……]

제갈효는 잠깐 동안 말을 잃었던 만큼 번개처럼 쏘아댔다.

[내도 뭔 상관 있소? 어차피 밝혀져도 밝혀질 일. 그리고 확실한 강함을 보여주려면 흡정마공만 한 게 어디 있소.]

[아니, 상관이 왜 없습니까? 이로써 우리는 전 무림의 공동 표적이 된 것입니다. 그럼 향후 본 교의 행보에……]

[괜찮소. 어차피 언제 싸우나 싸워야 할 자들 아니오? 그리

고 나는 어차피 함께할 자들이라면 나에 대해 알고 있어야 한
다고 생각하오. 그래야 믿을 수 있지 않겠소?」

　"……."

　제갈효는 할 말을 잃었다.

　그러나 그의 침묵은 절대 고경천의 생각에 동의해서가 아
니었다.

　'아… 무슨 삼류건달들이나 할 만한 소리인가?'

　제갈효는 이 순간 추일학을 잠시 동정하는 눈빛으로 바라
보았다.

　추일학도 앉아 있는 고경천을 바라보다 제갈효와 시선이
마주쳤다.

　그런데 그 눈빛이 마치 '그동안 속 좀 썩었겠소' 라는 의미
를 전하는 듯했다.

　"휴우……."

　추일학은 깊은 한숨을 내쉬며 자리를 털고 일어났다. 이제
계획대로 그가 마무리를 지어야 했다. 그래서 단상에 다가가
방명록을 들어 내려쳤다.

　탕탕.

　그 소리에 고경천의 마지막 말에 얼이 빠졌던 군웅들의 눈
에 서서히 초점이 잡혀갔다.

　"당신들도 교주님의 말을 들었을 것이오. 우리가 앞으로
따라야 할 분은 무림에 전설로 내려오는 흡정마공을 익힌 자!

북신마교는 바로 그분이 이끄는 단체요. 그러니 향후 교주님과 함께 마도무림을 만들어갈 자는 나서시오. 단, 거짓으로 동참하려는 자는 흡정마공의 재물이 될 수 있으니 명심하시오.”

추일학은 군웅들을 향해 소리쳤다.

하지만 군웅들 중 누구 하나 선뜻 움직이려 하지 않았다. 서로 눈치만 살필 뿐, 마지막 말이 주는 의미 때문인지 자리만 지켰다.

그러나 어디든 늘 용기있는 자는 있기 마련이었다.

“혼원패도(混元覇刀) 철극. 이왕지사 서사천을 떠나기로 마음먹은 이상 전설로 내려온 흡정마공의 주인을 따르겠소.”

“무영신창(無影神槍) 양정도 함께하겠소. 이왕지사 한판할 거면 크게 하는 게 좋소.”

그 둘이 앞서서 단상으로 나서자 눈치를 보던 자들이 하나둘 빠르게 그 뒤를 따랐다.

“어차피 백호칠수 어르신이 계시니…….”

“군평에게도 미안했고…….”

“서… 설마 교도에겐 사용하지 않겠지.”

“근데… 꽤 잘생겼어. 교주가…….”

별의별 이유를 대면서 사람들이 단상으로 나서서 자신의 손에 피를 내어 이름이 적힌 혈맹부에 하나둘 혈장을 남기기 시작했다.

그리고 각자 자리로 돌아가 다음을 기다리는데,

"이런 정신 나간 것들. 무엇 하나 스스로 하는 것이 없구나. 이럴 때는 그게 있어야지."

"……?"

"염병타불! 만세라도 불러야 할 거 아냐! 지금까지 이렇게 멋없게 개파했다는 문파 들어본 적이 있어?!"

"아……."

그제야 사람들은 정신을 차리고 만세를 불렀다.

"북신마교 만세!"

"흡정마공 만세!"

"북신마왕 만세!"

처음에는 약하게 퍼졌으나, 후에는 동굴을 울릴 듯 요란하게 바뀌었다.

'북신마왕?

고경천은 그들의 만세 소리 속에 섞인 네 자를 들었다.

"북신마왕이라… 마왕……."

이 순간 고경천의 머리 속에 송일학의 한마디가 자연스레 맴돌았다.

"마공을 익힌 순간, 마가 된다. 아니, 제어할 수 없는 힘을 얻는 순간, 어떤 인간도 마가 될 수밖에 없다. 그리고 흡정마공은 너를 계속 마로 끌어들일 유혹을 던질 것이다. 그러니 더 이상 힘이 커지기 전에 중지하는 것이 좋다."

고경천은 잠시 그 말을 떨치기라도 하려는지 눈을 감았다.
'벽운노야, 아무리 그렇게 말씀하셔도 저는 유혹에 빠지지 않았습니다. 어디까지나 이 모든 것은 저의 의지입니다.'

第五章

개파의 소란을 잠식시키는 데, 오 일이 훌쩍 지나가 버렸다.

이 모든 것도 다 서사천이 백호칠수의 입김이 강한 곳이라 이 정도의 시간을 소비했다. 그렇지 않으면 오 일은커녕 몇 달, 몇 년이 걸렸을 위업이었다.

결국 추일학의 선택이 북신마고의 기치를 빨리 거는 데 일조한 격이었다.

그사이 북신마교를 은밀히 소문내는 일도 했다.

위치나 구성 인원에 대한 것은 빼고, 북신마교의 교주가 백호칠수를 패퇴시켜 그 수하로 삼았단 이야기만 내었다. 이는 동사천에 자연스레 소문이 흘러들어 가게 하고, 후에 빠져나간 서사천 낭인들을 다시 흡수하기 위한 사전 작업이었다.

그리고 그 와중에 두 가지 다행스런 일이 있었다.

첫째는 그날 참석한 인원들 중 더 이상 외부와 연결된 자는 없었다는 것이다.

둘째는 죽은 묵장이 남긴 저주가 현실로 벌어지진 않았다는 것이다. 아미파의 동정을 살피기 위해 잠입시킨 허표를 통해 그 진상을 알 수 있었다. 하지만 이건 어디까지나 임시방편. 이 일은 언제 불거질지 모르는 시한폭탄 같은 일이었다. 그래서 그들은 빠른 시간 안에 사천의 일을 처리해야 한다는 의지를 높였다.

여하튼 은풍장은 모든 걸 떠나서 여러모로 숨 쉴 틈도 없이 바쁘게 돌아갔다. 한 문파를 세운다는 것은 의지만으로 되는 것이 아니기에, 머리 좋다는 이유로 그 일을 떠맡은 둘은 연일 머리를 싸매고 있었다.

"끄응."

제갈효는 이마를 짚고 고통 어린 신음을 흘렸다.

"벌써부터 그러면 병나오."

추일학은 그런 그에게 먼저 경험한 선배로서 충고해 주었다.

"휴우… 원래 그렇게 막무가내요?"

"막무가내라… 그럴 수도 있고, 아닐 수도 있고, 하나는 확실히 말해줄 수 있소. 교주님의 오기는 하늘도 감동시키오."

"오기가 하늘을 감동시킨다?"

"그렇소. 여하튼 늘 어려움 속에서도 꿋꿋하게 헤쳐 나오는 것을 보면, 본인은 아니라 그러지만 분명 하늘의 운이 따르지 않고는 불가능하오. 솔직히 교주님이 흡정마공을 얻은 것도 하늘의 안배가 아니면 도저히 답을 생각할 수 없소."

"음… 왠지 그 말을 들으니 맹자(孟子)의 고자장구(告子章句)에 나오는 문구가 생각나는구려."

"무슨 문구?"

"하늘이 장차 그 사람에게 큰 사명을 주려 할 때는 반드시 먼저 그의 마음과 뜻을 흔들어 고통스럽게 하고, 그 힘줄과 뼈를 굶주리게 하여 궁핍하게 만들어 그가 하고자 하는 일을 흔들고 어지럽게 하나니, 그것은 타고난 작고 못난 성품을 인내로써 담금질을 하여 하늘의 사명을 능히 감당할 만하도록 그 기국과 역량을 키워주기 위함이다."

"……!"

추일학은 그 말에 왠지 섬뜩한 예감을 느꼈다.

제갈효는 그의 반응에 오히려 더욱 이상함을 느꼈다.

"왜, 뭔가 짚이는 게 있소?"

"음… 제갈 형도 잘 아실 것이오. 주작칠수(朱雀七宿) 중 가장 그 행적이 신묘하다는 그분 말이오."

"혹시 천기신옹(天氣神翁) 손괴량(孫魁良), 그분을 말하는 것이오?”

“맞소. 나머지 주작칠수는 강서성 이남에서 활동하는데, 유일하게 천하를 주유하며 가끔 신복이 필요한 자들에게 신복을 내려주는 그분 말이오.”

“호오. 이인(異人)이라 불리는 그분을 만난 적이 있소?”

“있소. 우리가 천하를 돌며 삼음교의 유물을 찾으러 떠돌아다닐 때, 그분은 우리에게 그 길을 알려줬소. 그리고 떠나며 이런 말을 남겼소. ‘자네들은 장차 큰일을 하게 될지 모르니, 늘 무슨 일을 하더라도 목숨을 가장 우선으로 여기게’. 이 말을 별 뜻 없이 그냥 듣고 잊었는데, 제갈 형의 말을 듣자 갑자기 떠올랐소.”

“흐음. 그런데 그 말과 내가 한 말이 무슨 상관이오?”

“우리가 찾으려던 삼음교의 유물은 삼음교주만이 익힐 수 있다는 현음진결이었소. 그런데 그걸 교주님이 익혀 결국 우리가 찾은 것은 교주님이 되었소. 그런데 만일 우리가 교주님을 만나지 않았다면, 여기까지 올 일도 없었을 것이오.”

“그렇다면, 그 말은 결국 교주님이 장차 큰일을 하기 위해 모든 것이 돌아간다는 말이오?”

“모르겠소. 내 아무리 무림이현이라 불린다지만, 도대체 교주님과 관련된 것은 도통 확신할 수 없소.”

“에잉. 정말 복잡하오. 뭐, 여하튼 아무래도 앞으로 머리 아플 일이 많을 것 같은데, 정말 추 형 말대로 이 정도로 앓는 소리하면 안 되겠소. 이제 사람들 부르러 갑시다. 며칠 동안 좀이 쑤셔서 못 견뎌하는 거 같던데."

"그럽시다. 교주님을 그대로 두면 또 어디로 튈지 모르오."

둘은 그러면서 며칠 동안 골머리 싸머었던 일들을 정리한 종이들을 들고서 밖으로 나갔다.

은풍장 내에 회의장 대신 사용하는 휴심청.

고경천, 백호칠수, 현무이수, 호군평을 포함해 이 인이 더 있었다.

그들은 예전부터 백호칠수와 가깝게 지내던 자로 이번 일에 적극적으로 나서자 자연스레 동참하게 되었다. 바로 철극과 양정으로 그들은 정식으로 북신마교의 수뇌부 회의에 참석할 수 있었다.

"이제야 끝났소? 둘이 머리는 남들에게 빠지지 않는다면서 장장 며칠이오? 내 하루만 더 걸렸으면, 설묘와 함께 야반도주할 셈이었소."

캬아오옹.

맞다는 듯 설묘가 낮게 울었다. 어제까지만 해도 나머지 현무칠수와의 연락책으로 지내다 이제야 잠시 여유를 찾아 고경천의 품속에서 여유를 만끽하고 있었다.

제갈효는 역시 그렇다는 눈빛을 추일학에게 보냈다.

추일학은 오히려 자기의 말대로 되자 씁쓸한 미소를 지었다. 그러다 준비한 것들을 보면서 이야기를 꺼냈다.

현재 추일학은 문상, 제갈효는 정보전 전주였다. 그렇기에 추일학이 이야기를 이끌었다.

"본시 삼음교는 정식적인 종교 교파는 아니지만, 교내의 이념을 위해 모든 음한 것들의 시초라는 서왕모(西王母)를 모셨습니다. 전에는 그런 것이 없었지만, 세월이 흐르면서 생겨난 것입니다. 그렇다고 불교나 도교처럼 맹목적인 믿음이 있는 것이 아닙니다. 그래서 이왕 저희도 교를 표방한 이상 이념을 하나로 모을 수 있는 존재를 선택했습니다. 자! 그럼 이것을 보십시오."

추일학은 앉아 있는 자들에게 다면(多面), 다비(多臂)를 가지고 각 손에 무기를 든 흉악한 인물이 그려져 있는 그림을 전해주었다.

고경천은 그 얼굴을 보다 왠지 예전의 고통에 일그러진 자신의 얼굴이 이런 것이 아닌가 떠올랐다. 그러다 무심코 한마디를 던졌다.

"이거 아수라(阿修羅)를 그려놓은 것 아니오?"

"아수라?"

몇몇 자들이 의문을 나타냈다.

"예. 잘 보셨습니다. 바로 팔부신 중의 하나이며 전에는 불법에 대항해 싸웠다는 투신 아수라의 그림입니다."

"그런데 이걸 왜 갑자기 보여주는 것이오?"

"미리 언급했다시피 앞으로 투신 아수라가 북신마교의 이념을 묶어줄 존재가 될 것입니다. 투신 아수라는 전에는 팔부신 중 우두머리인 제석천(帝釋天)과 거의 호각을 이루던 존재입니다. 또 육도인 아수라도를 나타내며, 참고로 아수라도는 싸움이 끊이지 않는 곳을 뜻합니다. 교즈님이 말하지 않았습니까? 강함이 진짜가 되는 무림을 만들겠다고. 어차피 그럴 바에는 싸움의 최고위인 아수라를 건교 이념으로 묶자는 것입니다."

"호오……."

고경천은 새삼스레 그림을 바라보았다.

다면 모두 굉장한 기세를 보이고, 각 손에는 여러 가지 무기가 들려 있었다. 마치 모든 무기에 능통한 무신을 뜻하는 것 같기도 했다.

"맘에 드오. 투신 아수라! 어차피 내가 흡정마공을 선택한 순간 무림 전체와 싸울 수밖에 없었는데, 그럴 바에는 차라리 투신 아수라처럼 싸움에 있어 최고가 되겠소."

"예. 아시겠지만 북신마교는 무림 전체로 봤을 때 모든 것이 너무나 취약합니다. 역사와 전통은 물론, 조직으로서 단합도 취약합니다. 지금은 서사천의 인물들을 밖으로 벗어나게 해준다는 걸로 묶어뒀지만, 이곳을 벗어나면 어떻게 될지 모릅니다. 그래서 우리에게 필요한 것은 끊임없는 싸움과 패배

하지 않는 강인함입니다. 우리는 이 둘 중 하나라도 잃으면 순식간에 모든 것이 무너질 수 있다는 것을 알고 앞으로 행보에 신중을 기해야 합니다."

추일학의 말에 모두들 고개를 끄덕였다.

조직을 묶는 것 중 가장 쉬운 방법이 적을 만들어 끊임없이 투쟁을 일삼는 것이다. 거기다 그 모든 싸움이 마지막이라 여기고 최선을 다하지 않으면 순식간에 모든 것이 물거품이 될 수 있었다.

"일단 조직 계보를 이런 식으로 했습니다."

추일학은 또 하나의 종이를 나눠주었다.

교주(敎主):고경천.

부교주(副敎主):공석.

문상(文相):추일학.

무상(武相):혁진웅.

호교사자(護敎使者):제일우사자 허표, 제이우사자 진가도, 제삼우사자 오염달, 제사우사자 홍해구, 제오우사자 최염, 제육우사자 홍아연.

제일좌사자 갈음심, 제이좌사자 우문래, 제삼좌사자 제갈효, 제사좌사자 당협기, 제오좌사자 교홍홍, 제육좌사자 아불승.

순찰령(巡察令):총순찰 공석. 임시 허표, 부순찰 호군평.

집형전(執刑殿):공석. 임시 당협기.

의약전(醫藥殿): 공석. 임시 갈음심.

정보전(情報殿): 전주 제갈효.

백호마단(白虎魔團): 단주 철극. 부단주 공석.

현무마단(玄武魔團): 단주 양정. 부단주 공석.

"지금 보시는 것이 가장 단순하게 조직 체계를 짠 것입니다. 현재는 확실히 믿고 맡길 사람이 없기에 이렇게 된 것입니다. 공석은 추후 더 적당한 자를 찾아봐야 하고, 임시는 현재 병행시켜 놓은 것입니다. 일단 저희는 기동성을 유지하는 방향으로 갈 것입니다. 주로 외적인 활동이 필요하게 되니 어쩔 수 없는 방편입니다."

"흐음."

사람들은 계보를 보면서 낮은 신음을 흘렸다.

추일학과 제갈효가 선택한 것이니 틀릴 리 없지만, 임시로 맡고 있는 두 사람이 좀 애매했다.

"여기 나와 있는 임시직. 그냥 해당 분들이 그냥 하면 되지 않소? 해도 별문제는 없을 듯한데……."

고경천은 동의를 구하는 듯 여러 사람을 바라보았다.

그런데 그 시선을 받은 자들의 시선이 묘했다. 특히 같은 소속으로 있는 백호칠수도 떨떠름한 표정이었다.

"표정들이 왜 이래! 내가 엄연히 성수곡 출신인데, 하면 어떠하냐?"

갈음심이 기분 나쁘다는 듯 소리쳤지만, 어느 누구 하나 호응을 해주지 않았다.

"둘째 형의 전적을 모르셔서 그런 말 하십니까? 의약전에 사람 고치려 보냈다가 시체 만들 일 없지요."

"뭐야? 그럼 네놈이야말로 괜히 벌로 독약이라도 먹이면 그거야말로 시체 치우는 일 아니더냐?"

"제가 왜 멀쩡한 사람을 먹이겠습니까? 어차피 집형전에 오는 인간들이야 죄가 있어서 오는 인간들. 조금 손봐줄 필요가 있지요. 그래야 죄를 짓지 않을 거 아닙니까?"

"나야말로 내가 오래 고심한 의술을 펼치는데, 왜 시체가 된단 말이냐?"

갈음심과 당협기는 서로 잘났다고 툴툴거렸다.

고경천은 그 둘의 대화를 보며 제갈효와 추일학의 고심을 느낄 수 있었다.

'알 만하군, 알 만해. 그보다 의약전이면 기령촌의 양운천에게 맡겨도 되겠다. 앞으로 날 도와준다 했으니……'

그의 머리 속에 적당한 사람이 떠올랐다.

"그만. 집형전은 몰라도 의약전 맡을 사람은 내가 한 사람 아는 사람이 있소. 그러니 두 분도 그만 싸우시오. 제자 앞에서 부끄럽지도 않소?"

고경천은 호군평을 팔아 그 둘의 싸움을 말렸다.

그 둘은 호군평과 주위의 시선을 느끼고, 대답을 하며 조용히 입을 다물었다.

"예."

"예."

고경천은 그 둘이 조용해지자 다시 의문 사항을 꺼냈다.

"그리고 또 한 가지, 왜 마검께 부교즈 자리를 드리지 않았소? 내 직접 마검과 겨뤄본 결과 오히려 벽운노야보다 더 강하다는 걸 느꼈는데."

캬옹.

벽운노야의 말이 나와선지 설묘가 울음을 흘렸다.

"미안하다."

고경천은 잠시 설묘를 쓰다듬어 주었다. 가끔 설묘가 말을 알아듣는다는 걸 까먹을 때가 있었다.

추일학은 그 말을 듣고 혁진웅을 바라보다 입을 열었다.

"사실 그 문제로 제갈 형과 이야기를 많이 했습니다. 한데, 저희는 서사천의 힘으로만 만족할 수 없습니다. 그러려면 앞으로 대외적으로 인망이 있는 사람을 그 자리에 앉혀야 합니다."

"예. 현재 몇 명을 생각하고 있지만 일단은 차후 문제로 두기로 했습니다. 그러니 그건 시간을 두고 결정을 해도 될 것입니다."

제갈효가 추가 설명을 했다.

"알겠소. 두 분이 그렇게 결정을 했다면, 다 이유가 있을 테니 그 말에 따르겠소. 그런데 마겸께서는 괜찮으시오?”

“괜찮다. 어차피 나는 직위 따위에 관심이 없다. 패배하는 순간 교주의 명만 따르기로 마음먹었다.”

혁진웅이 인정하자 특별히 다른 사람들은 말하지 않았다.

“그럼 몇 가지 사항을 더 말씀드리고, 다른 문제로 넘어가 겠습니다.”

추일학은 조직 개편에 대해서 마무리를 지으려 했다. 어차 피 현 시점에서 완벽은 무리였다.

“일단 북신마교의 업무는 저와 제갈 형이 주로 교주님의 명을 받아 처리할 것입니다. 나머지 현무칠수와 백호칠수를 직접적인 실행자로 두고, 차후를 위해 아래에 두 단을 만들었 습니다. 그 두 단을 이번에 새롭게 뜻에 동조하는 두 사람이 각 단주를 맡게 하고 관리를 하게 할 것입니다. 어차피 서사 천의 무리들이 대부분이니 오히려 그게 나을 것입니다.”

“맡겨주십시오.”

“실망시키지 않겠습니다.”

철극과 양정이 믿음직스럽게 대답했다.

“또 순찰령은 주 업무가 교주와의 연락책입니다. 백아가 뛰어난 영물이긴 하지만, 어디까지 변수를 가정했을 때는 아 무래도 무리가 있을 수 있을 것입니다. 그래서 그 연락책으로 둘째와 군평이를 택한 것입니다. 앞으로 군평이가 교주님을 주로 보필할 것입니다.”

"호오. 그거 듣던 중 제일 반가운 소리요."

고경천은 동생을 삼기로 한 흐군평이 곁에 따른다 하자 그
것이 제일 마음에 들었다.

하지만 왠지 호군평은 표정이 좋지 않았다. 며칠 지내며 고
경천의 성격에 대해서 어느 정도 파악한 결과였다.

"추가로 질문 사항이 있습니까?"

추일학이 사람들을 보았지만, 아무도 나서는 자가 없었다.

"그럼, 이 문제는 여기서 일단락 짓그, 의약전주는 교주님
에게 맡기기로 하겠습니다."

"알겠소."

"다음은 향후 사천의 문제입니다. 일단은 확실한 입지를
위해 동사천과 어떤 식으로라도 결론을 내야 합니다. 그 부분
에 대해서는 제갈 형이 말할 것입니다."

추일학이 물러나고 제갈효가 앞으로 나섰다.

"그럼, 앞으로 북신마교의 본격적인 첫 번째 행보가 될 동
사천 일을 말씀드리겠습니다. 일단, 여기 있는 사람들 모두
동사천의 변화에 대해 알고 있을 것입니다. 그래서 변화된 부
분만 언급하고 바로 동사천을 상대할 문제부터 이야기하겠습
니다. 일단 변화된 부분은 아미파가 성도의 이권에서 물러났
던 것입니다. 지리적으로도 성도와 제일 먼 곳에 떨어져 있
고, 요즘 육파일방이 새로운 움직임을 보인다는 소문 때문인
지 그들은 잠시 그 일에서 물러난 것 같습니다. 해서 추 형과

저는 동사천의 부류를 첫째 두들길 자, 둘째 관망할 자, 셋째 포섭할 자. 이렇게 크게 셋으로 나눴습니다."

"두들길 자? 관망할 자? 포섭할 자?"

고경천은 물론 다른 자들도 그 분류에 대해 쉽게 이해가 되지 않았다.

"일단 두들길 자는 청성과 공동의 연합 무리입니다. 이들은 지금도 계속해서 서사천의 무인과 주변의 문파들을 흡수하며 세력을 넓혀가고 있습니다. 더욱이 그들은 세력을 키운 지 얼마가 되지 않아 두들겨 부수는 쪽으로 택했습니다."

그 말에 모두가 고개를 끄덕였다.

"둘째, 관망할 자는 아미파입니다. 아미파는 지리적으로 세 곳 중 가장 먼 거리에 위치합니다. 또 요즘 육파일방의 문제로 성도의 일에 방관자적인 행보를 보이니, 애써 그들을 자극해 적을 늘릴 필요는 없습니다. 모처럼 운 좋게 넘어간 묵장의 죽음인만큼 기회를 살려야 합니다."

말은 이렇게 했지만 이 부분은 생각처럼 쉽지 않을 것이다. 묵장의 정체가 확실하지 않은 이상 이건 어떻게 변할지 알 수 없었다.

'정말 자살을 택할 줄은 몰랐다.'

고경천은 그 일이 떠오르자 다시 가슴이 답답해졌다.

그러나 그에 대해 별말없이 제갈효는 계속해서 이야기를 이끌어 나갔다.

“마지막으로 포섭할 자는 당가입니다.”

“잠깐! 넷째 형, 정말 당가를 포섭하려고 하오?”

지금까지 얼굴에 불안을 드러내던 당협기가 끝내 입을 열었다.

“왜 문제가 있냐?”

“설마 나와 당진용의 일을 몰라서 그러는 것이오?”

“알고 있다.”

“알고 있으면서 그런 말을 하오?”

당협기의 표정이 일그러졌다.

제갈효는 그런 당협기를 가만히 바라보다 입을 열었다.

“대를 위한 소라 하지 않겠다. 어차피 너와 당가의 문제는 풀어야 한다. 언제까지 옹졸한 마음으로 지낼 셈이냐?”

“무엇이 옹졸하다는 것이오? 당진용 그놈은 당가의 양축인 독을 멸시한 놈이오. 암기? 암기가 얼마나 커다란 능력을 보인단 말이오? 기관의 발전이 늘고, 암기술이 정교해져도 내가 고수를 감당할 순 없소!”

당협기의 언성이 높아졌다.

“그러나 당진용은 그런 암기술을 한 단계 올렸다. 그의 별호가 왜 파죽풍인지 모르더냐? 이십 년 전은 물론, 근자에 이르러 그의 암기술로 고꾸라진 무인은 기백이 넘는다. 지금도 동사천에서 가장 세력이 열세인 당가가 버티는 이유가 무엇이냐? 다 당진용의 능력이 아니냐?”

“그러나 전 그놈을 인정 못합니다. 젠장!”

당협기는 끝내 화를 내고 밖으로 나갔다.

제갈효는 잠시 그가 사라진 문을 바라보다 고경천에게 죄송함을 전했다.

“교주님, 죄송합니다. 다섯째의 무례를 용서해 주십시오.”

“그건 크게 신경 쓰지 않소. 나도 그와 비슷하게 과거부터 안 좋은 인연을 가진 한 사람이 있어 어느 정도 그의 마음을 이해하오. 그런데 당진용이란 자가 그리 뛰어나오?”

“예. 중원오주라 불리는 다섯은 비단 무공이 높은 것만을 말하지 않습니다. 그만한 세력도 있고 지모도 있지요. 특히 세가 기울어 사라져 가는 세가 중에서도 유일하게 남궁가와 더불어 독보적인 존재로 남아 있는 것은 순전히 그의 능력입니다. 남궁가는 육파일방과 가까운 관계를 유지하는 것으로 버티지만, 당가는 어느 누구와도 손을 잡고 있지 않고도 현 위치를 고수하고 있습니다.”

“그래서 그를 포섭해야 한다는 것이오?”

“예. 누구와도 손을 잡지 않는다는 것은 손을 잡게 되면 그 무엇보다 확실한 관계를 가질 수 있다는 것입니다.”

“한번 만나보고 싶은 인물이오.”

고경천은 왠지 그를 직접 보고 싶었다. 어차피 동사천 문제는 그뿐만 아니라 의부 고문량을 위해서도 빨리 처리해야 했다.

제갈효는 일단 모든 이야기를 마치자 구체적인 이야기를 해나갔다.

청성파와 공동파는 포섭된 서사천 출신들을 역으로 끌어들여 그들의 세력을 축소시키고, 아미파는 그들과 충돌하지 않으며 각별히 그 변화를 관망하기로 했다. 마지막으로 당가는 포섭 대상인만큼 고경천이 직접 담판을 짓기로 했다. 어차피 포섭을 하려면 이쪽의 수장이 나서는 게 더 효력이 좋기 때문이다.

'뭐, 정 안 되면 의부의 힘이라도 빌려야겠군.'

고경천은 고문량의 힘까지 빌려서라도 그들을 포섭하기로 했다.

결정이 나자 그들은 빠르게 모든 것들을 준비해 나갔다. 이미 추일학과 제갈효가 사전에 많은 것들을 계획 해놓아 따로 논의할 것들은 없었다.

"자! 그럼 동사천 공략의 첫발을 내디뎌 봅시다."

"예."

회의를 마친 그들은 모두 각자가 맡을 일을 위해 빠르게 해당 장소로 이동했다.

그러나 고경천만 홀로 남아 잠시 자리를 지켰다. 그의 목적지는 성도부로 그는 이번 일에 고문량의 도움을 받아야 했다.

'에효. 또 철야 접대인가?'

그리고 고경천은 도살장에 끌려가는 가축처럼 기운 빠진

모습으로 성도부를 향해 걸음을 옮겼다.

*   *   *

성도에서 장사 잘되기로 유명한 서봉루.

하지만 얼마 전부터 서봉루는 장사가 잘 안 되는 주루로 더 유명해졌다.

늘 세 부류의 인간들이 모여서 으르렁대느라 다른 손님들의 발길이 뚝 끊어져 버렸다. 그 뒤에는 주로 그 세 부류의 인간 외는 찾지 않는 공간으로 전락했다.

그러던 것이 얼마 전부터는 한 부류가 빠져나가 매상은 바닥을 쳤다. 그러나 서봉루의 주인과 점소이는 그보다 다른 일로 요즘 울상이 되어야 했다.

바로 호랑이 두 마리가 남게 되자 결국 상대를 향해 이빨을 드러냈던 것이다.

쾅!

작달막한 사내가 탁자를 치며 일어났다.

"지금 뭐라 그랬느냐? 내 이놈을 확 땅에다 묻어버리던가 해야지."

"그전에 먼저 목이 떨어진다."

"뭐야?"

작달막한 사내와 차가운 표정으로 그를 바라보는 사내의

시선이 허공에서 불꽃을 일으켰다.

그러나 그들의 곁에서 입을 여는 멀대 같은 자는 둘의 그런 분위기를 말리는지 붙이는지 애대한 말을 해댔다.

"그가 한 말이 틀린 것은 없지 않소? 키 작은 사람보고, 키 작다 했는데, 뭐 그게 그리 큰일이라고……."

"네놈부터 매장당하고 싶냐?"

"자! 주위를 봐봐요. 다 형님이 질까 걱정하는 눈빛들이지 않소?"

작달막한 사내는 주변을 살폈다.

그 주변에 있는 자들은 청의 무복에 청성이란 두 글자가 가슴에 새겨져 있었다. 그들이 지금 자신을 보며 묘한 표정을 지었다.

"으아! 나 오늘 뚜껑 열렸으니 말리지 마."

작달막한 사내는 더 이상 참지 못하겠는지, 그대로 차가운 표정의 사내에게 달려들었다.

챙!

차가운 표정의 사내는 작달막한 사내가 달려들자 언제 검을 빼 들었는지 알 수 없는 빠르기로 덤려드는 사내의 목을 쳐갔다.

캉!

손과 검이 부딪쳤는데 쇳소리가 났다.

작달막한 사내의 손에는 검은 장갑이 씌어져 있었는데 지금 보니 그게 쇠로 만든 쇠장갑인 듯했다.

차가운 표정의 사내는 상대의 수법에 눈을 빛내며 검을 빠르게 휘둘렀다.

캉캉.

쾌검과 철수의 대결.

둘은 그렇게 같이 동행한 청성파와 당가의 무리들이 지켜보는 가운데 치열한 사투를 펼쳤다.

뎅뎅.

작은 종소리가 들리더니 차가운 표정의 사내와 동행인 듯한 중늙은이가 품에서 가는 실이 달린 종을 꺼냈다. 그리고 그걸 흔들며 작달막한 사내의 동행인 멀대 같은 자 앞에 섰다.

"우리도 놀아볼까?"

"호오. 나도 근질거렸는데, 상대해 주지."

멀대 같은 자는 옆에 세워놓은 초승달 모양의 창날을 가진 월아산(月牙鏟)을 집어 올렸다. 이는 승려들이 주로 사용하는 한쪽 끝이 삽처럼 생긴 것과 달리 창날을 갖고 있었다.

붕붕.

그가 돌리자 월아산에서 묵직한 바람 소리가 들렸다.

"차앗!"

기합성과 함께 그가 월아산을 휘두르자 중늙은이는 빠르게 뒤로 물러나며, 작은 종을 편처럼 사용해 멀대 같은 자의 혈을 공략해 나갔다.

우지끈!

쾅!

네 명이 어우러지자 서봉루는 순식간에 난장판이 되었다.

특히 가장 치열한 싸움을 보이는 작달막한 사내와 차가운 표정의 사내는 기파에 부서지는 조각들을 사방으로 날렸다.

탁.

청성파의 한 사내는 날아오는 나뭇조각을 검으로 막아내며 얼굴을 찌푸렸다.

탁탁.

그러고도 계속해서 달려들자 점점 일그러지더니 급기야 분노를 터뜨렸다.

"젠장!"

챙.

검을 뽑아 들고 그는 사방으로 휘둘러 댔다. 그러자 더욱 잘게 부서진 조각들이 팔방으로 날아다녔다.

"저 망할 놈이?! 어디다 데고 시비냐?"

당가의 한 사람이 그 조각을 막아내며 신경질을 냈다.

"뭐? 망할 놈? 네놈들이 먼저 시작해 놓고 지금 누구에게 덤터기 씌우냐?"

"뭐야!"

"네놈들이 먼저 얼굴 표정이 어떻다 시비 걸지 않았느냐?"

"닥쳐! 입으로 할 바에는 그 잘난 암기나 뿌려봐. 고작 암기 따위에나 매달리는 놈들이……."

"그럼, 어디 받아봐라."

당가 사람이 참지 못하고 철정(鐵釘)을 한 움큼 쥐어 그자에게 뿌렸다.

쐐애액.

"어림없다."

캉캉캉.

검에 맞고 튕겨난 암기들이 또 사방으로 날았다.

"당가 놈들 암습이냐?"

"닥쳐라. 청성파 놈들."

그러며 그들은 검과 암기를 날리고, 어떤 자는 흑사편을 꺼내 싸워갔다.

"어… 어서, 어서 관에 알려라!"

결국 주인이 점소이에게 소리치자 점소이는 뒷문을 통해 성도 관아인 성도부로 빠르게 달려갔다.

그리고 얼마 후,

한 무리의 관병들이 서봉루로 들이닥쳤다. 그러나 그들은 부서진 잔해만 보고, 그들이 싸우다 성도 밖으로 장소를 옮겼단 소리만 주인장을 통해 들어야 했다.

낮의 소란스러움이 사라진 성도의 중심에 위치한 성도지부.

별이 뜨지 않아 더욱 캄캄한 밤에 은밀히 성도부의 담을 넘는 자가 있었다. 그는 내부의 지리를 잘 아는 것처럼 요리조리 몸을 날렸다.

그가 목표로 삼은 곳은 성도부의 가장 중지인 성도지부 고문량의 거처가 보이는 근처에서 잠시 걸음을 멈췄다.

'여전하시군. 이 늦은 시간에도 독서삼매경에 빠져 계시니……'

고경천은 창문을 열어놓고 책을 읽는 고문량의 모습에 미소를 지었다.

"백아야, 그럼 너는 주위 경계 좀 부탁한다."

캬옹.

설묘는 작게 대답한 후, 그의 품을 빠져나가 바로 곁에 있던 건물의 처마로 사라졌다.

고경천은 그늘에서 나와 천천히 고문량의 거처로 걸음을 옮겼다.

유달리 번거로운 것을 싫어해 근처에는 순찰자도 없어 고경천은 느긋하게 다가갔다.

"왔느냐?"

고경천의 인기척에 고문량이 책에서 눈을 떼고, 시선을 보내왔다.

"예."

“그렇지 않아도 오늘쯤은 오지 않을까 했는데 영락없구나. 갔던 일은 어찌 잘되었느냐?”

“예, 잘 풀렸습니다. 그 덕택에 아버님의 근심을 덜어드리는 일이 더 수월해질 것 같습니다.”

“허허. 그 일이야 이미 너에게 다 일임했다. 무림인의 일은 무림인이 정리하는 게 상책이지. 그보다 얼굴 표정이 밝은 것을 보니 다행이구나. 들어오너라. 네가 올 줄 알고 좋은 명주를 구해뒀느니라.”

“…….”

고경천은 순간적으로 몸이 굳는 것을 느꼈다. 예상을 하고 마음의 준비를 했어도 경험이란 무서운 것이었다.

“뭐 하느냐? 어서 들어오지 않고, 아무도 없느냐?”

고경천이 고문량의 말에 따라 안으로 들어서자 늘 보던 시비가 나타났다.

그 시비는 이제 고경천의 모습에도 별다른 반응도 없이 명을 기다렸다.

“불렀사옵니까, 지부대인?”

“가서 술상을 봐오도록 해라.”

“예.”

대답 후 시비는 사라졌다.

그리고 고문량과 고경천은 자리를 잡고, 술상이 오길 기다렸다.

잠시 후, 사천 특색의 요리와 경주들이 탁자를 채우자 고문량이 잔에 술을 따르며 한숨을 쉬었다.

"휴우."

"왜 근심이 있으십니까?"

고경천의 질문에 고문량은 술을 마시며 머리가 아프다는 듯 입을 열었다.

"네가 없는 동안 성도 내부와 주변에서 싸움이 일어난 적이 있다."

"혹시 세 문파가 충돌이라도 했습니까?"

"세 문파가 아니고, 두 문파다. 어찌 한곳이 줄어 그나마 다행이라 여겼는데, 오히려 한곳이 줄자 분위기가 더 흉흉해졌다. 결국 오늘 낮에 성도 내브와 외부에서 청성파 무리와 당가 무리가 싸움을 벌였다."

'호오. 현무칠수의 넷이 일을 제대로 벌였나 보군.'

고경천은 얼굴 표정은 무겁게 가졌지만, 내심은 미소를 짓고 있었다.

"일의 발단은 그렇다. 요즘 그들이 낭인무사들을 많이 모은다고 들었다. 그런데 그 두 곳의 낭인무사가 싸움을 벌였다. 청성파 쪽의 한 낭인과 당가 쪽의 한 낭인이 성도의 주루에서 대판 싸움을 벌였다. 연락을 받고 관병을 출동시켜 주루의 싸움은 막았지만, 그들은 곧 장소를 옮겨 밖에서 싸움을 벌였다. 그 뒤, 낭인무사들을 찾으러 온 당가와 청성파의 무리들이 싸움을 벌였고, 사망한 자는 없다지만, 중상자는 꽤 많다고 들었다.”

고문량은 가슴이 답답한지 술을 연거푸 마셨다.

고경천은 내심 미안한 마음이 들었지만, 자신이 그를 찾은 목적을 떠올렸다.

“아버님, 이번 일은 제게 맡겨주십시오. 대신 한 가지 부탁이 있습니다.”

“부탁?”

“예. 내일 제가 당가를 찾아가겠습니다. 대신 성도부에서 연락을 해 제가 당가 가주와 독대를 하게 해주십시오.”

“너 혼자 단독으로 당가 가주를 만난다는 것이냐?”

“예. 어차피 관에서 너무 많은 인물이 가면 그쪽에서 안 좋은 감정을 얻을 수 있습니다. 그저 어제의 일로 자연스레 만날 수 있게 주선만 해주시면 됩니다. 그러면 앞으로 이런 일이 다시는 일어나지 않게 제가 당가 가주를 설득하겠습니다.”

“흐음…….”

고문량은 잠시 턱수염을 쓰다듬으며 생각에 빠졌다. 그러다 결정을 내렸는지 말을 했다.

“좋다! 내 너의 부탁대로 당가 가주와 독대할 수 있게 해주마. 대신 나에게 한 가지 조건이 있다.”

“예?! 조건이요?”

너무나 예상 밖의 한마디라 고경천은 놀라 반문하고 말았
다.

"오늘 밤새도록 나와 술잔을 나눠야겠다. 그리고……."

그러며 들려주는 조건에 고경천은 슬 한 독을 한번에 마셔
야 하는 끔찍함을 맛봐야 했다. 역시 고문량은 호락호락한 사
람이 아니었다.

다음날.

성도부에서 한 채의 마차가 나왔다. 그 주변에 호위를 하는
듯한 갑옷을 입은 위장들이 따라붙고, 마차 위에는 성도부 소
속이라는 세 자가 걸린 깃발이 매달렸다.

"출발!"

말을 탄 위장이 소리치자 마차와 위병들이 천천히 성도부
를 가로질러 한곳으로 향했다.

그들이 향하는 곳은 성도의 서편에 자리 잡은 거대한 장원.
그 장원에는 웅혼한 필체로 네 자가 적혀 있었다.

사천당가(四川唐家).

사천은 물론, 중원 전역에 그 명성을 날리는 곳이었다. 특
히 다른 무가와 달리 그들은 혈족 승계를 원칙으로 하는 세가
이면서도 아직까지 그 성세를 구가하고 있었다. 아니, 어쩌면
역대 당가 중 가장 커다란 성세일지 몰랐다.

"워워!"

위장이 그 앞에서 말을 멈추고, 당가의 정문에 서 있는 수문위사에게 다가갔다.

그러자 수문위사 중 한 사람이 앞으로 나섰다.

"연락을 받고 기다리고 있었습니다. 성도부에서 나왔다 하셨지요?"

"그렇소. 특별히 지부대인의 명으로 오늘 귀한 손님을 모시고 왔으니 대접에 소홀함이 없기를 바라오."

"알겠습니다. 가주님께서도 연락을 받고 오시기만을 기다리고 계셨습니다."

"안내하시오."

"예. 문을 열어라!"

수문위사가 소리치자 장원의 거대한 정문이 열렸다.

"이랴."

위장이 움직이자 마차와 위병들이 안으로 들어섰다.

고경천은 마차 안에서 창으로 보이는 경관을 바라보았다.

'역시… 사천의 명가답군.'

전각들이 화려한 맛은 없었으나, 고풍스러움이 느껴졌다. 특히 오랜 세월 풍상을 겪은 처마나 기둥에서 그들의 성세를 느낄 수 있었다.

마차는 전각을 지나쳐 당가의 후원으로 향했다.

그곳은 너른 연무장을 품은 공간으로 정면에 하나의 건물이 있고, 그 외는 대기 숙소처럼 보이는 건물들이 늘어섰다.

그리고 지금 당가의 무인으로 보이는 자들이 연무장의 한편
에 세워진 표적을 향해 암기를 던지고 있었다.

특별히 비전의 수법을 사용하는 것은 아닌지, 그저 간단한
동작으로 앞에 놓인 여러 가지 암기를 던졌다. 무거운 비황석
부터 작은 세모침까지…….

그러나 정확히 날아가 꽂히는 것은 어떤 암기를 쓰더라도
다르지 않았다.

'암기의 명가답게 여러 종류의 암기를 다 능수능란하게 다
루는구나.'

고경천은 새삼 감탄했다.

하지만 암기란 것이 호신강기를 익힌 무인들에게는 그렇
게 치명적이 되지 못했다. 그래서인지 당가 사람들도 암기 외
에 장법이나 편법을 사용하고 있었다.

그런데 지금 그런 모습은 볼 수 없었다.

"워워."

다시 위장이 행렬을 정지시키는 소리가 나자 마차가 멈춰
섰다.

잠시 후, 마부가 문을 열었다.

"내리십시오, 공자."

"고맙소."

고경천은 대답과 동시에 자리에서 일어났다. 그는 잠시
그의 앞에 조용히 앉아 있는 한 사람을 보다 먼저 마차를 나

섰다.

그러자 조용히 앉아 있던 자가 고경천을 수행하듯 뒤를 따라나섰다.

고경천은 지금 질 좋은 비단으로 만든 옷을 걸치고 있었다. 그리고 얼굴은 그의 특이한 외모로 인해 면사로 가린 상태고 앞머리도 흘러내려 단지 눈만 드러났다.

따라나선 자는 문사건을 쓴 유생 차림의 사람이었다. 관에서 주부(主簿) 일을 보는 자처럼 유약해 보였다.

"이분이 바로 지부대인과 가까운 분이시오. 당가가 어제 벌인 소란으로 가주님과 이야기를 나누신다 하니 안내하시오."

"예."

안내한 자는 잠시 고경천의 모습을 보다 연무장 정면에 위치한 건물로 사라졌다. 그리고 얼마 후, 그는 건물에서 나와 일행에게 말을 건넸다.

"가주님께서 기다리고 계십니다. 저를 따라오시지요."

그들은 그를 쫓아 건물로 향했다.

그리고 들어가기 전 위장이 문밖에서 멈춰 섰다.

"공자, 그럼 말씀을 나누시는 동안 밖에서 대기하겠습니다. 만일 무슨 일이 있으면 연락주십시오."

"아니오. 내 당가의 가주님과 긴히 할 이야기가 있으니 차라리 같이 온 위병들과 함께 편히 쉬시오."

“하오나 지부대인께서 잘 모시라는 언질을 단단히 주셨습니다.”

“괜찮소. 내 한 몸 지킬 능력은 충분하오.”

“예.”

고경천의 강한 눈빛을 받아서인지 위장은 조용히 물러섰다. 그리고 고경천은 수행원과 단둘이 안으로 들어섰다.

안에는 홍안에 맑은 눈빛을 가진 보통 체구의 중년인과 홍의가 잘 어울리는 흑편을 허리에 감싼 젊은 여인이 있었다.

두 사람은 앉아 있다 고경천과 수행원이 들어서자 자리에서 일어섰다.

“귀하가 지부대인을 통해 본인을 만나고 싶다 한 사람이오?”

중년인의 음성은 낮게 깔리는 것이 보여지는 모습과 달리 사람을 묵직하게 사로잡았다.

“맞소. 고경천이라 하오.”

“고경천?”

그 이름에 당진용(唐震勇)은 잠시 생각하는 듯한 기색을 보였다.

그러나 일단 상대가 성도지부 고문령을 통해 온 자고, 거기다 같은 성씨인 고씨를 사용하자 그는 정중한 자세를 유지했다.

“제 딸아이입니다. 저명하신 성도지부의 분이 오신다기에 인사차 오라 했습니다. 인사드려라, 아영아."

"예. 당아영(唐鵝瑛)이라 하옵니다."

당진용의 소개에 당아영은 다소곳이 인사하며 호기심 어린 눈으로 고경천을 바라보았다.

그녀는 면사에 가려진 얼굴에 더욱이 성도지부에서 나온 자가 젊은 사람인 듯하자 더욱 호기심을 드러냈다.

그런데 수행원으로 온 사람이 그 여인을 보며 지금까지와 달리 눈을 빛냈다. 그리고 다른 자들이 눈치 채지 못하게 이모저모를 살폈다.

그러나 고경천은 계속해서 수행 온 자를 신경 쓰느라 그의 행동을 하나하나 잘 볼 수 있었다.

'왜 저렇게 뚫어져라 보는 거야. 괜히 이상한 사람으로 오해받게……'

그러나 상대가 인사해 오기에 그도 정중히 인사를 받았다.

"고경천이오. 만나서 반갑소."

"예. 반가워요."

당아영은 예쁘게 웃으며 인사를 받았다.

"그럼 일단 자리에 앉아서 이야기를 합시다."

"그럼."

고경천은 그에게 예를 한 후, 그가 가리킨 자리에 앉았다.

수행 온 자는 조용히 고경천의 뒤에 시립했다.

모두들 자리를 잡고 나자 당진용이 궁금하다는 듯 물었다.

"그보다 저 사람은 누구요?"

"아! 이분은 오늘 가주와 제가 나눌 이야기를 공증해 지부 대인께 알릴 분이니 신경 쓰지 않아도 되오."

"나와 나눌 이야기라니… 어제의 그 소란으로 찾아온 것 아니오?"

"하하하. 겨우 그런 일로 올 거였으면 아예 찾아오지도 않고, 성도부에서 사람을 보내지도 않았을 것이오. 지부대인은 무림의 사소한 분쟁까지 신경 쓸 정도로 그리 꽉 막힌 분이 아니오."

"그러시오?"

말은 그렇게 했으나 당진용의 표정은 믿는다는 얼굴이 아니었다.

그래서 고경천은 다시 한 번 강조를 한 후, 자신의 목적을 밝혔다.

"그건 여기 함께 온 주부께서 증명해 줄 것이오."

고경천의 말에 수행 온 자가 고개를 끄덕였다.

당진용은 일단 관리인 수행인이 긍정 표시를 하자 그 일에 대해서는 더 이상 내색을 하지 않았다.

'생각보다 더 깐깐한 사람 같구나.'

고경천은 대충 그렇게 평가 내리며, 오늘 방문의 진짜 목적을 밝혔다.

"오늘 가주와 한 가지 일로 거래를 하기 위해 왔소."

“거래?”

당진용은 반문하며 미간을 좁혔다. 그리고 고경천 뒤에 있는 사람을 뚫어지게 바라보았다.

‘빌어먹을, 왜 저렇게 뚫어지게 보는 거야. 가뜩이나 어설픈데……’

고경천은 내심 불안함을 느꼈다.

다행히도 손님을 대접하려는지 차와 다과가 나와 당진용의 시선은 그에게서 거둬졌다. 그리고 잠시 내온 걸 권하는 몇 마디가 오가고 당진용이 정색한 표정으로 입을 열었다.

“좋소! 어디 지부대인을 통해 나를 찾아야 할 정도의 이야기란 걸 한번 들어봅시다.”

“그보다 앞으로 할 이야기는 가주나 나에게 굉장히 중요한 이야기가 될 것인데, 따님이 들어도 되오?”

“그쪽에서도 공증인을 내세운 마당이니 나도 내 딸아이를 공증인으로 세우겠소. 어차피 피차 중요한 일이라면 각자의 공증인을 내세우는 게 맞지 않소. 그리고 내 딸아이는 당가의 공증인이 되어도 충분할 정도로 뛰어난 아이요.”

당진용의 음성에 딸에 대한 무한한 신뢰가 담겼다.

고경천이 그녀를 보니 반짝이는 눈동자가 꽤 총기가 있어 보였다.

‘좋아. 뭐, 들어도 상관없지. 어차피 거래가 성사되면 다 알게 될 이야기니까. 그럼 시작해 보도록 할까?

고경천은 조용히 온 전신에 내공을 돌렸다. 그러자 자연스레 그에게서 뿜어지는 기세가 점점 강해지더니 조금씩 그 기운이 전면에 있는 두 사람을 압박해 갔다.

당아영은 갑작스레 전신을 옥죄어오는 기운을 느끼자 호기심을 지우고 놀란 기색을 보였다.

그러나 곧 당진용도 마주 기세를 올리자 그녀를 눌러오는 기운이 점차 물러났다.

"지금 관을 믿고 이런 짓을 벌이는 것이오?"

당진용의 목소리가 더욱 낮게 깔리자 오히려 그의 기운은 더욱 거세져 고경천을 눌러왔다.

'호오. 이 정도면 마검을 제외하고는 이자를 쉽게 상대할 자는 없겠는데. 그러나 대화를 좀 더 쉽게 풀어나가려면……'

고경천은 더욱 기세를 올려서 당진용을 압박해 갔다.

그러자 당진용의 얼굴이 눈에 띄게 굳어졌다. 그러나 조금의 힘든 기색도 하지 않고 고경천의 기운에 꿋꿋이 버텨 나갔다.

"그럼 이제 대화를 해볼 수 있을 것 같소."

고경천은 말끝에 모든 기운을 지워 버렸다.

"……!"

당진용은 앞으로 몸이 쏠리려는 것을 간신히 버텼다. 그리고 이제는 숨기지 못하는 놀란 시선으로 고경천을 바라보왔다.

"이 정도면 내가 관과 상관없이 가주와 대화를 나눠보고 싶다는 걸 알겠소?"

"음……."

당진용이 묵직한 신음을 흘렸다. 그의 눈이 놀람에서 의문으로 빠르게 바뀌었다.

"일단 제대로 된 대화를 위해 면사부터 벗겠소."

고경천은 쓰고 있는 면사를 벗었다. 그러자 면사 안에서 아름다우며 신비로운 검은 선을 문신처럼 가진 얼굴이 나타났다.

당진용과 당아영은 각각 다른 의미로 놀랐다.

당진용은 생각보다 더 어린 외모에, 당아영은 고경천의 수려한 외모에 놀란 모습이었다.

"정식으로 소개하겠소. 북신마교의 교주를 맡고 있는 고경천이라 하오."

"북신마교!"

당진용의 눈이 커졌다.

북신마교는 요즘 서사천에서 갑작스레 생겨났다는 문파의 이름이었다. 그런데 그들은 아직 정식으로 개파를 하지 않고 은밀하게 활동한다고만 전해졌다. 단지 풍문에 백호칠수가 한 사람에게 패해 그 밑으로 들어가 만들어진 문파라고 알려졌다.

　그리고 그 사실을 확인하듯 얼마 전까지 백호칠수의 은거지라 알려졌던 모래산이 무너져 버렸고, 백호칠수도 모습을 감추어 버렸다. 그래서 북신마교에 대한 소문은 어느 정도 신빙성을 가졌다.

　그래도 어디까지나 이 이야기는 그저 소문으로만 떠돌았다.

　하지만 지금 이 순간 소문은 사실이 되었다. 거기다 그 사실은 생각지도 못한 엄청난 소문을 그 안에 품고 있었다.

　"귀하가 흡정마공의 주인이라는 바로 그 고경천이오?"

　혹시나 되묻는 물음임에도 당진용의 평정은 이미 깨져 있었다.

　"맞소."

　"……!"

　당진용은 이 순간 완전 평정을 잃었다.

　고경천이란 이름.

　얼마 전 강서성을 흔들었던 흡정마공의 전승자라 알려진 자였다. 더욱이 현무칠수의 주인이라 불리기까지 하지 않았던가?

　그런데 어느 날, 강서성에서 연기처럼 증발한 그가 갑작스레 서사천에 등장해 북신마교의 교주란 자로 되어 있었다. 그리고 북신마교의 교주란 위치는 백호칠수마저 휘하에 거느린 자란 걸 뜻했다.

그럼 북신마교는 흡정마공의 주인이 그 교주고, 그 산하에 백호칠수와 현무칠수가 있다는 말이다.

과연 전 무림에서 이 정도의 고수를 한꺼번에 갖고 있는 문파가 어디에 있겠는가?

잘해야 삼양궁, 마염성, 녹림, 육파일방 중 소림과 무당 정도였다.

결국 이 말은 북신마교의 힘이 천하를 크게 나누는 거대 세력과도 어깨를 나란히 할 수 있다는 뜻도 된다.

고경천은 당진용의 그런 반응을 보며 본론을 꺼내도 된다 여겼다.

"자, 그럼 내가 찾아온 목적을 밝히겠소. 북신마교는 정식으로 당가와 손을 잡고 싶소. 향후 사천의 제이의 문파로 북신마교 다음의 위치를 누리게 해주겠소. 그리고 그 일환으로 가장 골치 아픈 존재인 청성, 공동 연합을 지워주겠소."

이 말은 곧 사천 통합을 한다는 뜻이다. 그리고 그 속에는 거절하면, 당가도 그렇게 될 수 있다는 의미마저 담겼다.

"……."

당진용은 그 말에 정신을 차린 듯했다. 그리고 잠시 고경천의 두 눈을 직시하며 그 눈에서 어떤 해답이라도 찾으려는 듯했다.

그저 얼떨결에 참석한 당아영만 예상치 못하게 돌아가는 분위기로 멀뚱한 존재가 되었다.

그리고 그때 당진용은 무언가 결심을 내렸는지 굳게 닫혔던 입을 열었다.

"아는지 모르지만 첫째, 백호칠수의 다섯째 당협기와 나는 섞일 수 없는 사이요. 둘째, 아무리 귀하가 흡정마공의 주인이라 해도 이 당진용 조금도 마음에 두지 않소. 그러니 이인자나 되란 이런 우습지도 않은 거래는 조금도 관심없소. 아니, 참을 수 없소. 만일 귀하와의 만남이 성도부를 통한 것이 아니었다면, 내 당장 손을 썼을 것이오. 그러니 더 이상 볼일이 없다면 이만 돌아가시오."

"가주는 우리의 제일 첫 번째 대상이 청성, 공동 연합이 아닌 당가가 되어도… 그 말 후회하지 않소?"

"후회? 하하하하!"

당진용의 웃음소리가 내부를 강하게 흔들었다.

"어린 놈이 흡정마공을 익혔다고 너무 기고만장이구나? 그리고 무림의 일이 무공만 높다고 된다 하더냐? 아무리 서사천의 무리들이 싸움에 능하다 해도 그런 조직력도 갖춰지지 않은 오합지졸 따위 당가의 단합된 힘 앞어는 모래성처럼 허물어질 뿐이다. 네놈은 이 당가가 그 오랜 시간을 어떻게 버텨 왔는지 아느냐? '내가 흘린 한 방울의 피는 상대의 피 열 동이로 받아낸다' 라는 철칙으로 살아왔다. 그러니 그런 헛소리할 바에는 당장 당가로 쳐들어오거라. 그럼 왜 당가가 무서운 곳인지 뼈저리게 가르쳐 주마!"

쾅!

콰직.

당진용이 내려친 일격에 탁자가 산산조각이 되어 바닥으로 떨어졌다.

고경천은 잠시 부서진 잔해들을 바라보다 당진용의 성난 눈을 바라보았다.

'여하튼 여기까지는 서생과 수재가 시키는 대로 잘 이끌어 왔는데, 생각보다 당가주의 분노가 크군. 대신 하독대가 문제는 쪽 들어갔으니 그나마 다행이라면 다행인가?'

그래도 고경천은 왠지 찜찜한 생각이 들었다. 아무리 격장지계가 상대를 의도하는 대로 이끄는 계책이라 해도, 지금 분위기 같아선 의도는커녕 딱 말아먹기 십상이었다.

'뭐, 다음 계책을 쓰면 일이 다 잘 풀린다니 어디 두 잔머리꾼을 믿어봐야지.'

일단 다음 수순이 있기에 고경천은 다음 순서를 밟아가려 했다.

그런데,

"잠깐!"

지금까지 가만히 있던 고경천의 수행원이 큰 소리와 함께 앞으로 나섰다. 그리고 대뜸 고경천의 머리를 쥐어박기까지 했다.

딱.

“억!”

“……!”

그의 돌발적인 행동에 한참 폭발 직전까지 갔던 분위기가 너무 어이없이 식어버렸다.

맞은 당사자인 고경천은 물론, 얼굴까지 벌겋게 달아올랐던 당진용마저 멍한 눈으로 나선 자를 바라보았다.

“아무리 무인이 모든 일을 힘으로 해결한다지만, 어찌 너는 협상의 밀고 당기기를 조금도 모르느냐?”

“예?”

“나와라. 뭐니 뭐니 해도 이런 것은 정치를 하는 관인인 이 아비가 전문이다.”

“예? 예…….”

결국 고경천은 억지로 협상 탁자에서 끌려 나왔다. 대신 그 자리를 수행 온 자가 차지했다.

“아이구, 답답했네.”

찌이이익.

수행원으로 따라왔던 자는 얼굴에서 한 장의 얇은 면구를 벗어냈다.

그러자 안에서는 위엄 서린 인상에 고집스런 입을 가진 또, 그와 반대로 넓은 귓불로 인해 인자해 보이는 중년인이 나타났다.

“지부대인…….”

당진용이 신음처럼 한마디를 뱉어냈다. 그는 수행원이 본 면목을 숨긴 자인 건 알았으나 설마 그 사람이 지부대인 고문량일 줄은 꿈에도 몰랐다.

고문량이 진면목을 드러내자 그제야 고경천은 정신을 차릴 수 있었다.

"아버님, 이건 약속과 다르지 않습니까? 같이 가는 조건으로 절대 진면목을 드러내지 않기로 하시고……."

"되었다. 네가 답답하게 굴지만 않았어도 내 끝까지 나서지 않으려 했다."

"아니… 방금 전까지는 다음 수를 위한 포석 단계……."

"허허. 이런 일도 아닌 일에 무슨 포석 단계가 필요하느냐? 잘 봐라, 내가 어떻게 하는지."

그리고 고문량은 고경천의 반응을 기다리지 않고 당진용에게 한마디를 했다.

"당가주, 일단 인사를 생략하겠네. 어차피 나의 존재가 탐탁지는 않을 테니까."

"그럼 저도 예를 차리진 않겠습니다. 그보다 궁금한 것이 있습니다. 설마 이번 일에 관이 개입하려는 것입니까?"

당진용은 상황이 상황인지라 이렇게 묻지 않을 수 없었다.

"허허. 내 개입을 하려 했으면, 일이 이 지경까지 오기 전에 관여했네. 그리고 지금 내가 나선 것은 성도지부로서가 아닌 이 아이의 아비로서 나선 것일세."

"지부대인은 아들이 없는 걸로 알고 있는데……."

"그 이야기를 하려면 이야기가 길어지니, 일단 짧게 말해 이 아이는 나의 양아들일세. 그러니 그리 알고, 내 본론으로 들어가지. 자고로 예로부터 연수를 튼튼히 하는 데 정략결혼보다 좋은 것이 없다고 했네. 당가주의 딸도 과년한 나이인 듯하고, 내 아들도 일가를 이뤄도 충분한 나이일세. 따로 혼처가 없으면 이 둘을 맺어주는 것이 어떤가? 어차피 지금 상황이 어떻다는 것은 자세히는 몰라도 나도 듣고 있네. 그렇다면 가장 세가 약한 당가가 내 아들과 손을 잡는 것은 나쁘지 않을 걸세. 거기다 직접적으로 나서진 않겠지만 나도 가만히 있진 않을 테고. 그러면 당가주는 지부인 날 사돈으로 두고 연수하려는 곳의 수장의 장인도 되지 않는가? 아마 이 조건이면 절대 손해 본다고 할 수 없을 걸세. 아니, 이 정도면 몇 배나 남는 장사 아닌가?"

"음……."

당진용은 고문량의 말에 깊은 신음을 흘렸다.

하지만 고경천은 이 순간 눈알이 튀어나올 것 같았다.

"자… 잠깐! 결혼이라니요. 아니… 외 갑자기 여기서 그 이야기가 튀어나옵니까?"

"너는 가만히 있거라. 자고로 인륜지대사는 부모가 정해주는 것이 제일 좋다고 했다. 보아하니 당가주 여식의 인물이 뛰어나고 눈에 서린 총기를 보니 현명한 여인인 것 같다."

"하지만 당 소저는 오늘 처음 본 상태고, 더욱이 결혼은 너무 갑작스러운……."

"혹시 맘에 둔 여인이라도 있느냐?"

"그거야……."

고경천은 할 말이 없었다. 그가 지금까지 여자라는 걸 제대로 겪어본 적이 있는가? 그나마 겪어본 여자라곤 오직 그녀.

'빌어먹을. 왜 그 계집의 얼굴이 떠오르는 거야?'

고경천은 떠오른 그녀를 지우려 머리를 세차게 좌우로 흔들었다.

그러나 그 모습이 고문량에게는 확실이 없다는 뜻으로 보인 듯했다.

"없으면 그냥 나의 말을 따르도록 해라. 부모의 말을 따르지 않는 것도 불효라 했다."

"……."

고경천은 불효를 언급하니 더 이상 대꾸할 말이 없었다. 의부라 해도 아버지는 아버지였다. 그리고 이미 한 분의 아버지를 그렇게 보낸 후, 자신을 따뜻하게 받아준 고문량에게 효도하겠다는 마음을 먹은 상태였다. 그래서 그는 유일한 구원자인 당아영에게 눈길을 보냈다.

그런데 그녀는 그와 눈이 마주치자 반할 정도로 예쁘게 웃어주기만 했다.

'아! 불길한 예감이…….'

그리고 그 순간, 생각을 정리했는지 당진용이 당아영에게
의중을 물었다.

"네 생각은 어떠하냐? 나는 어떤 압력이 들어오더라도 네
가 싫다면 전혀 이번 일을 추진할 생각이 없다."

그 말에 당아영은 더더욱 예쁜 미소를 지은 후, 자리에서
일어나 고문량을 향해 정중히 인사를 올렸다.

"지부대인께서 소녀를 어여삐 봐주시니 감사할 뿐입니다.
그리고 말씀 중에 죄송하지만, 자고로 연수를 공고히 하는 데
정략결혼이 최고의 수라 하지만……."

'옳거니, 그거야.'

"최악의 수이기도 합니다. 그 수는 강한 쪽에서 약한 쪽을
묶어둘 때 최고의 효력을 발휘합니다. 그렇다고 저희가 강한
것은 아니지만, 그렇다고 또 약한 것은 아닙니다. 비록 당가
가 무림에 존재하는 문파들 중 상위라 할 수 없지만, 아버님
말씀대로 외압에 굴할 정도로 약하지 않습니다. 그래서 제 생
각을 말씀드리겠습니다. 괜찮겠습니까?"

당아영은 양해하듯, 당진용과 고문량을 바라보았다.

"말해보거라."

고문량은 당아영의 조금 당돌한 듯한 말투가 맘에 들었는
지 입가에 미소를 짓고 있었다.

"예. 일단 아버님, 이번 연수는 저희로서 손해 볼 것이 없
습니다. 지금까지 저희는 누구 위에 선다거나 하는 것에 욕심

이 없습니다. 단지, 지금처럼 당가가 역사와 전통을 이어나가는 것이 최우선 아닙니까?”

“맞다.”

“또 저희는 지금 갈등을 겪고 있는 문파들 중 제일 배경이 약합니다. 그러니 일단 다른 곳과 손을 잡아 뒤를 든든히 할 필요가 있습니다. 그리고 관과 가까운 거리를 유지하는 것도 적이 함부로 손을 대지 못하게 하는 효과가 있습니다.”

“옳거니!”

고문량은 당아영의 말에 추임새까지 넣어주었다.

“마지막으로 제일 중요한 것입니다.”

당아영의 제일 중요하단 말에 모든 이들의 시선이 그녀의 얼굴에 머물렀다.

고경천은 점점 울상이 되어가는 마당에서 마지막 한가닥의 희망을 걸었다.

“제일 중요한 것은 제가 저분이 맘에 들었습니다.”

“……”

그 한마디로 찾아든 정적.

그리고 그 순간,

고경천은 그에게 있어 항변할 수 있는 마지막 기회가 찾아온 걸 예감했다.

“잠깐! 당가주께서도 잘 알고 계실 것이오. 흡정마공의 주인의 운명이 어떤 것인지… 그런 나에게 정말 소중한 딸을 줄 생각이오?"

"줄 생각 없네. 하지만……."

"……?"

"자네의 장인이 되면 그 멍청한 당협기보다 한 배분 올라 간다는 사실이 왠지 내 마음을 흔드네. 사람 말을 오해해 멋 대로 당가를 버린 그놈을 따끔히 혼내기 위해서라도 딸아이만 좋다면 난 자네의 장인 자리를 별로 거부할 생각이 없네."

이로써 이번 결혼에 대한 찬성자는 셋. 반대자는 하나였다.

"으허허허. 당가주, 맘에 들었네. 딸 가진 자가 죄인이라더만 그 당당함. 내 반하지 않을 수 없네. 이럴 줄 알았으면, 진작에 당가주와 술 한잔을 하는 것인데."

"일찍이 저도 지부대인께서 술이라면 서러워할 주당이라 들었습니다. 그렇지 않아도 당가에는 각종 보양에 좋은 술들이 많은데 이번 기회에 맛을 보시지요."

"좋네. 그리고 앞으로 사돈이 될 사이인데, 너무 딱딱하게 굴진 말게나."

"그건 차차 고쳐 나가기로 하고 자리를 옮기시지요."

"좋네."

그렇게 두 사람은 어깨를 나란히 하고, 실내에서 사라졌다.

그리고 둘만 남겨진 공간.

고경천은 한 번도 자신에게서 시선을 떼지 않는 당아영을 보고 또 하나의 강적을 예감했다.

‘성월여……. 그 이상의 강적이 될 것 같은 예감이다.’

다음날.

당가의 직계가 기거하는 후원.

모든 이들을 물리친 공간에 네 사람이 이별을 나누고 있었다.

“허허. 당가주가 이리도 주당인 줄 알았으면 진작에 찾아올 걸. 후회가 되오.”

“저야말로 지부대인이 이런 분인 줄 알았으면 진작에 연을 두었을 것입니다.”

“그리고 거 딱딱하게 자꾸 그렇게 부르지 말고 편하게 하시오.”

“하하. 차차 익숙해지겠지요, 사돈 어른.”

“사돈? 으하하하.”

고문량은 아직 술기운이 가시지 않은 얼굴로 호탕한 웃음을 터뜨렸다.

그러나 그걸 보는 고경천의 뻘건 눈에선 저주의 념이 줄줄이 쏟아질 것 같았다.

‘내가 왜 성도부를 찾아갔을까? 그렇지 않았으면 이런 고생도 하지 않았을 것을… 왜 아버지는 관의 뇌옥이 가장 편하고 안전한 곳이라 해서…….’

고경천은 머리털이라도 쥐어뜯고 싶었다.

하지만 그 마음을 모르는 자들은 이저 슬슬 떠나려고 했다.

"자! 그럼 다음에 봅시다, 사돈."

"살펴가십시오. 나중에 인편으로 당가명주를 보내 드리도록 하지요."

"하하. 감사하오."

고문량이 당진용과 인사를 나누고 마차에 올라탔다.

당진용은 고경천에게 다가왔다.

"그럼, 잘 부탁하네."

이젠 말투가 거의 사위를 대하는 투였다.

"정말 그 생각을 바꾸지 않으실 거… 업니까?"

"그래. 어차피 곁에 있어야 둘의 사이가 더욱 가까워지지 않겠나?"

"제 곁에 머무는 것은 위험합니다."

"어차피 무가의 여식. 그 정도도 감수 안 했다면, 아예 딸아이에게 무공을 가르치지도 않았네."

"…예."

결국 마지못해 대답한 고경천은 한쪽에서 싱글거리는 당아영을 바라보았다.

"갑시다, 당 소저."

"예."

당아영은 대답과 동시에 쪼르르 마차로 올랐다.

“그럼, 곧 연락을 드리도록 하겠습니다.”

“알겠네. 당가도 만반의 준비를 마치고 연락을 기다리겠네.”

두 사람의 눈이 허공에서 강하게 부딪쳤다.

고경천은 인사를 마친 후 자신도 마차로 올랐다.

마차는 곧 당가의 경내를 지나 정문을 향해 나아갔다. 그리고 당가를 벗어나자 빠르게 성도부로 돌아갔다.

고경천은 성도부에 도착하자마자 설묘를 불러들여 협상 결과를 적은 서신을 송번의 은풍장으로 전하게 했다.

‘이제 남은 것은… 청성, 공동 연합뿐이다.’

그는 멀어지는 설묘를 보며 마지막 결전을 위한 전의를 불태웠다.

第六章

사천 성도 북서쪽에 위치한 청성산(靑城山).

이름에서 알 수 있듯이 청성산은 푸른 나무들이 성벽처럼 빽빽이 둘러싸고 있다. 그중 서편은 그 정도가 심해 일종의 밀림처럼 되어 있고, 동편은 어느 정도 분지를 끼고 있어 그 빈자리를 도관들이 차지했다.

그래서 청성산은 무당산, 용호산과 더불어 삼대도교성지로 불렸다.

청성파는 그런 도관들 중 하나가 변한 도가문파였다. 하지만 지금은 그 근간이 되는 도가 방중술과 부적술을 버려 거의 속가문파나 다름없었다. 거기다 요즘엔 세 확장을 위해 남의 걸 빼앗는 짓도 서슴지 않아 정사가 오락가락하는 역사에 맞게 지금은 사파처럼 인식되었다.

청성파 상청궁 내에 있는 장문인의 처소, 진청전(眞靑殿).
늦은 밤 과거를 생각해 도가경전이라도 읽고 있는가? 잠이 들어야 할 시간에 불이 환하게 밝혀져 있었다.
"곡 장문인, 사실이라고 보오?"
"아니오. 어디까지 그건 소문일 것이오. 백호칠수를 모두 물리친 자가 있다니… 그건 중원오주라도 불가능하오. 혹시 천중삼원이라면 모를까? 근 이십 년을 조용히 지내는 그들이 갑자기 서사천에 와 그런 짓을 했겠소?"
"하지만 비급을 풀어 간신히 우리 쪽 사람을 만들어놓은 그들과 왜 연락이 안 되겠소? 더욱이 서사천에 북신마교란 신흥문파가 만들어졌다는 소문이 심심치 않게 들려오고 말이오."
"그거야 어디까지나 소문. 아직 확실한 것이 없지 않소? 아직 북신마교가 정식으로 모습을 드러냈다는 말이 없지 않소."
"그럼 왜 백호칠수의 근거지가 그렇게 되었겠소? 정말 엄청난 싸움이라도 벌이지 않고서는 말이 되지 않소."
"신경 쓸 것 없소이다. 어쩌면, 그건 우리의 신경을 분산시키려 하는 당가나 아미파의 짓일 수도 있소."

"그건 더더욱 말이 안 되지 않소?"

눈이 가는 중년인의 단호한 말에 볼살이 많은 노도가 언성을 높였다.

이들은 각각 청성파와 공동파의 수장으로 눈이 가는 자가 곡장음(曲裝陰), 볼살이 많은 노도가 대풍자(大豐子)란 이름을 갖고 있었다.

곡장음은 그런 대풍자를 보며 가는 눈가에 잠시 빛을 내는 듯했으나, 곧 그 빛을 지우고 불쾌한 음성으로 입을 열었다.

"대풍자 이동주(二洞主). 이동주는 설마 그 정도의 일로 이 늦은 밤 불쑥 찾아온 것이오?"

공동파는 동혈 하나가 도관이나 다름없는 곳들이 뭉쳐져 만들어진 문파답게 다섯 명의 동주가 존재했다. 그 동주는 각각 하나의 무맥을 이끄는 자들로 사람들은 그들을 공동오로라 불렀다.

그중 대풍자는 공동이로로 현재 공동일로는 폐관 수련 중이라 청성파와의 연합은 그를 통해 이뤄지고 있었다.

"아니, 그게 왜 그 정도의 일이오? 만일 소문이 사실이면, 앞으로 사천 판도가 어떻게 될지 모르는 판국에."

"소문은 어디까지나 소문이오. 우리는 지금 그런 뜬금없는 소문보다, 아미파가 잠시 물러간 틈을 노려 어떻게 당문을 요리할까 그걸 더 신경 써야 하지 않소?"

"그거야 수일 내로 결정되지 않소. 예전부터 접촉해 온 그들과 이야기가 잘되면 우리도 든든한 배경이 생기는데, 그러면 총력을 다해 당문을 칠 수 있지 않소?"

"하지만 그 일은 뚜껑을 열어봐야 아오. 그들이 우리가 어느 정도 세력을 갖추자 그제야 응답을 해오고 있소. 어쩌면 그들은 손 안 대고 코를 풀려는 것일 수도 있소."

"설마……."

그 말에 여태껏 기세를 올리던 대풍자가 한풀 꺾였다.

"여하튼 우리가 연합을 했다지만, 그건 완전 하나로 합쳐졌다는 거하고는 다르오. 당가나 아미 모두 단일세력이오. 단결된 힘 앞에선 우리는 불리함을 안고 있는 것과 다름없소."

"불쾌하외다, 그 말은! 설마 곡 장문인은 아직도 우릴 못 믿는다는 것이오?"

대풍자의 볼살이 다시금 부들부들 떨렸다.

그가 그렇게 분노하자 곡장음은 표정을 부드럽게 바꾸었다.

"현 상황이 그렇다는 것이오. 그러니 내 말은 모든 일을 함에 있어 신중에 신중을 기하자는 뜻이오. 그러니 오해하지 마시오. 우리는 어차피 한 배를 탄 사이가 아니오?"

"그러니 그럴수록 언행을 조심해야 하는 거 아니오?"

"하하. 자자, 내가 말을 잘못했소. 일단 밤이 늦었으니 이야기는 여기서 끝냅시다. 자고로 서투름은 부지런함으로 채운다고, 우리는 남들보다 더 부지런해야 하지 않소?"

"알겠소."

대풍자도 너무 늦은 시간이고, 조금 무례하게 방문한 것도 있어 조용히 그 말을 따랐다.

"그럼, 내일 뵙겠소."

"아니, 내일은 잠시 청공장에라도 다녀와야겠소. 얼마 전에 쓸데없이 당가의 인물들과 충돌을 일으켰다고 하지 않소. 아무래도 단속 좀 해야겠소."

"그러시오. 그럼 물러가리다."

"배웅 않겠소이다."

곡장음은 자리에서 일어나 대풍자가 나가는 모습을 지켜보았다.

그리고 대풍자의 모습이 시야에서 완전 사라지자, 곡장음은 비웃음을 입가에 지었다가 곧 침실로 향했다. 곧 진청전의 불이 꺼지고 청성파는 조용히 잠에 빠졌다.

다음날.

곡장음은 대풍자에게 말한 대로 아침 일찍 청성파를 떠나 청공장으로 발길을 옮겼다.

청공장(靑空莊)은 성도 내의 북쪽에 위치했다.

원래 청공장은 청성장이 비밀리에 갖고 있던 장원으로 공동파와 연합을 하며 이름을 청공장으로 바꿔 연합의 약속 증표로 삼았다.

그 뒤 청공장은 청성, 공동 연합의 교두보로 성도와 지리적으로 제일 가까운 당가를 견제하는 곳이 되었다. 지금에 와선 언제라도 당가를 칠 수 있기 위한 전초기지적 성격이 강했다.

그래서 이곳에는 청성, 공동 문하는 물론 그들이 세력 확장을 위해 영입한 낭인무사들이 득실거렸다.

그러나 아직 이른 아침이라 그런지 사람들이 많지 않았다.

그래서 곡장음은 별다른 귀찮음 없이 청공장에 마련된 자신의 처소에 다다를 수 있었다.

"장문인을 뵙습니다."

처소를 지키던 위사들이 그를 알아보고 인사를 해왔다.

"그래, 별일은 없었느냐?"

"예."

어차피 이곳은 그저 곡장음이 잠시 머물렀다 가는 곳으로 특별한 문제가 있을 수 없었다.

그래서 처소를 지키는 자들도 그리 뛰어난 자들로 세우지 않았다.

"알겠다. 내 잠시 조용히 처리할 일이 있으니 내가 다시 명할 때까지 아무도 가까이 오지 못하게 해라."

"예, 명심하겠습니다."

위사들이 힘차게 대답해 왔다.

곡장음은 그런 그들을 뒤로하고 안으로 들어섰다. 그리고 내부에 딸린 침소로 향하자 무슨 일인지 침상 주위를 꼼꼼히 살폈다.

"움직인 흔적은 없군."

곡장음은 이상이 없음을 확인하고 한편에 서 있는 문갑으로 다가갔다. 그리고 품에서 열쇠를 꺼내 구멍에 넣고 돌렸다.

그그긍.

기관이 돌아가는 소리와 함께 침상이 한편으로 물러났다. 그러자 침상 아래 지하로 내려가는 계단이 나타났다.

곡장음은 다시 열쇠를 챙긴 후, 사뭇 진중한 표정으로 어둠뿐인 계단을 내려갔다.

그렇게 잠시 내려가자 아래로 향하던 계단은 곧 앞으로 쭉 뻗어가는 통로와 연결되었다.

그리고 통로가 끝나는 지점에 사각의 공간이 나타났다.

그 공간은 곡장음이 들어온 통로처럼 반대편에도 통로가 뚫려 있었다. 본래는 그 통로를 막는 문이 있었지만, 지금은 열어놓은 상태였다.

곡장음이 사각의 공간으로 들어서자 기다렸다는 듯 탁한 음성이 그를 맞이했다.

"알아봤소?"

인사도 없이 본론부터 꺼냈다.

곡장음은 잠시 눈앞에 있는 자를 바라보았다.

처음 만났을 때처럼 그는 이상한 검은 안개 속에 몸을 감추고 있었다. 그래서 본래의 모습은 볼 수 없이 살아 있는 어둠처럼 공간을 차지했다.

"알아보긴 했는데, 확실히 그가 당신이 말한 자인지는 모르겠소."

"그 말은?"

"얼마 전 서사천에 커다란 변화가 일어났소. 서사천의 패자인 백호칠수가 한 사람에 의해 패하고, 그 밑으로 들어가 북신마교란 단체를 세웠다 하오."

"북신마교?!"

처음으로 어둠이 크게 반응을 보였다.

"알고 있는 단체요?"

그러나 어둠은 대답없이 질문만 해왔다.

"지금 그의 행방은 어디 있소?"

"모르오."

"지금 분명 북신마교가 생겼다고 하지 않았소?"

어둠이 크게 일렁이더니 강렬한 기운을 외부로 뿜어냈다.

그러나 곡장음은 그 정도는 신경 쓰지 않는다는 듯 담담히 말을 해나갔다.

"나는 생겼다고 했지, 어디 있는지 안다고 하지 않았소. 그리고 어디까지나 우리는 거래를 하는 사이지, 명을 내리고 받는 사이는 아닌 걸로 알고 있소만."

마지막 말에 어둠이 조금 잠잠해져 갔다. 그러나 오히려 목소리는 처음보다 더 탁하게 가라앉혔다.

"하지만 명심하시오. 우리가 어디까지나 거래를 위해 만난 사이지만, 비밀을 위해서 언제든지 당신의 목숨을 취할 수 있다는 걸 말이오."

"그거라면 잘 알고 있소. 청성파에서도 중지에 해당하는 내 처소까지 무사히 침입한 당신들의 능력. 내 이미 충분히 실감했소. 그러나 그쪽이 찾으려는 고경천과 현무칠수는 흡정마공 일로 이미 강서성을 한번 발칵 뒤집은 자들 아니오? 그런 자들을 조용히 찾으려면 내 도움 없이는 힘들 것이오. 만일 소문이 나 사천이 시끄러워지길 바란다면, 언제든지 내 목숨을 취하시오."

"……."

"하지만 그런 일은 없을 것이오. 나는 이 거래를 절대 놓치고 싶지 않으니까 말이오."

"좋소. 그 마음 변치 않길 바라오."

협박성 발언에 잠시 말을 잃었던 어듬은 바로 이어지는 곡장음의 말로 더 이상 다른 말은 하지 않았다.

"물론이오. 그러니 내 반드시 그들을 찾아주겠소. 대신 약속대로 사천일통에 힘을 빌려주겠단 약속, 어기지 마시오."

곡장음은 기대하는 눈빛으로 어둠을 바라보았다.

"걱정 마시오. 우린 절대 허튼소리는 입 밖에 내지 않으니, 당신이야말로 최선을 다해 그의 행방을 찾아주시오."

"알겠소. 그럼 오늘은 여기까지 하고, 후에 다시 오겠소."

"다음에는 더 좋은 정보를 기대하겠소."

어둠은 마치 곡장음을 노려보듯 강한 기운을 보이다 뚫려진 다른 통로를 통해 사라졌다.

곡장음은 잠시 사라지는 어둠을 보다가 그도 발걸음을 돌렸다.

"분명 북신마교라는 이름에 강한 반응을 보였다. 그 말은 이미 북신마교가 생길 거라는 걸 알고 있단 증거. 그렇다면 정말 흡정마공을 익혔다는 고경천이 서사천에 있단 말인가?"

곡장음은 그 사실을 떠올리며 얼굴을 굳혔다.

이 말은 곧 서사천에 도는 소문의 진실성에 커다란 힘을 실어줄 수 있었다.

그렇다면 북신마교의 세력은… 흡정마공을 익힌 고경천과 무림이십팔수 중 백호칠수와 현무칠수.

이 정도의 고수들 숫자는 천하에 명성을 떨치는 녹림, 마염성, 삼양궁, 육파일방 정도나 가능했다.

"하지만 고수들만으로 세력이 유지되지 않는다. 그러나 언제나 그 세력의 척도를 나타내는 것은 고수들의 숫자."

곡장음의 이런 걱정은 침소에 돌아오고 나서도 계속되었다.

"일단 이 사실은 나만 알고 있어야겠군. 돼지 같은 인간이 이 사실을 알면 다른 마음을 먹을 수도 있으니까. 일단은 내일 찾아올 그와의 협상이 중요하다. 고수가 부족한 이쪽으로

서는 어떻게든 수를 늘려야 할 필요가 있다.”

이렇게 결정을 내린 곡장음은 침실을 벗어나 밖으로 나왔
다. 그리고 대풍자에게 밝힌 대로 대기하던 위사들에게 얼마
전의 소란을 일으킨 자들을 연무장으로 모이라 명했다.

그러나 그날 일의 주범은 찾을 수 없었다. 혹시라도 그 일
로 문책이라도 당할 줄 알고 도망이라도 쳤는지, 청공잔 어디
에서도 그들의 흔적은 찾을 수 없었다.

결국 곡장음은 그 일에 대해서는 유야무야 넘어갔다. 어차
피 그들은 동사천에서 흘러들어 온 낭인무사들. 거기다 주목
적은 그들이 아니기에 오히려 귀찮음을 피했다 여겨 그는 빠
르게 청성파로 돌아갔다.

*   *   *

쌔근쌔근.

귀엽게 생긴 십여 세 정도의 여아가 아침이 벌써 지났건만,
세상모르고 잠을 자고 있었다.

고경천은 자신의 품에 안겨 자는 여아를 보며 미소를 지었
다.

‘여동생이라…….’

그는 얼마 전 고문량에게 가족을 소가 받았다.

현숙한 여인상을 대표하는 듯한 중년 여인과 자신의 품에

서 곤히 잠자고 있는 여아.

고문량은 다른 자들에게는 말하지 않고, 그 둘에게만 고경천과의 의자 관계를 밝혔다. 대신 성도부의 다른 자들에게는 고경천이 귀빈이라 소개해 대접에 소홀함이 없게 만들었다.

"참 귀여운 여아군요."

옆에서 당아영도 잠이 든 고소혜(高小慧)를 보며 미소를 짓고 있었다.

'다 좋은데, 딱 이것만 맘에 안 들어.'

고경천의 평화로운 미소가 눈 녹듯이 사라졌다.

당아영은 성도부에 도착하고 나서 항시 그의 곁에서 떨어질 줄을 몰랐다. 더욱이 무슨 요술이라도 부렸는지 의모인 고부인에게 미리 확실히 눈도장까지 받아 고문량에 이어 그녀까지 당아영을 며느리처럼 생각하게 만들었다.

그나마 잠든 고소혜만이 본능적으로 당아영을 멀리해 고경천이 유일하게 위안을 삼았다.

"그렇소. 정말 사랑스럽고 귀여운 아이요. 그래서 난 이 아이의 터전이 될 성도를 하루빨리 안정시키고 싶소."

"호호. 그럼 그때가 저희 신혼생활의 시작인가요?"

"……."

당아영의 느닷없는 한마디에 고경천의 입이 딱 붙어버렸다. 기정사실화된 혼인이지만, 아직 적응이 되지 않았다.

그러나 다행히 누군가가 그런 고경천에게 구원의 손길을

뻗어주었다.

캬옹.

먼 길을 달려왔는지 먼지를 잔뜩 묻힌 설묘가 창가에서 울음소리를 내었다.

“백아 다녀왔구나.”

고경천은 잽싸게 당아영의 기대 어린 시선을 피해 설묘를 바라보았다.

“어머, 예쁜 고양이.”

다행히 당아영도 더는 추궁하지 않고, 설묘를 보고 반가움을 나타냈다.

그러나 설묘는 고경천의 마음을 아는지 당아영은 바라보지도 않고 고경천에게 다가갔다.

캬옹.

설묘는 고경천의 발아래에서 머리를 비벼댔다. 원래대로라면 품속이 설묘의 보금자리인데 지금은 다른 주인이 있어 그러지 못했다.

“수고했다.”

고경천은 설묘를 한번 쓰다듬어 준 후, 설묘의 목에 걸린 방울에서 서찰을 꺼냈다. 예전과 달리 다른 사람의 눈을 의식해 이런 방법을 선택했다.

“우웅.”

고경천의 움직임에 고소혜가 눈을 떴다.

“나 때문에 일어났구나.”

“아니야. 어디서 고양이 소리가 나서… 앗! 하얀 고양이
다!”

고소혜는 설묘를 보고 얼굴이 환해졌다.

캬웅.

설묘가 본능적으로 한 발 뒤로 물러났다.

그러나 고소혜는 고경천의 무릎을 벗어나 그대로 설묘를
덮쳤다.

설묘는 얼른 몸을 날려 피했다. 그렇게 둘은 실랑이를 벌이
더니 고소혜의 얼굴이 점점 울먹거림으로 바뀌어갔다.

“하얀 고양이가… 하얀 고양이가… 흐윽. 흑.”

“백아야, 그러지 말고 잠시 소혜랑 놀아주거라.”

캬웅.

설묘는 애들을 싫어하는지 고개를 흔들었다.

“친구로서 부탁이다.”

아웅.

설묘는 그 한마디에 고개를 푹 수그리더니 고소혜에게 천
천히 다가갔다.

“와!”

고소혜는 설묘를 얼른 품속에 안아 들었다. 그리고 고경천
을 향해 말했다.

“오빠, 하얀 고양이 더러우니 소혜가 목욕시켜 줄게.”

움찔.

설묘의 몸이 잠시 굳어졌다.

그 모습에 고경천이 미소를 지었다. 고양이란 짐승이 유난히 깔끔을 떨면서도 물 닿는 것을 극도로 싫어하지 않는가?

그러나 고경천은 잔인하게 고개를 끄덕여 주었다.

"와!! 그럼, 오빠 안녕."

고소혜는 언제는 안 떨어지려 하더니 지금은 좋다고 밖으로 뛰쳐나갔다.

"제가 따라가 볼게요."

당아영의 말에 고경천은 고개를 끄덕였다.

"소혜야, 같이 가자."

"싫어. 언니랑 같이 안 가. 오빠가 언니보고 찰거머리라 했어."

"……."

그 한마디에 이번엔 고경천이 설묘처럼 굳어졌다.

그러나 당아영은 별다른 내색 없이 그대로 고소혜를 좇아갔다.

'애한테는 말을 가려야겠군.'

고경천은 씁쓸하게 웃으며 왠지 당아영의 마지막 표정에 기분이 안 좋아졌다.

그러나 지금은 서찰이 중요하기에 작게 접힌 종이를 펼쳤다.

교주님께.

저는 또 한 번 교주님의 능력에 놀랐습니다.

저와 제갈 형이 원한 것은 그저 당가와의 연수였는데, 혼인을 통해 그 관계를 확고히 하시고, 실질적 가능성이 삼 할 정도의 일을 십 할로 만든 그 능력. 저절로 고개가 숙여집니다.

사실 저희 교가 내세울 거라곤 무림이십팔수 중 십사수가 소속되었고, 저주라 하나 육대절학을 능가할 수 있는 전설의 흡정마공을 교주님이 익혔다는 것입니다.

그러나 이 모든 것은 빛 좋은 개살구일 수도 있습니다.

실상 문파와 문파 간의 싸움은 고수들의 숫자도 중요하지만, 얼마나 단합된 형태로 힘이 작용하는가가 더 중요합니다. 그런 면에서 저희 교는 여러모로 불리합니다.

그러기에 혹시 당진용이 연수가 아닌 싸움을 원했다면, 차선책으로 상호불가침만 얻어내도 충분하다고 생각했습니다.

어디까지나 저희는 계속해서 싸워 나가야 하는 만큼, 원하는 것을 얻기 전까지 본래의 전력을 유지해야 합니다. 그러자면 싸울 자를 줄이는 것이 최고 목표입니다.

"이 망할 잔머리꾼들."

고경천은 갑자기 피가 머리로 솟는 기분을 느꼈다.

처음 그에게 이야기하기론 이번 일의 성사 가능성이 칠 할

이 된다고 했다. 그런데 서찰에는 성공 가능성이 삼 할이라고 나와 있었다.

그리고 차선책은 말 그대로 차선책. 그런데 서찰은 차선책이 최선책이라고 말하고 있지 않은가?

고생하셨습니다. 이로써 저는 물론, 다른 자들 모두 교주님의 새로운 능력(?)에 감탄을 금치 못하고 있습니다.

그리고 이번 기회에 교에 필요한 주모님까지 얻었으니, 앞으로의 행보에 교주님의 성대한 결혼도 추가로 넣기로 했습니다.

"……."

고경천은 갑자기 피가 솟다 못해 뒷목마저 뻣뻣해지는 걸 느꼈다. 그러나 아직 서찰의 내용이 남았기에 꾹 참고 억지로 읽어나갔다.

그리고 청성, 공동 연합과 아미파에 있는 동생들이 새로운 소식을 보내왔습니다.

그 첫 번째로 아미파는 서사천의 일에도 별 반응이 없다고 합니다. 이미 성도에 머물던 제자들도 본산으로 불러들인 상태고, 본산 제자들에게도 되도록 당가나 청성, 공동 연합과 충돌을 일으키지 말란 명까지 내렸다 합니다 일단의 정황으로 미루어볼 때, 육파일방이 드디어 무슨 움직임을 보이려고 하는 것 같습니다. 특히 얼마 뒤 다가올 무당 장문인의 생일에 맞춰 이런 움직임을 보인다는 것은 그들이 따로 무언가를 준비하고 있단 걸 뜻할지도 모릅니다.

"무당파……."
고경천은 무당파란 석 자에 뜨겁던 피가 싸늘히 식어가는 걸 느꼈다.
무당파는 고경천에게 있어 평생 잊지 못할 기억을 남겨준 곳이었다. 그리고 그 기억이 지금까지 고경천을 이끈 원동력이나 다름없었다.
'장문인의 생신이라… 벌써 시간이 그렇게 되었는가?'
출도가 엊그제 같았는데 벌써 몇 개월이란 시간이 훌쩍 지나갔다.
'더 늦기 전에 한번 가봐야겠군. 때마침 기회도 좋으니까.'
고경천은 대충 상념을 떨쳐 버리고 다시 서찰을 읽어나갔다.

두 번째 정보는 청성, 공동 연합에 있던 동생들이 가져온 것으로 요즘 청성, 공동 연합의 수장들이 공공연히 이런 말을 했다고 합니다.

‘얼마 후면 청성, 공동 연합의 힘은 더욱 커질 것이다. 이미 우리와 손을 잡고 대업을 도와줄 든든한 후원자가 나타났다. 그러니 곧 있을 사천 공략에 만전을 기해라.’

어찌 보면 사기 진작을 위한 일이 될 수도 있지만, 뒤집어 생각해 보면 진실로 청성, 공동 연합이 또 다른 곳과 연수를 준비하고 있다는 걸 뜻하는 것일 수도 있습니다.

고경천은 그 다음부터는 더욱 진지해진 표정으로 읽어나갔다.

어디까지나 이것은 가정일 수도 있지만, 만일을 대비해 생각해 본 결과, 그들이 든든한 후원자라고 부를 곳은 네 군데밖에 없다고 봅니다.

일단 그중 육파일방은 아미파와의 일이 있었으니 제외하고 남은 세 곳은……

“삼양궁, 마염성, 녹림.”

고경천은 자신도 모르게 이 세 곳을 언급했다. 그리고 서찰은 그가 언급한 대로 이 세 군데를 지목했다.

그런데 그중에서도 녹림은 일단 제외될 가능성이 높습니다.

청성파 장문인 곡장음은 알려지기로 육십만큼 자존심도 강한 자라고 합니다. 현재 중원오주 중 하나인 당진용과 대립하는 마당에 아무리 녹림이 세력이 크다 해도 같은 중원오주와 손을 잡진 않을 것입니다.

그렇다면, 남은 곳은 삼양궁과 마염성.

그런데 삼양궁은 얼마 전 우리와의 일로 다른 곳에 신경 쓸여력이 안 될 것입니다.

그래서 저희는 그 조력자가 마염성이 아닐까 조심스레 추측해 봅니다.

그러니 교주님은 앞으로 각별히 조심하여 주십시오.

혹시라도 그들의 존재를 알지 못한 채 일을 추진하면 오히려 결과는 예상과 달라질 수도 있습니다.

지금까지 사천성은 늑대들의 싸움터였지만, 이곳에 호랑이인 마염성이 낀다면 이건 더 이상 늑대들의 싸움이 아닙니다.

그러니 일단 호랑이의 유무 여부와 그 능력을 확인해야 합니다. 그래서 그걸 확인차, 아무래도 아미파에 있는 둘째를 불러들여야 될 듯합니다. 그래서 둘째를 통해 그 사실을 확인 후, 본격적인 청성, 공동 연합을 두들길 계획을……

그 뒤에는 조심에 조심을 당부하라는 말과 빠른 시간 안에 청성, 공동 연합을 두들길 준비를 할 테니, 당가와의 관계에 만전을 기해 만에 하나의 불상사를 막으란 당부가 적혀 있었다. 물론, 이 말은 바꿔 이야기하면 청춘사업에 힘쓰란 말이었다.

화르르륵.

순식간에 서찰은 재가 되어 바닥으로 떨어졌다.

그리고 그 재를 바라보던 고경천은 마치 송번에 있는 추일학과 제갈효에게 말하듯 입을 열었다.

"서생, 수재, 미안하오. 내가 일을 서두르는 것은 꼭 두 사람이 나를 속였기 때문은 아니오. 더욱이 억울하게 팔자에도 없는 결혼을 해서는 더더욱 아니오. 단지, 나는 조금 더 빨리 일을 끝내야 하는 이유가 있어서이니 부디 나를 원망하지 마시오."

그리고 그는 전서용 백지를 들어 글을 적어나갔다.

문상 보시오.

청성, 공동 연합의 배후에 대한 것은 내가 조사하겠소. 물론, 그 와중에 문상과 정보전주가 이 일에 참견하는 것은 모래 한 알 만큼도 용납하지 않겠소.

잘 알겠지만, 혹시라도 내가 하는 일에 대해 참견을 할 시, 나는 단신으로 청성, 공동 연합을 칠 테니 부디 나를 자극하지 마시오.

북신마교주 고경천 씀.

짧게 서신을 쓴 고경천은 백지를 품에 잘 넣었다. 그리고 그는 서찰을 보낼 설묘를 찾으러 가려고 했다.

그런데 막 밖으로 나가려던 고경천이 조금 전 당아영이 앉았던 의자 앞에서 멈춰 섰다.

'에효. 서생의 부탁이 아니라도 아까 그 일은 풀어야지.'

고경천은 내심 '찰거머리' 사건도 풀고, 앞으로 청성, 공동연합의 배후를 조사하는 일에 당아영의 도움이 필요했기에 저녁 식사를 결심했다. 그 일이 아니더라도 과정이야 어떻든 이미 혼인이 기정사실화된 이상, 아무래도 남자로서 노력은 해야 할 것 같았다.

저녁 무렵.

큰마음 먹고 고경천은 당아영을 이끌고 성도의 중심으로 향했다. 어디나 다 그렇듯, 그 중심은 늘 화려하고 시끄러웠다. 그건 성도도 다르지 않아 그 중심엔 주루와 기루가 몰려 있어 해가 저물면 주당들과 연인들의 발걸음이 자연스레 몰려들게 되었다.

그런데 그 둘 사이에는 그들 말고도 훼방꾼 아닌 훼방꾼이 끼어 있었다.

그래서 고경천이 당아영을 향해 미안함을 표했다.

"미안하오."

"아니에요. 어차피 소혜랑도 빨리 친해져야 하지 않겠어요? 그러니 이런 기회는 오히려 제가 반겨야지요."

"그렇게 이해해 준다니 고맙소."

"호호. 저는 입으로 하는 고마움보다는 다른 방법으로 고마움을 표시하는 게 더 좋은데요. 정 미안하시면 제대로 된 저녁을 사주세요."

"그건 걱정하지 마시오. 오늘 이렇게 나온 것도 다 그걸 위함이오. 한데 내가 성도를 잘 모르니, 그 부분은 부탁 좀 드려도 되겠소?"

"좋아요. 그럼 따라오세요. 소혜야, 맛있는 거 먹으러 가자."

당아영은 설묘를 안고 신나 두리번거리는 고소혜의 손을 잡고 앞장섰다.

"응, 언니."

결국 고소혜도 당아영의 마수에 걸린 듯, 낮처럼 거부 반응을 보이지 않았다.

'소혜 너마저…….'

고경천은 왠지 그 모습에 심한 배신감을 느꼈다. 그러나 한편으론 그 모습이 너무 보기 좋게 느껴졌다.

'그래, 처음으로 내 의지를 무시한 운명이지만 이번 딱 한 번만 눈감아준다.'

고경천도 이번만큼은 운명이란 놈과 타협을 하며 체념하는 심정으로 그녀들의 뒤를 따라 당아영이 이끄는 곳으로 향했다.

한편, 성도의 중심부엔 그 둘 말고도 다른 자들도 그 화려함을 즐기기 위해 찾아들었다.

"곡 장문인, 무얼 그리 보시오?"

"아니오."

곡장음은 그렇게 대답을 했지만, 그의 두 눈은 그들이 탄 마차를 지나치는 당아영과 고소혜에게 걸려 있었다. 그는 당아영으로 인해 미처 뒤를 따르는 고경천의 모습은 보지 못했다.

"도대체 무슨 일이기에 그렇게 마차 밖을 넋을 놓고 보시오."

대풍자는 자기도 보려는지 그 큰 덩치를 곡장음 옆에 있는 창으로 기울려 했다.

그로 인해 어쩔 수 없이 곡장음은 창에서 시선을 떼었다.

"아니오. 내 잠시 아리따운 여인이 지나가기에 춘심이 동했나 보오."

"곡 장문인에게 아직 그런 혈기가 남아 있는지 몰랐소."

비웃음인지 모를 미소가 곡장음의 앞에 앉은 차가운 인상의 중년인의 입가에 걸렸다.

"이런, 혈기라니… 민망하외다. 그저 잠시 추한 모습을 보인 것 같소. 그보다 나로 인해 대화가 끊겨 죄송하오."

"대화라 할 것이 있소? 이미 우리 쪽은 결정을 내렸소. 그래서 지금 곡 장문과 대풍자 이동주의 사천 위업을 도우려 일 차로 우리 쪽 사람들이 성도로 오고 있소.”

“감사하외다. 이리 빨리 움직여 주다니.”

“언제나 승리는 부지런한 자의 것이오.”

“맞소이다.”

곡장음과 차가운 인상의 중년인이 말을 하자, 밖을 보려던 대풍자도 자세를 잡았다.

“자자, 모든 것이 이렇게 좋게 풀린 이상, 오늘 일을 축하하 는 게 당연한 것 아니겠소. 오늘 거하게 술잔을 기울이며 앞 으로에 대해 심도있게 이야기를 나눕시다.”

대풍자는 즐거운 듯 말을 했다.

그런데 잠깐이지만, 그를 보는 나머지의 두 사람의 입가에 비웃음이 스쳤다.

그리고 그사이 그들이 탄 마차는 예정대로 기루가 밀집해 있는 곳으로 향했다.

그 후, 그들은 성도 최고의 기루인 극락원(極樂院)에서 만 족한 시간을 보냈다.

그건 직접 접대에 나선 곡장음과 대풍자는 물론, 두 수장의 환대를 받은 그자도 마찬가지였다.

이야기는 제대로 풀려 청성, 공동 연합은 최고의 조력자를 얻었고, 상대는 그동안 군침을 삼켜온 사천에 손을 뻗을 확실 한 발판을 세웠다.

　이것으로 이제 그들은 본격적으로 사천 공략을 진행시킬
수 있게 되었다.
　하지만 그들은 그 다음날 잠시 머문 청공장의 거처로 날아
온 한 장의 종이로 인해 잠시 제동이 걸려야 했다.

第七章

　곡장음은 눈앞에 놓인 방을 보며 가뜩이나 가는 눈을 더욱 가늘게 만들었다.

　북신마교주에 관심있는 자.
　명일부터 삼 일 동안 왕건묘(王建墓)로 축시(丑時 : 01시부터 03시) 초까지 찾아와라.
　혼자 기다리겠다.

　"흠……."
　그의 입에서 신음이 나왔다.

수하들 이야기로는 밤새도록 정문 보초를 섰는데도, 도대체 언제 이런 방이 붙여졌는지 기가 막힐 정도라 했다.

"아무도 없느냐?"

"예, 장문인."

밖에서 대답하는 목소리가 들렸다.

"대풍자 이동주를 모셔와라."

"예, 장문인."

대답하는 자의 발소리가 멀어졌다.

"흐음. 정말 공교롭다고 해야 하나? 아님 마치 그들과 우리의 연수를 알고 그 맹점을 파고들었다고 해야 하나? 어찌 이리도 애매한 시점에 이런 일이 벌어진단 말인가?"

곡장음은 잠시 그 둘 중에 한 가지를 고심하는데, 얼마 안 있어 대풍자의 묵직한 발걸음 소리가 들렸다.

"무슨 일로 부르셨소, 곡 장문인."

급하게 달려왔는지 대풍자의 의복은 좀 헝클어진 상태였다.

그 모습에 오히려 곡장음은 진한 미소를 지었다.

"이동주가 어제 좀 무리를 한 것 같소."

"무리는… 이 정도로 무리라 하면, 방중지도를 통한 등선은 요원하기만 하오. 그보다 이른 아침부터 부를 일이라니, 대체 무슨 일이오?"

"일단 이야기가 길어질지 모르니 앉으시오."

"알겠소."

"이것부터 보시오."

곡장음은 수하가 뜯어온 방을 대풍자에게 내밀었다.

대풍자는 방을 다 읽더니 황당하단 표정을 지으며 한마디 했다.

"이거 미친놈 소행 아니오?"

"아니오. 미친놈이 어찌 수하들이 눈치 채지 못하는 사이에 이걸 정문에 붙이겠소. 그리고 내 따로 알아보니, 이런 방이 성도 여러 곳에 붙어 있었소. 아마 당가 쪽에도 붙었을 거라 생각되오."

"수하들의 눈을 피했다는 것은 그렇지만… 당가에도 이걸 붙였다면 더더욱 미친 짓이 아니오? 지금 북신마교 일로 내심 당가나 우리가 경각심을 올리고 있는데, 혼자서 왕건묘에서 기다리겠다니… 만일 그가 진짜 백호칠수를 패배시킨 자라 해도 이게 말이 되오? 자칫하면 두 문파의 공격을 받을 수도 있는데."

대풍자는 이런 간단한 이치도 도르냐는 눈빛을 보냈다.

그러나 화를 내지 않은 곡장음은 은근슬쩍 물었다.

"그러나 백호칠수를 패퇴시킨 자라면, 능히 그럴 호기를 부려볼 만하지 않겠소?"

"그건……."

잠시 생각하는 듯하다 대풍자는 고개를 내저었다.

“그보다 가장 큰 문제는 장소가 왕건묘라는 것이오. 왕건묘는 유적으로 관에서 관리하지 않소? 애초에 싸움 장소로 이곳을 택했다는 것이 멍청하다는 것이오. 도대체 관을 자극할지도 모를 이런 미친 짓을 왜 한다는 것이오? 그러기에 난 미친놈 소행 같다는 것이오.”

곡장음은 대풍자의 말에 묘한 미소를 지었다.

“하지만 그건 무림인들 입장에서는 별 큰 문제도 아니오. 특히 백호칠수를 패퇴시켰다는 자 정도면 아예 신경 쓸 필요도 없지 않소? 만일 그자가 우리의 역량을 재어보려 이런 일을 꾸몄다면, 가지 않는다는 것은 스스로 약하다는 걸 인정하는 꼴이 될 것이오. 더욱이 정말 소문의 북신마교주를 만날 수도 있을지 모를 이번 일. 바로 무시하기에는 그 대상이 너무 크오.”

“음…….”

대풍자는 곡장음의 말이 일리있다고 여겼는지 그저 침음만 삼켰다.

“그러니 이 일을 어떻게 처리해야 할지 내 난감해 이동주를 부른 거 아니오. 만일 그가 진짜라면 재빨리 몸을 빼낼 수 있고, 가짜면 깔끔히 일을 처리할 고수가 있으면 모를까? 우리는 고수가 턱없이 부족하니…….”

곡장음은 은근슬쩍 말꼬리를 흐렸다. 마치 공동파가 우리보다 고수가 많으니 무슨 수가 없냐는 듯한 느낌을 주었다.

그리고 그 말에 대풍자가 곡장음을 바라보았다.

"곡 장문인이 그리 난감해하시니 이번 일은 내가 처리해 주겠소. 대신……."

"득도를 위한 여아 말이오?"

"그렇소. 역시 곡 장문인은 눈치가 빠르오."

"알겠소. 내 특별히 이동주의 득도를 위해 십오 세를 넘기지 않은 여아로 준비하겠소. 그리고 청성파에 머물고 있는 공동오로의 나머지 세 사람에게도 여아를 준비해 주겠소."

"좋소. 곡 장문인이 그 정도의 성의를 브이는데, 내 특별히 음풍자(淫豐子)를 보내도록 하겠소."

"역시 이동주뿐이오. 내가 공동파와 손을 잡은 것은 아마 내 생애 최고의 선택이었을 것이오."

"하하하. 당연하오. 앞으로 사천은 우리 두 문파의 무대가 될 것이오."

둘은 동시에 웃음을 터뜨렸지만, 대풍자와 달리 곡장음의 눈은 이 순간 조금도 웃지 않았다.

*　　*　　*

사람들이 가장 깊게 잠들 축시 초.

약속대로 고경천은 왕건묘로 찾아왔다.

"이곳이 바로 전촉(前蜀)의 태조가 잠들었다는 영릉(永陵)

이군."

잠시 현판을 바라보던 고경천은 곧 문을 열고 안으로 들어섰다.

평상시라면 능 입구를 지키는 관졸이 있겠지만, 고경천은 고문량에게 부탁해 삼 일 동안 이곳에 관졸을 세우지 말라고 했다.

내부는 평소와 달리 횃불이 켜져 있지 않아 을씨년스러운 모습을 보였다. 성도 중심부에 자리 잡았다지만, 역시 무덤답게 밤이 되니 귀기가 감돌았다.

능은 대략 이십 장 정도의 직경을 갖고 있는 동산이었다.

고경천은 능에 들어서기 전 잠시 미소를 지었다.

"자, 그럼 낚시를 시작해 볼까?"

그리고 능의 입구를 힘차게 열었다.

끼이익.

환영치 않는다는 듯한 듣기 거북한 소음이 문에서 들렸다.

그러나 고경천은 문을 열어놓은 채, 그 정도는 거리낄 것 없다는 듯 망설임없이 안으로 들어섰다.

그리고 잠시 후.

고경천이 사라지자 기다렸다는 듯이 능을 감싼 삼면의 담을 타 넘으며 사람들이 나타났다.

"아미타불."

정문을 타 넘은 황색가사를 걸친 노승이 불호를 내뱉었다.

그는 뒤쪽에 삼십 중반의 승려를 대동했는데, 노승은 세월이 짙게 앉은 노안으로 고경천이 사라진 곳만 주시했다. 마치 나타난 자들은 관심도 없다는 듯한 행동이었다.

노승의 왼편엔 녹피수갑을 낀 자들이 홍의를 걸친 한 여인을 대동하고 담을 넘었다.

마지막으로 노승의 오른편에는 한 도인이 푸른 무복을 입은 자들을 이끌고 나타났다. 그런데 그는 제일 늦게 모습을 드러낸 것과 달리 가장 먼저 입을 열었다.

"결국 초대에 응한 곳은 세 곳뿐이란 말인가?"

그러나 아무도 음풍자의 그 말에 대답하지 않았다.

특히 당아영은 음풍자 일행에겐 관심을 두지 않고, 황색가사를 입은 두 사람에게만 시선을 보내었다.

'아미파에서 사람이 온 걸 보면, 결국 저들은 성도에서 완전히 물러난 것이 아니란 말인가? 이러면 고 공자의 계획이……'

당아영의 얼굴에 걱정의 빛이 서렸다.

그러나 그 속을 알 리 없는 음풍자는 아무도 대답하지 않았기에 얼굴에 분노를 드러냈다. 특히 그쪽으로는 시선도 주지 않는 당아영을 향해 노골적인 한마디까지 던졌다.

"당가도 인물이 어지간히 없는가 보군. 겨우 솜털도 가시지 않은 계집이나 보내고, 네가 당진용이 보물처럼 애지중지한다는 그 당아영이냐?"

당아영은 그 한마디에 음풍자 쪽으로 고개를 돌리지 않을
수 없었다. 그러나 화를 내는 것보다 오히려 예쁜 미소를 지
어주었다.

"그런 도사께선 공동오로 중 음탕함이 누구도 따라올 수
없다는 음풍자(淫豊子)시겠군요."

"음풍자? 으하하하. 고것 참 생긴 것만큼 야무진 주둥이를
가지고 있었구나."

도인의 본래 도명은 음풍(陰豊)이지만, 당아영은 그의 음탕
한 시선에 음(陰)을 음(淫)으로 바꿔 불렀다.

"호호. 하지만 저의 입이 도사의 음탕한 눈을 따라갈 수나
있겠어요? 그런데……."

당아영은 여기서 말을 끊고 잠시 음풍자의 주변을 살폈다.
그리고 처음보다 더 농도 짙은 야릇한 웃음을 지었다.

"공동파가 언제부터 청성파 뒤치다꺼리나 하는 신세로 전
락했나요? 어찌 청성파의 하급무사들이나 이끌고, 혹시 다른
분들이 더 오기로 했나요?"

그 말에 음풍자의 얼굴이 순간적으로 굳어졌다 풀어졌다.
그렇지 않아도 내키지 않은 일이었다. 만일 곡장음이 특별한
여아를 준비한다는 말이 없었다면 절대 이 자리에 나오지 않
았을 것이다.

하지만 이제는 그런 게 별상관이 없었다.

"흐흐. 내 얼마 전 선몽(仙夢)을 꿨는데, 꿈속에서 선인이

왕건묘에 가면 방중지도를 올릴 영약을 얻을 수 있다고 하더
구나. 그런데 오늘 이 자리에 오니 선인의 말대로 제법 쓸 만
한 영약이……."

음풍자의 시선이 당아영의 전신을 개미처럼 훑고 다녔다.

"닥쳐라!"

"감히 아가씨에게 무슨 추잡한 눈빛이냐?"

그 시선에 당아영을 호위하던 당가 두인들이 분노를 터뜨
렸다.

"감히 겁도 없이 진인께 무례하게 구는구나!"

챙!

청성파의 인물들도 질세라 검을 뽑아 들었다.

"네놈들이 먼저 검을 뽑아 들었으니, 저승에 간다 해도 원
망하지 마라."

당가의 무인들은 그걸 기다렸다는 듯, 어느새 양손에 한 움
큼의 암기를 들고 있었다.

결국 이들은 북신마교주란 공통의 관심 대상을 앞에 두고
도 그간의 골로 쉽게 타올랐다.

"아미타불."

그러나 그들의 그런 분위기는 불호 소리로 깨어졌다.

하지만 전음인지 그 뒤의 말은 다른 자들에게 들리지는 않
았다.

[너는 이대로 아미산으로 돌아가 만약의 사태를 대비해라.]

[하지만 사부님, 장문인의 명은 당분간 외적인 일에 일체 간섭하지 말라 하시지 않았습니까?]

[그건 나도 알고 있다. 그러나 북신마교에 대한 소문과 동시에 연락이 끊긴 자무(咨武) 사제의 일은 외부의 일이 아니다. 그러니 난 혹시나 그 관계가 있을 이번 일을 알아보지 않을 수 없다.]

[사부님, 하오나…….]

삼십 중반의 승려는 어떻게든 노승을 말리려 했다.

그러나 고개를 강하게 내저은 노승은 이번에는 전음이 아닌 육성으로 입을 열었다.

"정명(正明)아, 너는 아미이십팔천(峨嵋二十八天)의 일인이면서 삼계 이십팔천이 아니라 삼계 삼십삼천인 것을 왜 모르느냐? 내 비록 지옥, 축생, 아귀, 아수라를 거쳤다 하나 아직 육신이 인간계에 있는 이상 정리마저 끊을 수는 없다. 그러니 그리 알도록 하거라."

노승은 말이 끝나자마자 그대로 왕건묘를 향해 몸을 날렸다.

"사부님, 자공(咨空) 사부님!"

정명은 멀어지는 자공을 애타게 불렀지만, 자공의 모습은 곧 왕건묘의 어둠 속으로 사라져 버렸다.

대신 티격태격하던 당아영과 음풍자는 놀란 시선으로 그 둘을 바라보았다.

'자공?'

당아영은 그제야 아미파의 등장이 생각보다 더 클 수 있단 걸 깨달았다. 다른 자도 아닌 자공의 가입이라니… 이는 애초의 계획을 어겨서라도 안으로 들어가 연락을 했어야 했다.

자공은 소림의 사대금강과 비슷하다는 아미사천왕의 일인이었다. 그리고 그를 수행한 정명이란 자는 소림의 십팔나한과 비교가 되는 아미이십팔천의 일인이었다.

그러나 음풍자는 당아영과 달리 아니꼽다는 음성으로 입을 열었다.

"중놈 주제에 세속의 정리를 못 끊다니……."

그 한마디에 정명의 고개가 매섭게 들아갔다.

"장문인의 명이 아니었으면, 그 한마디의 대가를 받아냈을 것이오."

"흐흐. 사천왕도 신경 쓰지 않는 나인데, 고작 이십팔천 따위가 어딜……."

하지만 정명은 그런 음풍자의 도발에도 더 이상 대꾸하지 않았다. 그저 자공이 사라진 능에 한번 시선을 준 후, 자공의 명대로 몸을 날려 왕건묘를 떠났다.

"겁쟁이 중놈……."

사라지는 정명의 모습을 보며 비웃음만 날렸을 뿐, 음풍자는 다른 행동은 하지 않았다. 어디까지나 오늘의 목표는 북신마교주였다.

당아영은 정명이 그대로 떠나자 빨리 일을 추진해야 함을 느꼈다.

“도사는 어떻게 할 건가요?”

“호호. 그건 왜 묻느냐? 왜, 같이 들어가 주기라도 바라느냐?”

“호호. 아니요. 저는 오늘 빠져야겠어요. 지금 아미파의 자공 대사가 들어갔는데, 능력이 얄팍한 저로선 엄두가 나지 않는군요. 그래서 말인데, 아무래도 이번 일은 아미파의 몫으로 남기고, 능력없는 사람들은 물러가는 게 나을 듯하군요.”

당아영의 그 말이 지금까지 느물거리던 음풍자의 표정을 싹 바꾸어 버렸다.

“계집이 좋다 좋다 하니까 천둥벌거숭이처럼 구는구나. 네 말은 지금 내가 아미사천왕보다 못하니 물러가라 이 소리냐?”

“저는 그런 말을 한 적이 없는데요. 그저 자공 대사가 들어갈 때 들어가지 않았으니, 도사도 저와 생각이 같다 여겼지요. 그런데 아닌가 보군요.”

“그렇다. 나는 당장이라도 들어가서 아미사천왕과 북신마교주란 놈을 끌고 나올 수 있다.”

“호오? 그럼 저도 물러가는 대신 도사가 끌고 나올 둘을 기다려야겠군요. 덕분에 북신마교주의 정체도 볼 수 있을 테니까요.”

“좋다. 그럼 계집, 내가 둘을 끌고 나올 때까지 이곳에서 기다려라. 그때까지 기다릴 용기가 있느냐?"

"예, 기다리지요. 그리고 내 축하 차원에서 도사를 위해 술한잔도 올리겠어요."

"그 말 기억하마! 하지만 네년은 술 한잔보다 그 이상의 대가를 지불해야 할 것이다."

음풍자는 그 말을 끝으로 왕건묘를 향해 몸을 날렸다.

"그건 도사께서 일을 마친 다음에 이야기해도 늦지 않을것 같군요."

당아영은 멀어지는 음풍자를 향해 그렇게 말했다.

남은 청성파 무리들은 어떻게 할까 하다 곧 인솔자인 음풍자를 따라 모두 왕건묘 안으로 사라졌다.

당아영은 사라지는 그들의 모습을 보면서 두 눈이 심하게떨렸다.

"아가씨, 저희도 들어가야 하지 않을까요? 아미사천왕에공동오로까지 합세했는데……."

당아영의 뒤에 있던 무리들이 그녀의 의중을 물어왔다. 그들은 당가 내에서도 당진용의 직접적인 명만 받드는 자들이라 그녀와 고경천의 관계를 알고 있었다.

그러나 오히려 당아영은 세차게 고개를 내저었다.

"아니에요. 우리는 처음 계획대로 여기서 기다려요."

"예?"

당가 무인은 반문을 했다.

"우리까지 들어가면, 예기치 못한 변수에 또 다른 변수가 더해지는 격이에요. 차라리 이럴 때는 그 변수를 하나라도 줄이는 것이 상책이에요. 그리고 그분은 분명 혼자 힘으로도 모든 걸 잘 해결할 수 있을 거예요."

당아영은 때론 아군이 발목을 붙잡을 수 있다는 걸 알고 있었다.

'지금은 그저 그분이 아버님 앞에서 보여준 능력을 믿을 수밖에……'

그러나 당아영도 가슴 한편에 드는 불안감은 어쩔 수 없었다. 아직 사랑은 아니라 해도 분명 고경천은 그녀에게 하나뿐인 정혼자였다.

한편, 고경천은 능 안을 거닐며 주위를 찬찬히 둘러보았다.

대략 묘실은 팔 장여 정도였다. 묘 중앙의 관좌(棺座) 둘레로 이십사 명의 연주자상과 십이 인의 역사상 석조가 세워져 있었다.

고경천은 그 석조상을 보다 관좌를 향해 고개를 숙였다.

"부디 영면을 방해한다고 너무 노여워하지 마시길. 개국을 하신 분이니 개파를 하려는 제 마음을 이해주시라 믿습니다."

그런 후, 고경천은 관좌 좌편에 위치한 여섯 개의 역사상 중 첫 번째 역사상으로 몸을 날렸다. 그리고 그가 원하는 자들이 나타날 때까지 느긋이 기다렸다.

대략 반 각이나 지났을까?

고경천은 묘실의 입구에 나타나는 한 그림자를 볼 수 있었다.

그는 몸을 드러내자마자 긴 불호성과 함께 묘실이 울릴 정도의 음성을 토해냈다.

"아미타불. 아미의 자공이 북신마교의 교주를 만나려 하오. 이렇듯 찾아왔으니, 어서 모습을 보이시오."

'아미파? 아미파가 왜? 거기다 다른 자도 아닌 아미사천왕이라니……'

예상 밖의 등장이라 고경천은 계획과 달리 모습을 바로 드러내지 않았다. 대신 육합전성(六合傳聲)이라는 위치를 알 수 없게 만드는 전음법을 사용해 그의 목소리가 묘실 내부에 퍼지게 했다.

"아미파는 이미 성도에서 물러나지 않았소?"

"아미타불. 시주가 그걸 묻는 걸 보니, 이미 동사천의 일에 대해서도 잘 아는 듯하오. 하지만 아미파가 물러갔다 해도 눈과 귀까지 거둔 것은 아니오."

자공의 그 말에 고경천은 뒤통수를 한 대 얻어맞은 듯했다.

'이런, 실수다. 이 정도의 간단한 이치도 눈치 채지를 못했으니, 그저 아미파가 물러갔다는 이야기에 너무 성급히 일을 추진했다.'

추일학과 제갈효에 대한 복수(?)로 시작한 급조된 계획이 시작부터 삐거덕거리고 있었다.

그러나 여기서 흔들렸다간 아예 모든 것이 엉망이 될 터였다.

"좋소이다. 그건 그렇다 치고, 고명하신 아미사천왕 중의 한 분이 나를 만나러 온 목적이 무엇이오?"

"고명하다니 과찬이오. 그런데 그전에 당신이 진짜 북신마교주요?"

"맞소. 내가 바로 북신마교주요."

"하지만 시주의 목소리를 들어보니, 나이가 매우 어린 듯한데 어찌 소문처럼 백호칠수를 패퇴시킬 수 있었소?"

'정말 하나부터 열까지 맘에 안 드는군. 그렇다면 그런 줄 알지.'

고경천은 계속해서 일이 꼬여가는 듯해 슬슬 짜증이 났다.

"그럼, 대사와 난 더 이상 할 이야기가 없소. 나는 믿지 못하는 자와 이야기 나눌 정도로 한가하지 않소."

"……."

자공은 막무가내인 그 말에 잠시 할 말을 잃은 듯했다. 그러나 딱히 대꾸할 말이 없는지 다시 입을 열었다.

"좋소. 어차피 한 가지만 확인되면 알 수 있는 일이니, 내 시주께 묻겠소. 시주는 혹시 자무 사제의 행방을 아시오?"

'엥? 왜 뜬금없이 사람의 행방인가? 거기다 자무라면 아미사천왕의 또 다른 자가 아닌가?

고경천의 침묵이 긍정이라 여겼는지 자공이 목청을 높였다.

"시주는 알고 있으면 대답을 해주시오. 자무 사제와 본산의 연락이 끊어졌는데, 그 시기가 북신마교의 소문이 퍼진 시기와 맞물리니 알고 있다면 말해주시오."

"그게 무슨 소리요? 난 오늘 자공 대사도 처음 봤소. 하물며 자무 대사를 봤냐니……."

"정말 자무를 모르오?"

"그렇소. 나는 서사천에서 중 비슷한 자는……."

고경천의 뇌리에 갑자기 한 사람의 얼굴이 떠올랐다.

무거운 묵장을 들고도 위력적인 검법을 펼치던 노인. 그 당시 아불승이 그의 무공을 보고 아미파의 난피풍검법이라고 하지 않았던가?

"왜 대답이 없소? 혹시 그를 만나거나 본 적이 있소?"

자공은 고경천이 침묵을 하자 다시 들어왔다.

고경천은 그제야 자신이 무얼 놓쳤는지 알 수 있었다. 그저 크게 생각지 않았던 그 일에 이런 문제가 따라올 줄은 꿈에도 생각지 못했다. 그래서 고경천은 잠시 어떻게 할까 갈등했지만, 거짓말은 할 수 없기에 사실대로 말했다.

"혹시 자무 대사는 검을 숨긴 묵장을 들고, 난피풍검법을 사용하오?"

"그렇소. 그는 묵장에 검을 숨기고, 아미무학 중 검을 선택했소. 그걸 아는 걸 보니 시주는 자무 사제의 행방을 아는 것 같소. 지금 그는 어디 있소?”

자공의 입에서 반가운 음성이 비쳤다. 그와 자무는 사형제들 중 유달리 사이가 좋았다.

“죽었소.”

“…….”

“아니, 나로 인해 그가 자살을 선택했소.”

“……!”

고경천의 한마디에 커다란 충격을 입었는지 자공은 입을 열지 않았다. 대신 그의 전신에서 강렬한 기운이 일어 무덤 내부를 채워갔다.

“아미타불!”

아미파의 범천후(梵天吼)의 기운이 담겼는지 자공의 불호성이 무덤 내부를 흔들었다.

잠시 진동이 사라지자 자공의 격동도 사라졌는지, 그가 천천히 입을 열었다.

“자살이라니, 시주는 그 말을 나보고 믿으라는 것이오?”

“내 처음에도 말했지만, 내 말을 믿고 안 믿고는 대사의 자유요. 그러나 그가 죽었단 나의 말은 사실이오. 그리고 그의 죽음은 나를 막다 생긴 일이니, 책임을 물으려거든 물으시오. 난 피하지 않겠소.”

“아… 아미타불.”

자공은 아무리 믿으려 해도 믿어지지 않았다. 아미사 천왕의 일인이 자살을 선택했고, 그것이 바로 북신마교를 막다 생긴 결과라니…….

하지만 이 이야기는 그뿐만이 다닌 다른 자도 믿을 수 없다는 듯 어둠 속에서 눈을 빛냈다.

"저 애송이의 말이 사실인가?"

음풍자는 그들이 한창 대화를 나누는 순간, 묘실 입구에 다다를 수 있었다.

그 뒤, 어떻게 할까 고민을 하다 그는 아미사천왕 중 일인이 자살을 했다는 엄청난 이야기를 들어 몸을 나타내려는 것을 멈추었다.

정말 북신마교주가 백호칠수 전부를 패퇴시켰다는 소문이 사실이라면, 아미사천왕 중 자무가 자살했다는 이야기도 얼토당토않지만은 않았다.

그래서 음풍자는 어떻게 할까 고민해야 했다.

진짜라면 아미사천왕과 동배분의 공동오로 중 일인인 그가 나선다 한들 달라지진 않을 것이다. 그렇다고 도망을 치려니 밖에선 큰소리를 쳐놓은 당가의 계집이 그를 기다리고 있었다.

"이거 어떡해야 되나?"

정말 진퇴양난이라 해야 할 순간이었다.

그러나 음풍자는 그제야 정신을 차리는 자공의 한마디로
인해 제삼의 방법을 선택할 수 있었다.

"역시 마교는 마교란 말인가?"
자공의 말에 고경천은 미간이 찌푸려졌다.
"대사의 그 말은 무슨 의미요?"
"마교라는 이름을 가진 무리가 애초부터 좋은 의도가 있
을 수 없단 뜻이오. 그러니 불법을 따르는 사제가 그걸 가
만두지 않았을 테고, 이십 년을 침묵해 왔다 하나 원래 백
호칠수 자체도 정파의 이단아라 불리던 자들. 그들이 함께
하는 북신마교라면, 결코 마교란 두 자가 아니라도 그 의도
는 뻔하다는 말이오. 앞으로 무림에 해악이 될 자들의 모
임. 그래서 나는 이 순간 무엇을 해야 하는지 바로 결정을
내렸소."
여기까지 말하던 자공의 두 눈에서 강렬한 빛이 뿜어졌다.
"멸마(滅魔)! 아무리 생각해도 내가 여기에 오게 되고, 또 자
무 사제의 죽음을 듣게 된 것은 모두 그걸 위함이라 생각되오."
"맞소. 자공 도우의 그 말처럼 마는 말 그대로 마이고, 무
조건 멸해야 하는 대상이오."
갑자기 자공의 말에 맞장구치며 한 무리의 사람들이 묘실
내부로 들어섰다.
'저들은?

고경천의 두 눈이 그들을 보면서 싸늘하게 빛을 냈다.

드디어 그가 원하던 자들이 모습을 드러냈다. 하지만 지금 만큼은 오히려 그들의 등장이 썩 좋은 것은 아니었다.

자공은 그의 옆에 다가와 서는 음풍자를 보며 의문의 눈빛을 던졌다.

"아까는 경황이 없어 인사를 못했지만, 청성의 음풍자요. 내 오늘만큼은 자공 도우의 그 정심(正心)에 반해 과거의 문제는 잊고 도우를 돕겠소."

음풍자는 자공이 미처 정명과의 일을 보지 못했기에 아무렇지 않게 말을 했다.

그래도 지난 갈등은 쉽게 사라질 수 없기에 자공은 쉽게 음풍자를 대하지 않았다.

그래서 음풍자는 얼굴에 더한 미소를 지으며 그를 대했다.

"너무 이상타 생각지 마시오. 내 들어오는 도중 우연히 대사와 저자의 말을 들었소. 자무 도우의 죽음. 또, 그 죽음이 마의 창궐을 막으려 했다니, 비록 얼마 전까지는 적대 관계에 있었지만 내 참을 수 없었소. 그래서 나도 도우를 돕고 싶소."

"하지만 이건 어디까지나 아미의 일이오. 난 음풍 도우의 손까지 빌리고 싶지 않소."

자공은 명색이 아미사천왕으로서 젊은 사람을 상대로 연수합격을 하고 싶지 않았다.

"무량수불. 내 어찌 그 마음을 코르겠소. 일단은 자공 도우가 혼자 처리하게 난 지켜보기만 하겠소. 대신 저자는 백호칠수를 패퇴시켰을지도 모르는 소문의 북신마교주. 만일의 경우 내가……."

"알겠소. 음풍 도우가 인정해 준다니 고맙게 생각하오."

자공은 그 말을 끝으로 더 이상 음풍자를 신경 쓰지 않았다.

"자! 시주, 시작합시다."

자공은 만에 하나를 위해 경시하는 맘을 버렸다. 그래서 시작부터 그의 최고무공을 펼치기 위한 기수식을 취했다. 그러자 그의 전신에서 금빛 기류가 일어나며, 그 기운이 한 마리의 금룡이 되어 그를 감싸고 똬리를 튼 모습으로 바뀌었다.

"복호곤룡장(伏虎困龍掌)!"

준비가 끝나자 자공은 조금의 망설임 없이 고경천을 공격해 갔다. 그러자 조와 장을 섞은 듯한 자공의 손 그림자가 금빛 기류를 몰아치며 고경천의 전신을 덮어갔다.

'싸움보다는 대화를 하고 싶지만, 지금은…….'

고경천은 싸움에 앞서 잠시 음풍자를 보았다.

그런데 음풍자는 야릇한 미소를 지으며 둘의 대결을 지켜보고 있는 것이 아닌가?

'교활한 여우를 두고 다른 짓을 할 수 없지. 묵강수!'

고경천은 일단 현음빙기만 운용했다.

곧 자공의 황금빛 손과 고경천의 현음빙기를 담은 손이 허공에서 공수를 주고받았다.

파바바닥.

금룡과 흑룡이 싸움을 벌이듯 빠르게 부딪치던 두 손은 반 탄력을 일으키며 그 주인들을 뒤쪽으로 밀어냈다.

'역시 현음빙기 하나로는 부족한가?'

고경천은 생각보다 강한 반격에 놀랐다.

"하압!"

자공은 밀려가는 기세 그대로 다시 땅을 박차며 처음보다 손을 조금 더 오므린 상태로 공격해 왔다. 그러자 자공의 장에서 뿜어지는 장력이 더욱 올라가며 고경천을 재차 압박해 왔다.

'그럼 하나 더.'

고경천은 빙의 기운에 송일학에게서 얻은 기운을 담았다.

쾅!

폭음이 묘실 내부를 흔들며 꺼어진 기의 파편들이 사방으로 날아갔다. 그리고 그 기운들은 묘벽에 곰보처럼 군데군데 흠집을 만들었다.

"윽!"

자공은 이번만큼은 어느 정도 충격을 입었는지, 신음을 흘리며 신형을 흐트러뜨렸다. 그리고 그는 믿을 수 없단 시선으로 고경천을 바라보았다.

"음……."

고경천은 무거운 신음을 흘렸다. 역시 두 가지 기운으로도 문제가 있었다. 그래도 비틀거리지는 않았기에 빠르게 자세를 잡아갔다.

그래서 자공도 곧 자세를 추스르고 흐트러졌던 금빛 기류를 다시금 일으켰다. 그러자 그의 전신이 전보다 더한 금빛에 휩싸이며, 금룡이 곧이라도 살아 움직일 듯 격렬하게 요동쳤다.

“시주, 싸움은 이제부터 시작이네.”

쿠아아아앙!

공기가 터져 나가는 소리가 대호의 포효처럼 퍼지고, 그 뒤를 이어 용의 살이라로 발라 버릴 듯한 호조(虎爪)가 고경천을 덮쳐 왔다.

그리고 그 뒤 그 둘은 치열하게 싸움을 벌였다.

겉으로는 금룡과 흑룡이 격돌하는 듯했으나, 고경천의 흑룡은 또 하나의 가면을 쓴 모습이었다. 그래서 시간이 지날수록 여유가 있는 고경천이 조금씩 기세를 잡아가기 시작했다.

그러자 둘의 대결을 유심히 보던 음풍자는 더 이상 참을 수 없다는 듯 소리쳤다.

“자공 도우, 체면을 생각할 때가 아니오! 이 음풍이 돕겠소!”

그리고 대기하던 무리들에게 소리쳤다.

“너희들은 입구를 지켜 외부에서 아무도 들어오지 못하게 해라!”

“예.”

고수들의 대결에 넋이 나갔던 청성파의 무리들은 명에 의해 입구 쪽으로 물러났다.

채앵!

"이 마교의 무리야, 어디 공동의 검도 받아봐라."

음풍자는 검을 뽑기 무섭게 공동파의 현천검(玄天劍)을 펼쳐 나갔다. 현천검은 공동무학 중에서도 음명일맥이라 해서 음유한 기운이 특징인 무공이었다.

곧 차갑고 음유한 기운들이 자공과 싸우는 고경천의 옆구리를 파고들어 갔다.

'기다리게 한 만큼 더 진한 맛을 보여주지.'

고경천은 음풍자의 등장에 싸늘한 미소를 지었다. 그리고 지금까지 숨겨놓았던 다른 기운들을 손에 담아갔다.

화르르륵. 파치지직.

곧 기다렸다는 듯이 천년화리의 기운과 소일성에게서 얻은 벽뢰진기가 현음빙기와 합쳐져 요란한 기운을 주변으로 퍼뜨렸다.

그리고 그 모습에 자공은 물론, 달려들던 음풍자 모두 순간적으로 눈이 커졌다.

"이 한 수로 오늘 싸움은 끝이다. 홍강수!"

고경천은 한소리와 함께 각각 좌수는 음풍자를 향해, 우수는 자공을 향해 뻗으며 그들과 부딪쳐 갔다.

"거… 거짓말."

음풍자는 그에게 뻗어오는 고경천의 손을 바라보며 믿을 수 없다는 소리를 내뱉었다. 극성이 다른 기운을 동시에 운용하다니…….

채캉!

검이 부러져 나가며 홍강수가 그대로 음풍자의 가슴을 후려갈겼다.

퍽! 콰직!

"커어억!"

펑!

"커억. 쿨럭!"

자공도 홍강수의 위력에 피를 쏟으며 음풍자처럼 허공을 날았다.

"호… 혹시 이건…….”

자공은 흐릿해져 가는 의식 속에 무언가 굉장히 두려운 사실이 하나 떠올랐다.

그리고 그걸 반증하듯, 묘실 내부에 음풍자의 비명이 처절하게 울려 퍼졌다.

"크아아아악!"

우두둑. 두둑.

비명 뒤에 듣기 싫은 뼈마디 음이 실내를 울렸다. 그리고 그사이 고경천의 차가운 한마디가 그 속에 섞였다.

"난 무인 같지 않은 놈을 제일 싫어하지. 그래서 너만은 특별히 흡정마공을 선물해 주마.”

第八章
예 7 ㅈ 못한 바 신

당아영은 기다린 지 반 시진 정도 흐르자 왕건묘에서 나오는 한 사람의 그림자를 보았다.

그 순간, 그녀는 자신도 모르게 심장이 뛰어오는 것을 느꼈다. 믿지만, 이율배반적으로 상대에 대해 걱정되는 심정.

그녀의 시야에 나타난 사람의 음영이 거의 잡히자 자신도 모르게 신음을 토해냈다.

"아!"

나타난 자는 한 사람, 아니, 한 사람을 안고 있는 고경천이었다.

고경천이 자공을 안고 나타나자 당가의 무인들이 재빠르

게 주변으로 퍼져 나가며 경계 태세를 갖추었다.

"무사하시군요."

비록 고경천의 의복 이곳저곳이 찢어지고, 얼굴에 피곤함이 비쳤지만 크게 상한 모습은 아니었다.

"무사하오."

고경천은 자공을 바닥에 조심스레 내려놓았다.

"혹시 죽었나요?"

당아영의 음성에 걱정이 묻었다. 애초에 오늘 일은 청성, 공동 연합을 상대하기 위함이지 아미파가 목적이 아니었다. 당가는 그저 궁색을 맞추기 위해 그녀가 대표로 온 것이다.

고경천은 고개를 좌우로 흔들었다.

"그럼?"

"내상을 입고 기절했소. 그러나 상처가 심해 당분간은 요양을 해야 할 것이오."

"그럼 음풍자는?"

고경천은 그 말에 싸늘한 미소를 지었다.

"죽였소."

"……."

고경천의 표정과 말투가 너무 싸늘해 당아영은 자신도 모르게 오한을 느꼈다.

"부탁 하나만 하겠소. 자공 대사를 잘 치료해 준 다음, 당분간만 당가에서 맡아주시오."

“예? 예.”

무슨 말인가 하다 당아영은 곧 그 말을 깨닫고 고개를 끄덕였다. 당분간이란 아마 왕건묘 사건이 벌어지는 기간일 것이다.

“먼저 가겠소. 나머지는 내가 부탁한 대로 처리해 주시오.”

고경천은 당아영의 뒷말은 듣지도 않고 바로 몸을 돌려 왕건묘를 떠났다.

“공…….”

당아영은 떠나려는 그를 부르려다 곧 그만두었다. 왠지 자공을 바라보는 고경천의 눈에 아픔이 보였다. 거기다 아직은 그 아픔을 함께 나눌 정도로 그녀와 고경천 사이엔 깊은 감정이 없었다.

그래서 차라리 그녀는 현명한 여인답게 고경천이 부탁한 일을 처리하기 위해 바쁘게 움직였다.

고경천은 당아영과 헤어지자 서둘러 성도부에 도착해 거처로 찾아들었다.

털썩.

그는 피곤함에 바로 침상에 몸을 누였다.

예상외의 상황을 처리하는 것은 심력과 체력 모두 배로 들었다.

아미파 자공의 등장. 그리고 공동파 음풍자와의 합공.

결과는 한 사람은 제압할 수 있었고, 한 사람은 숨통을 끊을 수 있었다.

'시작부터 이러니 앞으로 남은 이틀은 어떨지…….'

고경천은 무언가 불길한 예감이 들었다. 그래서 그걸 떨치려 잠시 눈을 감으려는데,

캬옹.

어떻게 알고 왔는지, 설묘가 창가에서 자신의 방문을 알렸다.

"소혜와 자지 않고, 어찌 왔느… 푸흡!"

고경천은 설묘의 울음소리에 상체를 일으키다 그대로 웃음을 터뜨렸다.

"으하하하하. 잠깐 사이에 많이 예뻐졌구나!"

일단 반나절 만에 다시 만난 설묘는 전신이 알록달록했다.

도대체 고소혜에게 무슨 짓을 당했는지, 본래의 흰 털이 여러 가지 색깔로 물들어 있었다. 거기다 꼬리에는 붉은 천으로 댕기 매듭까지 지어놓자 그 모습이 가관이었다.

캬아앙!

설묘는 화를 내며 그대로 고경천에게 달려들었다.

"이크!"

퍽!

고경천이 피하자 설묘는 그대로 침상에 몸을 들이받았다.

찌이익.

설묘는 분노에 발톱까지 세웠는지 이불보가 길게 찢어졌
다.

"잠깐! 백아야, 왜 이리 흥분하는 것이냐? 이러지 말고 우
리 말로 하자. 내가 웃은 것은 사과할 테니, 차분히 대화로 풀
어가자."

말은 이렇게 했어도 고경천의 입가에 매달린 웃음은 사라
지지 않았다. 정말 설묘의 모습으로 인해 왕건묘의 피로가 싹
사라지는 듯했다.

"으하하하!"

캬앙.

설묘는 참지 못하겠다는 듯 흉포하게 울부짖었다.

고경천의 부탁이라 들어줬지, 애 보기는 영성이 있는 설묘
로선 두 번 다시 하기 싫은 경험이었다. 그 덕에 일백 년을 넘
게 살아온 설묘의 체면이 이렇게 바닥을 치게 되었다.

"자자, 남들 잠 깨우지 말고 일단 그 몰골부터 어떻게 하
자. 그 후에 우리 소혜의 일에 대해 이야기하자."

캬오.

설묘는 아직 화를 풀진 않았지만, 그래도 지금 몰골을 회복
하자는 말에 침상에 내려섰다.

"자, 그래. 그래야 최강영수인 천산설묘다운 모습이지."

고경천은 설묘를 살살 달래며 자기 방에 딸린 욕실로 향했다.

욕조 안에는 미리 시비들에게 부탁해 놓은 물이 한가득 준비되어 있었다.

"일단 물 좀 데울 테니 기다려라."

고경천은 설묘에게 양해를 구한 후 한 손을 물에 담그고, 단전에 자리한 천년화리의 기운을 손으로 모아갔다. 그러자 그의 손을 중심으로 물이 점점 뜨겁게 달아올랐다.

고경천은 천천히 물을 휘저었다. 그렇게 해서 빨리 물을 데우려고 했다. 그러자 찬물과 더운물이 위치를 바꿔가며 전체적으로 점점 뜨거운 물로 바뀌었다.

그 순간 고경천은 이상한 예감이 들었다. 설묘를 씻기려 우연찮게 한 행동이 문득 자신이 갖고 있는 무공과 연관성이 있는 것처럼 느껴졌다.

'분명 이 물은 처음에는 찬물이었다. 그렇다고 뜨거운 물을 넣은 것도 아니고, 단지 찬물이 더운물로 바뀌었다. 양이 바뀌지 않고, 그 안에서 더운물과 찬물의 양만 변했을 뿐이다. 그렇다고, 더 강한 열을 가하는 것도 아닌데도, 점점 그 변화가 빠르다.'

고경천은 손을 저으면서 지금의 느낌에 대해 곰곰이 생각해 보았다. 뭔가 지금하고는 다른 새로운 것이 잡힐 듯 말 듯 머리 속을 맴돌았다.

탁!

"그래."

고경천이 손으로 허벅지를 쳤다.

캬옹.

고경천은 기쁨에 설묘를 안아 들어 그대로 욕조통으로 집어 던졌다.

첨벙.

캬아아앙.

설묘의 괴성과 상관없이 고경천은 지금 떠오른 생각을 정리하고자 그대로 침상에 몸을 날려 결가부좌를 틀었다. 그리고 한 손을 앞으로 내민 채 몸속에 있는 기운 중 상극에 가까운 기운들을 움직여 보았다.

빙과 화.

화와 독.

빙, 화, 독.

이 기운을 각기 다른 방식으로 운용할 수는 없었지만, 동시에 움직이는 기의 양은 조절해 보았다. 처음에는 그 양의 유동이 크게 차이가 나지 않지만, 계속해서 시도를 해보니 조금씩 그 양의 변화가 일어났다. 그리고 양이 다른 기운이 시간이 지남에 따라 변화되는 과정도 하나둘씩 느낄 수 있었다.

점점 기의 작은 변화도 느낄 수 있게 되자 그는 흡정마기도 의지에 따라 조금씩 움직여 보았다.

                    *   *   *

　날이 밝자마자 청공장엔 청성, 공동 연합의 중요 인물들이
모였다.

　바로 청성파 장문인과 공동파 공동오로 중 삼 인으로, 그들
은 대청에 모여 심각한 얼굴로 바닥에 나란히 누워 있는 십여
구의 시체를 바라보았다.

　"죄송하오. 다 내 불찰이오. 내가 조금 더 신경을 썼어야
하는데."

　곡장음은 공동오로의 나머지 인물들을 향해 고개를 숙였
다.

　그는 새벽녘에 수문위사를 통해 하나의 보고를 받았다. 갑
자기 화살 한 대가 날아왔는데, 그 화살에 '시체를 찾아가라'
는 서찰이 달렸다는 것이다.

　그래서 부리나케 시체를 수거하고, 이렇게 사람들을 불러
모았다.

　"아니오. 이게 왜 곡 장문인의 불찰이오? 오히려 너무 가볍
게 생각했던 내 불찰이오."

　대풍자는 말을 하면서 분노를 이기지 못했는지, 그 특유의
볼이 부들부들 떨렸다.

　사실 이들은 거의 새벽 나절까지 곡장음이 준비한 선물을

즐겼다. 왕건묘의 일이야 그저 음풍자 정도면 손바닥 뒤집듯
쉽게 처리한다 여겼었다.

그런데 결과는 음풍자의 죽음.

대풍자는 한시도 음풍자의 얼굴에서 시선을 떼지 못하더
니 살기 어린 음성으로 입을 열었다.

"곡 장문인, 이번엔 우리 공동오로의 셋이 전부 가겠소."

"그래요, 대풍 사형."

"가서 놈을 발기발기 찢어버리죠."

그 한마디에 공동오로의 나머지 이 인. 얼굴이 검붉은 사내
인 염풍자(炎豐子)와 여도고 복장을 한 소풍자(韶豐子)가 거들
듯 한마디씩 했다.

그러나 곡장음은 그런 그들을 말렸다.

"잠깐. 이동주, 안 되오. 만일 그랬다가 세 분에게 다 안 좋
은 일이 생기면 어떡하려고 그러오? 그러면 앞으로 우리들의
사천통합은 어떻게 되는 것이오?"

"곡 장문인, 지금 그 말은 우리 셋이 가도 놈을 어쩌지 못한
다는 말이오?"

공동오로의 넷째인 염풍자의 검붉은 얼굴이 더 심하게 붉
어졌다.

"아니오. 염풍자 사동주, 오해하지 마시오. 내 말은 그가
진짜 북신마교주일지도 모르는데, 그러면……."

"곡 장문인, 우리를 너무 무시하는군요. 아무리 그가 백호

칠수를 패퇴시켰다 해도 공동오로인 우리도 백호칠수와 충분히 자웅을 겨룰 수 있어요. 우리가 그동안 수련을 위해 공동산에만 있지 않았으면, 감히 무림이십팔수 따위가 우리와 비교될 수 있을지 아세요?"

소풍자의 뾰족한 음성이 재차 곡장음의 말을 잘랐다.

"소풍자 삼동주, 나도 그걸 알고 있소. 그래서 내가 여러분과 손을 잡은 것 아니오. 하지만 무림이십팔수는 절대 약한 자들이 아니오. 그러니……."

그 말에 대풍자가 다시 한 번 곡장음의 말을 막아섰다.

"되었소, 곡 장문인. 더 이상 말은 필요없소. 그리고 만일 우리가 없다 해도 폐관 수련이 얼마 남지 않은 뇌풍 사형만 출도하면 사천 정도야 쉽게 장악할 수 있소. 더욱이 우리와 연수한 그가 대업을 위해 이미 사람을 불러들였다고 하지 않소?"

"그렇지만… 좋소. 정 그렇다면, 이번엔 나도 본산의 제자들을 불러들이겠소. 그들과 함께……."

"아니오. 이번 일은 공동오로의 명성이 달린 일이오. 그걸 위해서라도 우리끼리 해결하겠소. 그러니 곡 장문인은 음풍 사제의 시신이나 공동산으로 잘 보내주시오. 이만 물러가리다."

대풍자는 더 이상의 이야기는 듣기 싫다는 듯, 염풍자와 소풍자를 이끌고 대청을 떠나갔다.

“대풍자 이동주…….”

곡장음은 못내 아쉽다는 듯 멀어지는 그를 향해 한마디를 더했다.

그러나 그들의 모습이 완전히 사라지자 그는 표정을 싹 바꾸었다. 마치 계획대로 되었다는 듯 만족한 미소를 입가에 매달았다.

그 뒤 곡장음은 수하들에게 뒤처리를 맡기고, 서둘러 처소로 걸음을 옮겼다.

그리고 처소에 도착하자마자 서둘러 침상 아래로 연결되는 비밀 통로를 열었다. 그 후, 어둠뿐인 계단을 따라 지하에 감춰진 비밀 공간으로 향했다.

그러자 예의 탁한 음성이 곡장음을 맞았다.

“그자의 위치는 알아보셨소?”

“후후.”

곡장음은 말을 하기 전에 묘한 웃음을 흘리더니 탁한 음성을 내뱉은 어둠이 꿈틀거리려 하자 입을 열었다.

“그렇소. 하지만 알려주는 데 조건이 있소.”

“조건?”

조건이란 말에 어둠에서 진한 살기가 뿜어져 나왔다.

“감히 당신이 우리와 약속한 일 말고도 또 조건을 단다는 것이오?”

“오해는 마시오. 귀하들에게 불편이나 손해를 주는 것이 아니니까."

"조건 내용은?"

"일단 우리 측 인물들이 그 사람을 상대한 후, 당신들이 나서서 그는 물론, 우리 측 사람까지 없애주시오."

곡장음의 한마디에 잠시 침묵이 찾아왔다.

그러나 탁음은 곧 으르렁거림으로 바뀌었다.

"감히 우리보고 어부지리를 취하란 말이오?"

"어부지리가 아니고, 일의 확률을 높이란 말이오. 어쩌면 당신들이 알고 있는 것보다 고경천은 더 강해졌을지도 모르오. 흡정마공이 어떤 무공인지 당신들도 알지 않소? 이 정도의 유리한 점도 없다면, 가능하다고 보오?"

"가능하오. 그러니 그 조건은 못 들은 걸로 해주겠소. 대신 당신이 말한 자들의 목숨은 확실히 처리해 주겠소."

"그렇다면, 이 이야기는 없었던 것으로 합시다."

곡장음은 싸늘한 음성을 토해낸 뒤 자리를 떠나려 했다.

그러자 곧 강한 살기가 그의 전신을 감싸듯 옥죄어왔다.

"흥!"

지금과는 달리 곡장음은 차가운 코웃음을 날리며 대라무위신공(大羅無爲神功)을 끌어올렸다. 그러자 그를 감싼 살기가 서서히 물러나며 그의 몸을 옥죄던 살기의 그물이 사라졌다.

그 순간 어둠이 놀랐는지 크게 꿈틀거렸다.

"잠깐!"

"왜, 조건을 들어줄 생각이오?"

"당신 일부러 힘을 숨겨온 것 같소."

"후후. 무림을 살아가는 데 삼 할의 힘을 숨기는 것은 기본 중의 기본이오. 그리고 이런 나조차 그와의 대결에 대한 승부를 장담하지 못하는데, 과연……?"

"좋소. 당신 조건을 들어주지. 대신 일이 끝난 후, 우리가 들어주기로 한 부탁은 없소."

"하하하. 그 일은 이제 필요없어졌소. 오늘 그 자리에 있는 인간들의 목숨을 다 빼앗으면, 사천은 내 손에 자연히 굴러들어 올 것이오."

"그럼 새롭게 거래가 성립되었소."

"그럼, 오늘 밤 축시 무렵, 성도의 왕건묘로 가보시오. 당신들이 찾는 인물, 고경천을 만날 수 있을 것이오."

곡장음은 내심 의도가 먹히자 즐겁게 이야기를 나누더니 자리를 떠났다.

그리고 그가 떠나가자 어둠도 곡장음처럼 반대편 통로로 사라졌다. 어둠은 그렇게 청공장을 벗어나 그곳과 얼마 떨어지지 않은 초라한 한 인가로 스며들었다.

그 후 인가에서는 어둠들이 모여 이야기를 나누었다.

"드디어 곡장음이 놈의 소재를 알아냈습니다."

"그래?"

“예.”

그리고 청공장에서 온 어둠은 그간의 일을 인솔자에게 보고했다.

인솔자는 그 이야기를 다 듣고 나서 말했다.

“오히려 잘되었다. 차라리 남아서 그를 도와주느니 이번 일로 사천의 일을 마무리하고 궁으로 복귀한다.”

“그런데 정녕 곡장음을 그대로 두시렵니까? 그자는 교활한 자입니다. 아마 그가 사천을 통합하면, 후에 궁에도 골치 아픈 존재가 될 수도 있습니다.”

“흑양십이호, 교활한 자는 그 교활함으로 망하기 마련이다. 그리고 우리의 명은 오직 흡정마공을 익힌 고경천의 죽음. 우리는 명대로만 일을 처리하면 된다. 후에 다시 명이 내려오면 그때 그놈을 처리하면 된다. 우리에겐 그만한 충분한 능력이 있지 않느냐?”

“그렇군요. 제가 생각이 너무 많았습니다.”

“그럼 내일로 모든 일을 마무리한 후 궁으로 복귀한다.”

“예.”

그 뒤로 더 이상의 대화는 이어지지 않았다. 죽은 듯한 고요와 침묵만 있을 뿐… 인간이 살고 있는 듯한 어떤 온기도 느껴지지 않았다.

*　　　*　　　*

축시 초가 되자 어제처럼 고경천은 다시금 왕건묘를 찾았다. 약속 시간과는 한 치의 오차도 없는 정확한 시간이었다.

왕건묘는 어제처럼 여전히 어둠에 덮여 음산한 귀기를 풍겨댔다.

"……?"

고경천은 문을 열고 들어서려다 잠시 걸음을 멈추었다.

분명 어제와 다를 바 없는 왕건묘지만, 오늘은 묘한 예감을 그에게 전해왔다.

하룻밤 사이에 십여 명의 영혼을 집어삼켜서였는지, 그저 음산하게 깔려 있던 귀기들이 생명을 얻어 왕건묘를 떠다니는 듯했다.

캬르르릉.

설묘도 그걸 느꼈는지 고경천의 품속에서 목을 빼고 흉성을 드러냈다.

그동안 설묘는 팔자에도 없는 고소례의 보모 신세를 하다 오늘에서야 풀려났다. 그래서인지 이런 분위기에 더욱 민감한 흉성을 보였다.

그래서 고경천과 설묘는 입구에 서서 매서운 눈빛으로 왕건묘 경내를 구석구석 훑어나갔다.

그런데,

철렁. 철렁.

고리가 쇠를 때리는 소리에 뒤이어,

"아미타불."

아미의 범천후의 기운이 담긴 불호 소리가 왕건묘를 향해 빠르게 다가왔다.

그러자 거짓말처럼 왕건묘를 뒤덮던 묘한 느낌이 사라졌다. 마치 불법을 두려워해 몸을 피하는 사기처럼 왕건묘는 본래의 모습으로 돌아갔다.

그래서 고경천은 묘를 살피던 것을 멈추고, 걸음을 옮겨 경내의 중앙에서 다가오는 자들을 기다렸다.

'또 아미파인가? 그런데 이번엔 수가 많군.'

그래서 고경천은 품에서 설묘를 꺼내 바닥에 내려놓았다. 아무래도 어제 자공의 방문이 그저 우연은 아닌 듯했다. 더욱이 당아영은 자공과 함께 온 자가 급한 일이 있는 것처럼 성급히 떠났다고 하지 않았는가?

"백아야, 너는 왕건묘를 떠나 성도부로 돌아가라."

카웅.

설묘는 가기 싫다는 듯 고개를 내저었다.

"말을 듣거라. 아무래도 오늘은 어제보다 더 흉흉할 것 같다. 그러니 물러가 있거라. 그리고 혹시라도 내가 아침까지 돌아오지 않으면, 송번에 있는 서생에게 가거라."

고경천은 오늘은 어제보다 상황이 급박하게 돌아갈지도 몰라 당가는 아예 나타나지 말라 언질을 두었었다.

캬아아앙.

"어서!"

고경천은 짐짓 화가 난 듯 설묘에게 말했다.

그러자 할 수 없다는 듯 설묘는 뒷걸음치며 왕건묘를 떠나
갔다.

그렇게 둘이 이야기를 나누는 사이, 아미파의 고수들은 도
착해 정문을 넘더니 가사 자락을 휘날리며 안으로 떨어져 내
렸다.

선두에는 염주를 든 노승과 검은 수염의 방편산을 든 노승
이 서고, 그 뒤에 그들을 수행차 따라온 이십 후반에서 삼십
중반의 네 승려가 자리했다.

철렁.

검은 수염 노승의 방편산(方便鏟)이 강하게 바닥을 때리자
그 끝에 달린 고리가 요란하게 울렸다.

그는 중앙에 서 있는 고경천을 보며 우렁찬 음성을 토해냈
다.

"네놈은 누구냐?"

그 한마디에 고경천의 두 눈썹이 꿈틀거렸다. 승려답지 않
은 말투가 그의 심기를 거슬렀다.

"왜 말이 없느냐? 혹시 네놈이 그 북신마교란 곳의 끄나풀
이냐? 그럼 어서 빨리 그 건방진 북신마교주란 놈을 나오라
그래라."

쩌렁쩌렁 울리는 음성에 귀가 멍멍할 지경이었다.

"상대의 신분을 물으려면, 먼저 자신부터 밝히는 것이 예의 아니오?"

"뭐? 이 건방진……."

"그만 하게, 자력(呫力) 사제. 사제는 지금 자공 사제 일로 너무 흥분했네. 아직 확실히 결과가 나오지 않은 일에 불제자로서 일일이 흥분하지 말게."

"하지만 사형……."

염주를 든 노승이 자력의 말을 손을 들어 막았다. 그리고 고경천을 향해 다시 점잖게 입을 열었다.

"아미타불. 시주, 자력 사제가 지금 자공 사제의 일로 흥분한 상태일세. 그러니 이해해 주게. 나는 아미파의 자허(呫虛)라 하는데, 시주는 어떻게 되는가?"

고경천은 일단 상대가 예의를 갖춰오자 그도 예의로 맞았다.

"본인이 바로 대사들이 만나려는 북신마교의 교주요."

"갈!"

퍽!

철렁!

방편산이 바닥을 때리자 돌조각이 깨어져 나가며 요란한 고리음을 토해냈다.

"이놈이 사람을 능멸하려 드는구나! 감히 아미사천왕을 앞

에 두고 농을 하겠다는 것이냐?'

'정말 아미파는 하나같이 다 사람을 열받게 하는군.'

자력의 말에 고경천도 더 이상 참을 수 없어 한 발을 들어 땅을 굴렀다.

쿵!

곧 주변을 울리는 진동과 함께 그의 전신에서 강한 기운이 뿜어졌다.

"진짜인가 가짜인가는 직접 확인해라. 나도 더 이상 말로 하긴 귀찮으니까."

"건방진 놈이… 커흥!"

자력은 중치곤 성미가 불같은지 더 이상 참지 않고, 성난 호랑이의 포효성과 같은 소리와 함께 방편산을 휘두르며 달려들었다.

부우웅. 붕.

곧 방편산이 일으키는 풍압이 주변에 거세게 몰아치며 엄청난 압력을 사방으로 뿌려댔다.

소림의 곤(棍), 무당의 검(劍)과 더불어 아미의 창(槍)이라 불리는 복호대력신창(伏虎大力神槍)이 자력의 타고난 천생신력과 맞물려 고경천에게 거세게 몰아닥쳤다.

'그래. 현실은 늘 이런 법이다. 애초부터 아미파와 잘 지낸다는 것 자체가 무리였다. 흡정마공을 익힌 내 운명에 어찌 잘 지낼 자가 존재할 수 있는가?'

고경천은 서서히 단전에 자리 잡은 기운 둘을 깨웠다.

빙, 무, 그리고 음풍자와 청성자들에게서 얻은 도가의 태청진기.

그러자 겉으로는 평범한 묵강수로만 보이는데, 고경천의 손에는 세 가지의 기운이 머물렀다.

'날 막아서면 그저 쓰러뜨리고 전진할 뿐이다!'

"하앗!"

고경천은 기합성과 함께 자력의 중병에서 펼쳐지는 매서운 풍압에 부딪쳐 갔다.

그때까지도 자허는 자력을 말려야 하나 말아야 하나 고민했다. 그러나 그 둘이 처음의 충돌을 일으키고 나서는 생각을 바꾸었다.

큰소리친 것과 달리 자력은 고경천을 쉽게 상대하지 못했다.

"자허 사숙, 저희들이 자력 사숙을 돕겠습니다."

그러자 뒤에서 대기하던 아미이십팔천의 넷이 입을 열었다.

그러나 자허는 그들의 말에 가타부타 대답도 없이 문 쪽으로 시선을 돌렸다. 지금 그의 귓가에 이리로 빠르게 다가오는 세 개의 기척이 들렸다.

파라락.

세 사람은 가벼운 동작으로 대문을 타고 넘어 아미의 인물들과 거리를 둔 한곳에 내려섰다.

“호오.”

나타난 삼 인 중 여도고 복장을 한 소풍자가 고경천과 자력의 싸움을 보며 탄성을 내질렀다.

아미이십팔천의 사 인은 새롭게 나타난 자들의 등장으로 자연스레 싸움판이 아닌 자허의 주변을 에워쌌다.

하지만 자허는 곧 그들을 밖으로 물리며 새롭게 나타난 삼 인 중 선두에 선 자를 바라보았다.

“무량수불. 내 눈이 틀리지 않았다면, 아미사천왕의 첫째를 맡아보는 자허 도우 같은데, 틀리오?’

“아미타불. 빈승이 보기엔 그 넉넉한 풍채는 공동파의 대풍 도우 같소.”

두 무리는 짧게 인사를 나누었다.

그리고 그 뒤 두 무리 간에는 묘한 기류가 흘렀다. 애초부터 공동파가 끼어들지만 않았어도 동사천의 일은 이렇게까지 커지지 않았다. 그저 감숙성의 끝 자락에 있으면 되었을 것을 그들로 인해 아미파의 승려들마저 산문을 나서야 했다.

그렇게 잠시 침묵이 감돌더니 대풍자는 싸움판과 아미파의 무리들을 보며 입을 열었다.

“그보다 넷 중 둘만 온 것을 보니, 어제 왔던 자공 도우도 북신마교주란 놈에게 당한 듯하오?’

“……?’

자허가 의문을 표시하자,

"뭘 모른다는 표정이오? 우리 쪽의 음풍 사제도 어제 왕건
묘 사건을 조사차 왔다 명을 달리했소. 분명 어제 당가, 아미
파, 청성, 공동파의 무리들이 다 이곳에 온 것을 아는데, 당가
는 어제 일로 침묵에 들어갔고, 나는 내 손으로 사제의 두 눈
을 감겨주었으니, 아미파도 뻔하지 않소?"

"그 말이 사실이오?"

"수도자가 거짓말하는 거 봤소?"

"……."

공동오로의 소문을 들은 자허는 그 말에 동조할 수 없었지
만, 음풍자의 죽음을 이야기할 때 대풍자의 표정에 맺힌 진한
살기는 가짜가 아니었다.

그리고 중요한 건 본산으로 자공의 일을 알리러 온 정명도
분명 왕건묘에서 음풍자를 봤다 하지 않았던가?

"아미사천왕, 사천왕 해서 대단한 줄 알았더니, 어린 놈 하
나 상대하지 못하고 쩔쩔매고 있군."

시종일관 싸움판에만 관심을 두던 염풍자가 비웃음을 흘
렸다.

"호호호. 그러게 말이다. 조금 있으면 땅바닥에 나자빠질
기세인데?"

소풍자의 말이 끝나기 무섭게 거대한 충돌음이 터졌다.

쾅!

"크윽!"

자력은 고경천의 일수를 막는다고 막았지만, 강렬한 충격과 함께 뒤로 날아갔다.

"자력 사숙!"

아미이십팔천의 둘이 그런 자력을 받아 안았다.

"쿨럭! 진짜 북신마교주란 말인가?"

자력은 그들에게 잡히자마자 한 움큼의 선혈을 토해내며 자리한 자들 모두 놀랄 한마디를 했다.

그 모습에 자허의 얼굴은 마치 석상처럼 굳어졌다. 또 지금까지 멈추지 않고 염주를 세던 그의 손놀림도 멎었다.

더욱이 지금까지 고경천을 별것 아닌 놈으로 생각했던 공동삼로가 새삼스런 눈으로 그를 바라보았다.

그리고 그들 모두의 시선을 받은 고경천은 표정을 차갑게 굳히며 새롭게 나타난 삼 인을 살폈다.

'공동오로의 삼 인이 다 나타나다니……'

고경천은 눈가를 찌푸렸다.

의외로 중병기를 사용하는 자력과의 대결은 초수가 흐르며 적응이 되었다. 그래서 적응이 되자마자 다른 자들이 눈치채지 못하게 네 가지 기운을 끌어올려 커다란 일격을 가했다.

그러고 나서 새로 나타난 자를 확인하니, 그가 기다리던 청성, 공동 연합의 무리였다.

'어제보다 더 안 좋군.'

재수없으면 어제처럼 졸지에 고경천은 무림이십팔수급의

아미, 공동파의 다섯에게 협공을 당할 수도 있었다.

그래서인지 자력으로 인해 뜨겁게 달아올랐던 머리가 차갑게 식어갔다. 그러나 한편 이 한번의 싸움으로 왕건묘의 일을 마무릴 지을 수 있다는 기분도 들었다.

고경천은 잠시 아미파 쪽을 바라보았다. 지금 그곳엔 갈등에 빠진 자허와 내상을 치료하는 자력으로 인해 나머지 승려들은 경계를 섰다.

'장소를 옮기는 게 낫겠군.'

결정을 내리자 고경천은 한마디를 남긴 후, 능으로 몸을 날렸다.

"자신있으면 따라와라."

공동삼로는 고경천이 왕건묘로 향하는 모습을 보고 서로를 향해 의미심장한 눈빛을 보냈다.

"건방진 놈. 스스로 무덤을 파는구나."

"흐흐. 그 선택이 네 죽음을 당겨줄 것이다."

"호호. 생긴 것과 다르게 멍청하군요. 스스로 탕마검진(蕩魔劍陣)의 제물이 되려 하다니……."

그들은 벌써 이긴 싸움처럼 호언장담을 하고, 고경천을 따라 왕건묘로 향했다.

그들이 사라지는 모습을 보며 어느 정도 정상을 찾았는지 자력이 큰 소리를 냈다.

"자허 사형, 우리도 들어갑시다. 저놈 진짜 북신마교주일

지도 모르오. 그러면 자공 사형의 행방에 대해서도 확인해야
하고, 이번 기회에 마의 무리를 처단해야 하지 않소?"

"아미타불."

자허는 마음 한편에 머뭇거림이 들었다. 이유가 어떻든 지
금의 분위기는 모든 것이 한 사람을 핍박하는 형국이었다.

그러나 왠지 그의 귓가에 대풍자가 한 말이 맴돌았다.

"넷 중 둘만 있는 것을 보니, 자공 도우는 벌써 저놈에게 당한
것 같소."

거기다 부연하듯 음풍자의 죽음을 말하던 그들의 모습.

자허는 마음을 다스리려는지 염주를 손 안에서 굴리다 아
랫입술을 강하게 깨물고 명을 내렸다.

"비록 무인답지 않을 수도 있으나, 저 젊은이가 진짜 북신
마교의 교주라면 그를 반드시 막아야 한다."

"예, 사숙."

"갑시다."

자리를 털고 일어난 자력이 자허와 어깨를 나란히 하며 왕
건묘 안으로 걸음을 옮겼다.

아미파 일행마저 능으로 사라지자, 갑자기 왕건묘를 감싼
어둠이 살아나는 것처럼 꿈틀거림을 보였다. 그리고 그 어둠
들은 여러 개로 나뉘어지며 그중 하나가 입을 열었다.

"사냥감과 미끼 모두 모였다. 이제 우리에 모여 있는 놈들을 제거하고 우리가 맡은 임무를 마친다."

"예."

"한 가지 명심해라. 사냥감과 미끼가 모두 예상을 뛰어넘는 무공을 갖고 있다. 그러나 우리는 흑양의 무인들이다. 어떤 상황에서도 맡은 바 임무를 완수한다."

"예."

"가자!"

하나의 검은 기운이 앞장서자 나머지 다섯 개의 검은 기운이 그 뒤를 따라 왕건묘로 사라졌다.

캬르르르.

그런데 그들이 움직이자 처마에 몸을 숨기고 있던 붉은 눈동자가 그들을 바라보았다. 그리고 어둠에서 몸을 빼낸 붉은 눈동자는 작고 하얀 동체를 움직여 빠르게 무덤 안으로 들어갔다.

*   *   *

묘실 안에서는 이미 고경천과 공동삼로의 싸움이 시작되어 있었다.

"우우우우."

하지만 싸움의 격돌로 인한 소음보다 공동삼로가 내뱉는

장소성이 공간에 울려 귀를 틀어막게 만들었다.

아미이십팔천은 바닥에 앉아 결가부좌를 튼 채로 얼굴을 일그러뜨리고 있었다. 그리고 그 앞에서 자허와 자력이 항마후가 담긴 염불을 외고 있었다.

"소유일체중생지류 약난생, 약태생, 약습생, 약화생, 약유색, 약무색……."

그러나 그들의 노력에도 이곳은 들어오는 입구를 제외하고는 팔방이 막힌 곳이라 소리는 계속해서 안에서 메아리쳤다.

두툭. 투둑.

왕건묘도 점점 힘에 부치는지 돌가루를 흩날리며 석상들도 살아날 듯 흔들렸다.

'이럴 줄 알았으면 끌고 들어오는 것이 아니었는데.'

고경천은 그들을 확실히 끝내고자 빠져나갈 수 없는 이곳에서 싸우기로 한 것이다.

하지만 오히려 그것이 지금은 악수로 작용했다.

공동삼로가 자신있게 내뱉은 탕마검진.

탕마검진은 공동의 복마신후(伏魔神吼)로 상대를 압박하고, 검술로 삼재의 방위에서 공격하는 것이었다.

지금 대풍자는 통천검(通天劍)을, 염풍자는 소양검(少陽劍)을, 소풍자는 칠살검(七殺劍)을 펼쳤다.

예전부터 공동은 천하에 명성이 자자한 오대검파(五大劍派)의 하나로 무당, 아미, 화산, 점창과 견주어졌다.

특히 그들의 검학은 무당의 부드러움과 아미의 표홀함, 화산의 화려함과 달리 괴이하고 신랄해 상대하기 까다롭다고 했다.

대풍자의 검은 통천검이라는 말답게 그 현묘함이 기괴하게 느껴질 정도였다. 거기다 검에서 뜨거운 열기를 발산하는 염풍자의 검은 고경천의 의복 곳곳을 그을려 놓았다. 또 소풍자의 칠살검은 검을 펼칠 때마다 일곱 개의 검기가 몸을 뒤덮으니 막는 것이 여간 까다롭지 않았다.

찌익.

'빌어먹을.'

고경천은 내심 욕을 하면서 염풍자를 상대하느라 생긴 틈을 파고든 소풍자의 검기를 미처 피하지 못했다.

고경천의 신형이 주춤하자 이번에는 대풍자가 노렸다는 듯, 검을 들어 뒤쪽을 파고들었다.

고경천은 검강이 서린 대풍자의 검을 향해 묵강수를 뒤로 돌려 맞부딪쳤다.

깡!

그 충격에 고경천의 몸이 앞으로 쏠리자 이번에는 염풍자의 검이 뜨거운 열기를 발하며 어깨를 노리고 들어왔다.

화르르륵.

뜨거운 열기가 먼저 다가들었다.

고경천은 그 모습에 두 눈에 분노를 담고, 자력을 상대할 때처럼 빙, 무, 도 세 가지의 기운을 담아 그 검과 부딪쳐 갔다.

그러나 검진의 묘리는 치고 빠지는 허허실실이었다.

염풍자가 몸을 틀어 검이 부딪치게 만들지 않자 소풍자가 그 틈을 파고들었다.

찍. 찍.

이번에는 거의 막지 못한 검기로 애꿎은 의복만 넝마가 되었다.

'미치겠네! 이렇게 시간 끌다 묘라도 무너지면……'

음공의 영향은 아미파의 범천후처럼 강하게 작용하는 것은 아니었다. 공동파의 음공은 전에 송일학의 그것과 비교했을 때처럼 대상자의 움직임을 방해하는 정도였다.

하지만 검진은 아니었다. 애초에 그들이 검진을 펼치기 전에 그냥 힘으로 끝냈어야 했다. 음풍자 정도로만 생각했지 검진이 주는 묘용까지는 생각지 않았다.

검진은 장기전을 염두에 둔 것이라 공동삼로는 위험하다 싶으면 재빨리 몸을 뺐다. 거기다 큰소리를 쳤지만, 그들의 머리 속에는 음풍자가 죽으며 남긴 얼굴 표정이 또렷이 새겨져 몸을 더 사렸다.

'만약 묘라도 무너졌다 하면, 나중에 몇 날 며칠 술시중을 들어야 할지 모른다.'

고경천은 지금의 싸움보다 그것이 더 두려웠다. 그래서 그는 처음처럼 무작정 그들과의 격돌이 아닌, 그들처럼 여유를 가지고 공세를 주고받았다. 마음은 급하지만, 오히려 지금은 그들의 검진에 익숙해져야 했다.

그러자 오히려 공동삼로가 공격을 강하게 해왔다. 탕마검진은 말 그대로 마를 상대하는 데 탁월하다지만 흡정마공은 마도 선도 아닌 그저 혼돈의 기운일 뿐이다. 그 영향력이 미비할 수밖에 없었다. 더욱이 탕마검진은 항마신후를 사용해야 하기에 그들도 내공 소모가 빨라지는 것을 느끼고 있었다.

'그럼 그렇지. 미꾸라지가 잘 피한다 해도 어차피 지치기는 마련… 그럼. 지금까지 날 골탕먹였으니 네놈들도 똑같은 꼴을 당하게 해주마.'

고경천은 즉시 지금까지 운용하던 기의 흐름을 바꾸었다. 지금까지는 일반적으로 가장 궁합이 좋은 세 가지 기운을 운용했는데, 이번에는 한 가지로 바꾸었다. 그리고 그 기운을 강수를 만드는 데 사용하는 것이 아닌 조금씩 밖으로 뿌렸다.

그의 손에서 뿌연 빙무가 조금씩 퍼져 나가며 일부러 염풍자의 소양검과 부딪치게 만들었다.

치이익.

열기와 한기는 부딪치자마자 수증기를 만들며 주변으로 퍼져 나갔다. 점점 시간이 지날수록 주변으로 퍼져 나가며 마치 고경천과 공동삼로의 싸움은 안개 속을 유영하는 것처럼 바뀌었다.

그리고 점점 그 기운이 짙어지자 무슨 일인지 묘 내부를 흔드는 장소성이 약해지는 듯했다.

"우우우… 우우… 우……."

그러한 변화를 느낀 고경천은 이번에는 기운을 현음빙기에서 천년화리의 기운으로 바꾸었다. 그러자 그의 양손에서 뜨거운 열기가 발산되며 염풍자의 기운과 합해져 주변을 온천에라도 온 것처럼 바꾸어갔다.

가장 먼저 대풍자의 이마에서 송골송골 땀이 맺히기 시작하더니 그의 두 눈에서 당황하는 빛이 생겨났다. 점점 호흡에 곤란함을 느끼며 항마신후가 눈에 띄게 끊어졌다.

그건 나머지 이 인에게서도 서서히 나타났다.

고경천은 점점 자신의 생각대로 되자 이번에는 빙과 독의 두 가지 기운을 사용했다.

그러자 색이 비슷한 두 가지의 기운에 의해 주변에 있는 자들은 자신도 모르게 조금씩 독기를 흡수하기 시작했다.

"윽!"

독기에 대해 소풍자가 가장 먼저 반응했다. 그 순간 그의 신형이 조금 흔들렸다. 그리고 그의 작은 실수는 곧 물 흐르듯이 생긴 검진에 구멍을 만들었다.

그 순간 고경천의 두 눈에서 강한 빛이 폭사하더니 온 기운을 끌어올려 그대로 소풍자를 향해 날렸다. 처음부터 자신을 향해 묘한 색기를 뿌리는 그가 맘에 들지 않았었다.

"꺼져라!"

고경천의 양손에 다섯 가지 기운이 서리며 그 기운을 그대로 소풍자에게 쏘아 보냈다.

콰아아아!

"피해!"

"이런!"

놀란 대풍자와 염풍자가 소풍자를 구하려 달려들려 했으나, 검진의 운용에만 신경을 쓰던 소풍자는 몸을 피하지 못하고 그대로 기운과 부딪쳐야 했다.

쾅!

"으아아아아악!"

뾰족한 비명이 터지며 소풍자의 신형이 그대로 뒤로 날아가 악기연주상 중 하나와 충돌을 일으켰다.

콰르르르.

충격을 이기지 못한 석상이 그대로 소풍자의 몸을 뒤덮었다.

"소풍 사제!"

"안 돼!"

"네놈들이나 걱정하지."

이미 깨어져 나간 검진의 틈을 벗어난 고경천이 그들의 뒤쪽으로 돌아가 양손으로 각자의 목을 틀어잡았다.

"컥!"

"큭!"

"내 이날만을 기다렸다. 네놈들만 아니었으면, 이미 사천의 일은 벌써 마무리되었을 것을. 그러니 그에 대한 보답을 내려주지."

고경천은 그들의 몸을 위로 들어 올리며 차가운 한마디를 내뱉었다. 그러며 흡정마기를 움직여 그들의 몸속으로 흘려보냈다.

우두두둑. 두둑.

"크아아악!"

"으아아악!"

둘은 몸속을 파고드는 흡정다기에 의해 곧 뼈마디와 근육이 의지를 벗어나는 경험을 해야 했다. 더욱이 고경천은 청성, 공동이라면 별로 좋은 감정이 있던 것도 아닌지라 더욱 강하게 흡정마기를 밀어 넣었다.

"꺼윽. 꺽!"

"으으으."

그들은 비명도 제대로 지르지 못하고 허공에 매달린 채 몸만 부르르 떨어야 했다. 거기다 의지를 잃은 육신은 공동오로라는 명성도 잊어버리게 하의를 적셔줬다.

"……."

"아… 아미타불."

순식간에 끝나 버린 일에 반응할 사이도 없이 자허와 자력, 아미이십팔천의 나머지는 놀란 눈이 되어 멍한 얼굴이 되었다.

그래서인지 그들은 그 곁을 지나는 조그만 하얀 존재인 설묘를 보진 못했다.

설묘는 본래 묘한 어둠의 기운에 이끌려 들어왔다가 잊을 수 없는 하나의 상황에 그 모든 것을 잊었다.

과거의 송일학처럼 고통에 몸부림치는 공동오로의 이 인의 모습.

설묘는 무엇에 이끌린 것처럼 고경천에게 다가갔다.

그리고 그 순간,

설묘와 호흡이라도 맞춘 것처럼 아무도 의식하지 못한 사이에 주변에 잠입했던 어둠들도 흡정을 하고 있는 고경천에게 다가갔다.

"껵!"

"억!"

대풍자와 염풍자는 내심 소풍자를 부러워할 정도로 지옥 속에서 몸부림쳤다.

그러나 다행인지 그런 그들을 지옥에서 구해주는 구원자, 아니, 구원묘가 있었다.

캬오오옹.

설묘가 높다란 비명을 지르며 두 눈에서 혈광을 내뿜으며 그대로 고경천에게 달려들었다.

"……?"

고경천은 갑작스레 들린 설묘의 비명과 자신에게 달려오
는 모습에 놀란 눈을 했다. 그리고 왜 그럴까 생각해 보지도
못하는 사이, 설묘는 그대로 고경천의 가슴을 들이받았다.

펑!

"억!"

고경천은 흡정마기를 사용하는 중이라 미처 몸에 반탄지
기를 두르지도 못해 생각보다 커다란 충격을 입었다.

그 여파로 흡정당하던 대풍자와 염풍자는 그의 손을 벗어
나 바닥에 몸을 떨궜다.

털썩.

"공격해라!"

그리고 모든 이가 예상치 못한 기합성과 함께 검은 기운들
이 고경천을 향해 달려들었다. 그리고 검은 기운들은 자세가
흐트러진 고경천을 둘러싼 채 그를 향해서 일곱 줄기의 기운
을 뿜어냈다.

펑! 퍼버버벙!

"커억!"

고경천은 기운을 받고 그대로 뒤로 날아가 왕건묘의 관좌
가 있던 곳에 그대로 날아가 박혔다.

쾅!

쩌적! 쩌저적!

그리고 얼마 전 항마신후에 몸살을 앓은 관좌 주위의 열두

개의 역사상들이 그대로 고경천이 쓰러진 곳을 내리덮었다.

그래서인지 재차 고경천을 공격하려던 검은 기운들이 그 여파를 피하려 뒤로 물러났다.

우르르릉!

요란한 소리와 함께 관좌가 있던 자리는 돌덩이들에 가려진 채 그 자리에는 석무덤이 새롭게 만들어졌다.

"……."

너무나 사태가 급작스레 흐르자 아미파의 인물들은 얼마 전보다 더욱 바싹 얼어버렸다. 그러던 그들의 눈이 어느새 서서히 형체를 갖추는 검은 기운들에게로 향했다.

그중 한 사람의 입에서 싸늘한 한마디가 터져 나왔다.

"검은 태양이 뜨는 것을 본 자는 오직 죽은 자들뿐이다. 모두 없애 버려!"

"예." ·

일곱 명의 복면인은 흑의에 같은 색의 동그라미를 가슴 어림에 수놓고 있었다. 그들은 모습을 드러내자 그대로 아미의 인물들을 향해 덤벼들었다.

"아미타불!"

자허는 지금까지 움직이지 않았던 것과 달리 제일 먼저 그들에게 달려들었다.

나머지 인물들은 아직 상태가 그다지 좋지 않지만, 각자의 무기를 들고 검은 인물들을 맞아가며 싸움을 벌였다.

디리링.

마치 금을 연주하는 듯한 자허의 탄금지(彈琴指)를 시작으로 그들의 싸움은 시작되었다.

그들과는 별개로 설묘는 그제야 정신이 들었는지 멍하니 무너진 돌덩이를 바라보다 크게 울었다.

캬오오옹!

그리고 그대로 그곳을 향해 달려들었다. 그리고 과거 독망의 단단한 가죽도 갈라 버린 발톱으로 무너진 돌덩이를 파 들어갔다.

파바바박.

곧 돌가루가 사방으로 비산하며 설묘는 고경천을 찾고자 정신없이 돌조각을 날려 버렸다.

第九章
늦지 않게 오시오

곡장음은 늦은 시간인데도 잠을 자지 않고 밤하늘을 바라보며 며칠 만에 찾은 본래 거처 진청전 앞을 서성이고 있었다.

시간은 축시 정을 넘어 축시 말.

대부분의 사람들이라면 깊게 잠들 시간이건만, 그는 오히려 더 생생한 마음에 입가에는 미소까지 달고 있었다.

"지금쯤이면……."

그는 웃음이 터져 나오려는 것을 참을 수 없었다.

오늘 밤 이후로는 사천의 진짜 패자가 누가 될 것인지 결정이 날 것이다. 그리고 그 패자는…….

"으하하하하!"

결국 기쁨을 참지 못한 곡장음은 밤하늘을 향해 앙천광소를 터뜨렸다.

*   *   *

'도대체 왜 백아가…….'

고경천은 돌 더미에 깔린 상태에서도 오직 그 생각뿐이었다.

그나마 다행이라면 그의 위치가 관좌가 있던 자리라 직접적으로 깔리는 사태는 면했다. 그리고 설묘 때와 달리 기에 대한 공격에 대해서는 자연스레 흡정 기운이 작용해 그의 몸에는 은은하게 오색의 기운이 맴돌았다.

전의 혁진웅의 파상 공세에서도 멀쩡한 그 신체는 지금도 유감없이 발휘되었다. 단지, 내부가 진동되어 내상은 어쩔 수 없었지만 그건 신경 쓸 문제가 아니었다.

오직 설묘가 왜 자신을 공격했는지 그것이 고경천에게는 제일 중요했다.

'생에 처음 사귄 친구라 여겼거늘… 백아는 날 기만하고, 전 주인의 복수를 위해 지금까지 참은 것인가?'

그의 머리 속에는 설묘와 첫 화해를 하던 순간이 떠돌고, 늘 그의 곁에 머물며 연락책 역할도 해주고, 필요할 때는 그를 위해 고소혜와 놀아주지 않았는가?

특히 얼마 전의 요상한 몰골은 그에게 하나의 깨달음마저 준 존재였다.

"그런데, 왜… 왜… 왜!"

배신이라 생각하려니 가슴이 너무나 찢어졌다. 믿음을 준 사부란 존재에 한번 배신을 당했기에 그는 더욱 가슴이 아팠다. 차라리 그를 따르는 자들이 그랬으면 덜 심할지도 몰랐다.

그러나 사람은 배신해도 짐승만큼은 쉽게 배신하지 않는 것 아닌가?

"결국 전 주인을 잊지 못한 것인가? 크큭. 쿠쿠쿠!"

고경천은 굳게 닫힌 입술을 뚫고 웃음이 나왔다.

어찌 보면 이건 배신이 아니라 충의에 나온 행동이 아닌가? 그런데 배신이라고 느끼다니 배신에 대해 분노를 하는 자신이라면 오히려 설묘를 칭찬해 줘야겠다.

"크하하하하."

한번 웃음이 터져 나오자 고경천은 이 상황에서도 웃음을 참을 수 없었다.

캬앙. 컁.

파박.

캬아아앙.

파바바바박.

"……?"

고경천은 웃는 와중에 돌덩이가 으스러지는 소리와 함께 점점 가까워지는 울음소리를 들었다.

"백아냐? 백아야!!"

캬아앙.

"정말 백아냐?"

캬아아앙.

마치 고경천의 혼잣말에 화답하듯 점점 울음소리는 가까워졌다.

파삭.

갑자기 고경천의 다리 쪽에 구멍이 생기며 그 속을 통해 하얀 존재가 뛰어들었다.

"백아야!"

고경천은 배신감을 느꼈었지만, 설묘를 다시 보니 반가움을 참을 수 없었다.

캬우우우.

설묘는 고경천의 가슴 어림에서 그를 바라보다 반가워하다 그대로 고개를 떨구면서 고경천의 시선을 피했다.

고경천은 비좁은 공간이지만, 손을 들어 그런 설묘의 전신을 쓰다듬어 주었다.

얼마나 고생해서 들어왔는지 유난히 깔끔을 떠는 설묘의 털이 엉망이었다. 거기다 단단하다는 발톱이 상해 앞발에 핏

자국이 있는 것을 보면 정신없이 이곳까지 돌을 파고들어 온 듯했다.

"어울리지 않는 짓을 하는구나. 늘 덤빌 듯이 으르렁거리더만."

캬우.

"내가 죽지 않았을까 이렇게 찾아온 것이냐?"

캬아앙!

설묘가 고개를 쳐들고, 붉은 눈으로 고경천의 두 눈을 똑바로 쳐다보았다.

"그럼, 나를 구하려고?"

캬우우.

다시 설묘의 고개가 떨어졌다.

딱.

고경천이 손가락을 들어 설묘의 이마를 때렸다.

그러나 평상시 같으면, 난리를 칠 설묘가 그대로 있었다.

"쩝. 네가 그리 미안해하면, 오히려 내가 화를 내기 힘들어지지 않느냐? 그렇다고 네가 속 시원히 말이라도 할 줄 알면 모를까?"

고경천은 입맛을 다셨다.

캬웅. 캬. 캬르릉.

뭔가 말을 하려는지 설묘가 울어댔지만, 고경천으로서는 한마디도 알아들을 수 없었다.

고경천은 그 모습에 고개를 내저었다.

"그보다, 또 그럴 것이냐?"

캬웅.

설묘가 또 고개를 떨구자 고경천은 그 행동에 무언가 이유가 있다 느껴졌다. 분명 평상시에는 그런 적이 없었고, 그를 해하려 했으면, 이렇게 찾아오지도 않았을 것이다.

그러나 송일학이 임종 직전에 설묘에게 고경천이 흡정마공을 쓰는 것을 막아달라 한 부탁은 오직 둘만의 것이었다.

그래서 고경천은 그냥 지금은 묻어두었다.

"만일 네가 내 첫 친구가 아니었으면, 정말 피똥 싸게 두들겨 팼을 것이다. 하지만, 처음이라 봐준다."

캬우…….

설묘가 더욱 고개를 수그리는 모습에 고경천은 웃으며 그제야 제정신이 돌아오는지 주변을 살펴보았다.

그는 살아서 관에 들어간 채로 돌무덤에 깔려 있었다.

"이거 큰일 났군. 단단히 한소리 듣겠다."

고경천은 그가 있는 자리가 관좌인 것을 알고, 더욱이 그를 뒤덮은 것이 역사상이란 것을 깨닫자 한 가지 걱정밖에 들지 않았다.

바로 고문량의 잔소리.

그러자 그는 이 일을 이렇게 만든 무리들에 대한 생각이 머리 속을 채웠다.

'빌어먹을! 오늘 왕건묘 들어설 때, 무언가 이상한 예감이 들더니 그대로 적중했군. 그보다 그놈들, 혹시 서생이 말하던 제삼의 무리들인가? 그렇다면 잘되었군. 내일까지도 안 나타나면 어쩌나 했는데.'

고경천은 애초부터 계획이 삐거덕거렸던지라 내심 불안감을 갖고 있었다. 뭐, 결과적으로는 공동사로를 박살 내었지만, 원래의 목표는 배후 세력을 끌어들이기 위함이 아니던가?

"백아야, 내 품속으로 들어와라."

캬우.

"꾸물거리지 말고. 어서!"

그제야 백아가 늘 지내던 고경천의 품속으로 들어갔다.

고경천은 설묘가 품으로 사라지자 주변을 막고 있는 돌덩이를 노려보았다.

"어차피 이렇게 된 마당에 나도 더 이상 힘을 제한할 필요가 없겠지."

그는 단전에 자리 잡은 여러 종류의 기를 전부 끌어올렸다. 그리고 일부는 몸을 보호하는 데 돌리고 나머지는 양손에 모았다.

각각 특성이 다른 빙, 화, 독, 무, 뇌, 도(道)의 기운이 그의 손에서 맴돌았다.

고경천은 그 손을 위를 막고 있는 돌 더미에 대고 전 내공을 기합성과 함께 쏟아 부었다.

“하앗!”

쾅!

요란한 폭발음과 함께 깨어진 석상 조각들이 사방으로 날아갔다. 개중에는 천장으로, 개중에는 사방으로 날아갔다. 그 중 어떤 것은 입구 쪽으로 날아가 절체절명의 순간에 빠진 이들을 구해주기까지 했다.

파박!

복면인들은 등 뒤에서 날아오는 돌조각으로 인해 각자 공격해 가던 상대를 두고 그것부터 막아냈다.

또, 한참 수적 우위에도 별 득을 보지 못하던 아미이십팔천의 넷도 그제야 숨통이 트일 수 있었다.

그들은 잠시 싸움의 소강상태를 이룬 채 거리를 벌렸다.

자허와 자력 앞에는 복면인 둘, 아미이십팔천의 넷 앞에는 세 명이 섰다.

그런데 아미 인물들 모두 상태가 좋지 않았다. 특히 아미이십팔천과 고경천과 한차례 대결을 벌였던 자력의 몰골은 더욱 심했다. 그나마 자허가 괜찮은 편이었지만, 웬만해선 변하지 않을 그의 표정도 의아함과 낭패감으로 일그러졌다.

“무슨 일인가 확인해 봐라.”

복면에 육이라 쓰여진 자가 입을 열자 아미이십팔천의 넷을 상대하던 셋 중 삼십, 삼십육이란 숫자가 쓰인 두 명이 신속하게 먼지가 쏟아지는 곳으로 몸을 날렸다.

나머지 십이, 십팔, 이십사라 적힌 셋은 무서운 눈빛으로 그곳을 바라보았다.

아직 먼지가 가시지 않아 오직 그 속으로 사라지는 둘의 모습이 뿌옇게 사라지다 갑자기 크게 다가왔다.

펑!

"컥!"

"억!"

둘은 기세 좋게 달려들던 것과 달리 너무 허무하게 원래의 자리로 되돌아왔다.

털썩.

그 둘은 바닥에 널브러진 상태로 아무런 움직임이 없었다.

복면을 쓴 자들의 눈에서 더욱 강한 빛이 쏟아져 나왔다. 자신들을 감히 이리 허무하게 격살시킬 수 있다니, 그들은 믿을 수 없었다.

퍼석. 퍼석.

발소리처럼 규칙적으로 돌조각이 으스러지는 소리가 들렸다. 그리고 먼지가 점점 가라앉자 그곳에서 머리가 산발되고, 의복이 넝마가 된 자가 다가왔다.

마치 죽은 자가 안식을 방해받은 것에 대해 분노를 느낀 것처럼 그의 눈에선 강한 살광이 맴돌았다.

"아미타불."

자허가 버릇처럼 불호를 외웠다.

하지만 그것이 귀물을 본 데 대한 불호인지, 아님 자신들이 고생한 복면인을 쉽게 격살시킨 것에 대한 건지 스스로도 알지 못했다.

그리고 그 순간 모든 이들의 궁금증을 풀어줄 한마디가 터졌다.

“웬 놈이냐!”

복면육호는 놀람을 지우고 분노를 쏟아냈다.

산발의 괴인은 입가를 쓰윽 닦더니 말했다.

“덕분에 무덤 무너뜨렸다고 술 지옥에 빠져야 할 사람.”

“……?”

모두들 황당한 기색을 뿜었다.

그러나 복면육호는 드러난 상대의 얼굴에 이를 부드득 갈았다.

“으득. 죽지 않았구나.”

“죽어? 그깟 솜 주먹으로 날 죽일 수 있다고 생각했나?”

“허세 부리지 마라. 맨몸으로 우리의 공격을 받고 멀쩡할 놈들은 없다.”

“도대체 네놈들이 누구기에 그런 개소리를 하지?”

“우리는 혹……..”

막 입을 열 뻔했던 복면육호는 입을 다물었다. 잠시 고경천의 등장으로 마음이 흩어져 입을 열 뻔했다.

그 모습에 고경천은 차가운 미소를 지었다.

"아무래도 말로 해서는 실토하지 않을 것 같군. 애초부터 네놈들이 나타날 줄은 알았다. 어차피 이 난리도 다 그런 것을 위한 거였으니까. 그런데 네놈들이 공동 놈들이 당할 때 나타나지 않은 걸 보면 결국 네놈들은 곡장음과만 연결되었다는 뜻이겠군. 그보다 네놈들은 삼양궁이냐? 아님 마염성이냐?"

"……!"

고경천이 내뱉는 말에 복면인들은 몰라도 아미 인물들은 놀라움을 감추지 못했다. 왜 사천에 그들이 나타난단 말인가?

그러나 복면인들은 가타부타 말은 하지 않고 전신에 진한 살기만 일으켰다.

"흐흐. 그 해답은 아마 염라전에 가면 가르쳐 줄 것이다. 그러니 염라대왕에게 물어보도록 해라."

"훗! 아직 정신을 못 차렸군. 네놈들은 내가 한 방 맞아주니 그렇게 이 몸이 만만해 보이더냐?"

고경천은 여섯 가지의 기운을 한꺼번에 끌어올렸다.

슈아아아.

곧 그를 중심으로 강한 기파가 왕건묘 내부를 가득 채워갔다.

그 기운은 복면인은 물론, 아미 인물들에까지 미쳐 모든 이들을 강하게 압박해 갔다.

모든 이들은 예상치 못한 사태에 놀란 눈이 되어 멍하니 고경천만 바라보았다.

"이… 이 정도의 기운은 오직 그분만이……."

"아… 아미타불."

복면육호와 자허는 신음 같은 한마디만 토해냈다.

고경천은 일단 아미 인물들을 바라보며 입을 열었다.

"아직도 덤빌 생각을 갖고 있으면 이놈들과 같이 덤벼라. 어차피 나는 이곳을 나서는 순간, 청성파를 없애 버리고, 북신마교의 정식 개파를 행할 생각이니 막고 싶으면 막아보도록. 그러나 한 가지 명심해라. 얼마 전까지의 일은 애교로 봐주나, 한 번 더 나를 건드리면 그땐… 아미파는 무림에서 사라진다."

"……."

광오한 한마디지만, 자허는 딱히 그 말에 반박할 수 없었다. 왠지 지금 한마디 하면, 그 한마디가 아미파를 어떻게 해버릴지 모른다는 생각이 들었다.

고경천은 이번에는 복면인들에게 말했다.

"시작하기 전에 한마디만 해준다. 솔직히 나는 네놈들의 배후가 어디든 관심이 없다. 마염성은 둘째 치고라도 삼양궁은 사천의 일이 마무리되면 강서성에 해준 대접에 대해 반드시 보답해 준다. 그러니 무인답게 죽을 수 있게 최선을 다해

라! 그렇지 않으면 네놈들에게도 흡정마공의 지옥을
보……."

캬아앙!

고경천이 말을 하는 순간 설묘가 품속에서 고개를 내밀었
다.

고경천은 잠시 복면인들에게서 시선을 거둬 설묘를 바라
보았다.

설묘는 붉은 눈으로 고경천을 보면서 안 된다는 듯 고개를
내저었다.

그 눈빛에 고경천은 방금 전 자신이 내뱉은 말을 생각해 보
았다.

"설마 네가 날 공격한 것이 흡정마공 쓰는 것을 막기 위해
서냐?"

캬웅!

설묘가 고개를 강하게 끄덕였다.

'아…….'

고경천은 내심 모든 것이 이해가 갔다.

애초에 송일학도 그에게 흡정마공을 쓰지 말고 은거하라
권하지 않았던가? 결국 그 주인에 그 짐승이었다.

그러나 둘의 대화를 지켜보던 복면인들은 그 순간 눈을 빛
냈다. 고경천의 시선이 그들에게서 떨어지자 복면육호가 전
음을 날렸다.

[암화무산(暗化霧散)을 펼쳐라.]

그에 복면인들은 그들이 처음 등장했을 때와 같은 은잠술을 펼쳤다. 그러자 서서히 그들의 하체부터 검게 물들며 안개처럼 주변으로 흡수되어 갔다.

그런데 그들의 변화를 막는 차가운 음성이 터졌다.

"잔재주는 한 번이면 족하다."

슈아아악.

고경천의 한마디와 동시에 그들을 향해 초승달을 닮은 여섯 가지의 기운이 담긴 강기 덩어리가 각각에게 날아갔다.

"피해라!"

복면육호는 놀라 은잠술을 풀고 몸을 날렸다. 몸 전체가 다 안개처럼 사라지기 전에 강기가 먼저 몸을 덮칠 것 같았다.

서걱.

그는 늦지 않게 피해 그나마 복면 윗부분이 잘라지는 걸로 끝났다.

그러나 나머지는……

서걱. 석. 석.

세 번의 묵직한 절단음이 터지며 복면인들의 비명이 그 뒤를 따랐다.

"컥!!"

"으헉!"

"끄륵!"

그들은 신체가 횡으로 갈리는 경험을 하며 바닥에 널브러졌다. 각자 무공 수위에 따라 다리, 허리, 목의 순으로 잘리는 부위가 달랐다.

하지만 고경천은 언제 그런 일을 벌였냐는 듯, 아직 제자리에서 설묘와 이야기 중이었다. 마치 복면인들 따위는 안중에도 없는 듯 너무나 한가로웠다.

톡톡.

고경천은 손가락으로 설묘의 콧등을 두들겼다.

"앞으로 내 함부로 흡정마공을 사용하지 않는다 약속하마. 그러나 내 절대 사용하지 않는다 장담은 못한다. 세상에는 마공을 익혀 나쁜 자보다 그렇지 않은 자들이 더 많다. 비록 내 스스로 이젠 협의니 선의니 말할 입장은 못 되지만, 스스로 부끄러운 짓은 하지 않는다. 만일 나의 이런 면이 맘에 들지 않는다면, 우린 더 이상 친구가 될 수 없다."

캬우우.

설묘는 얼굴 바로 앞에서 굳은 고경천의 얼굴을 보았다. 그리고 잠시 먼젓번의 주인을 떠올리는지 벌건 눈을 움직이다 조용히 고개를 끄덕였다.

"좋아! 그래야 내 첫 번째 친구지."

고경천은 아이처럼 좋아하며 설묘를 품에 꼭 껴안았다.

캬캭.

설묘가 죽는다는 소리를 내었다.

하지만 그런 둘의 모습을 보는 다른 자들은 얼굴이 괴괴하게 변했다.

얼마 전의 일은 마치 거짓말처럼 분위기가 묘해졌다.

고경천은 설묘가 너무 바둥거려 바닥에 내려주었다. 그리고 멍하니 서 있는 복면육호에게 다가갔다.

복면육호는 흠칫거리며 한 발 물러섰다. 그는 머리가 잘릴 뻔한 경험을 한 뒤로 처음과 많이 달라졌다.

"너는 살려주겠다."

"……?"

복면육호의 눈빛이 너무 의외의 상황에 떨렸다.

"명심해라. 너를 살려주는 이유는 오직 하나!"

고경천의 기운이 복면육호를 강하게 압박해 갔다.

"가서 네 주인에게 전해라. 사천은 이 고경천이 접수하려고 마음먹은 곳이니, 쓸데없이 기웃거리지 말라고. 또 비겁하게 이런 암수나 쓰는 짓을 한 번 더 했다간 그때는 직접 찾아가서 반드시 그 대가를 받아내겠다고. 그럼 꺼져라!"

고경천은 그 한마디를 끝으로 복면육호에게서 몸을 돌렸다. 그리고 그런 그의 걸음은 한쪽에 꿔다 놓은 보릿자루 신세가 된 아미파의 인물들에게로 옮겨졌다. 고경천은 잠시 그들이 엉망이 된 모습을 보다 입을 열었다.

"오늘 한 번만 봐주겠소. 다음번에는 이런 일이 없을 테니,

다시는 나를 먼저 건들지 마시오. 이건 북신마교의 교주이며 흡정마공의 전인으로서 하는 처음이자 마지막 경고요.”

말을 끝낸 후 왕건묘의 입구로 걸음을 옮기던 고경천은 그 자리에 멈춰 섰다. 그리고 생각났다는 듯 한마디를 던졌다.

“그리고 한 가지! 자공 대사는 조만간 아미파로 보내주겠소. 또 나로 인해 자살한 묵장이란 속명을 가졌던 자무 대사의 일은… 언제라도 복수행을 받아주겠소. 하지만 나에게 자비를 기대하지는 마시오.”

고경천은 이제 더 이상 볼일이 없다는 듯 빠르게 왕건묘를 벗어났다.

그리고 남겨진 자들.

아무도 쉽게 입을 열지 않았다. 그만큼 심신이 모두 바닥을 쳤다.

그러다 정신을 차렸는지 자력이 큰 소리로 말했다.

“자허 사형! 저놈의 말은… 자공 사형은 물론, 자무 사형까지 저놈의 손에 당했다는 것인가요? 그런데 자무 사형이 자살이라니…….”

“아미타불. 지금 그보다 더 중요한 일은 북신마교주인 그가 흡정마공의 전인이란 말이다. 이 일을 어떻게 받아들여야 하는…….”

자허는 허탈함에 고개를 내젓다 빠르게 주변을 살폈다.

“왜 그러시오?”
“없어졌다.”
“예?”
“복면인이 사라졌다.”
그 말에 자력을 비롯해 나머지 사 인이 주변을 살폈지만, 바닥에는 쓰러진 공동이로와 양분된 시체만 있을 뿐, 그의 흔적은 어디서도 찾을 수 없었다.
“아미타불.”
자허는 무거운 불호를 터뜨렸다.
결국 오늘 일은 본래 의도대로 풀린 것이 하나도 없었다. 대신 북신마교주가 흡정마공의 전인이란 사실과 아미사천왕을 궁지에 몰 수 있는 복면인이 마염성, 삼양궁 둘 중에 한곳의 인물일지 모른다는 의문뿐이었다.
“가자! 일단 장문인에게 알려야겠다. 그리고 혹시라도 모르니 당분간 성도에 대해 최대한 관심을 기울여야겠다. 자공의 안위는… 일단 그의 말을 믿는 수밖에 없다.”
“예.”
자력도 자허의 무거운 음성에 더는 토를 달지 못하고, 그 말을 쫓아 빠르게 왕건묘를 떠났다.
또 그들을 수행한 아미이십팔천의 사 인도 서로 부축을 해주며 왕건묘를 벗어났다.
그리고 남겨진 것은 일어서지 못하는 시신들.

그러나 이 중에는 아직 숨이 끊어지지 않은 존재도 있었다.

"으으……."

대풍자는 힘겹게 바닥을 짚으며 몸을 일으켰다. 그의 몸속에는 아직 흡정마공이 휩쓴 여파로 제대로 힘이 들어가지 않았다.

그러나 이를 악물고 그는 거대한 덩치를 힘겹게 일으켜 세웠다. 정말 설묘가 고경천을 공격하지 않았으면, 그는 모든 진기를 빼앗겨 그대로 저승 문턱을 넘어야 했을 것이다.

대풍자는 힘겹게 몸을 움직여 한편에 널브러진 염풍자에게 다가갔다.

"……."

대풍자는 살을 부들거리지 않그 딱딱하게 굳혔다.

염풍자는 그와 같이 흡정을 당했지만, 그처럼 운이 따라주지 않아 싸늘한 시신이 되어 있었다. 또 소풍자는 굳이 상태를 살피지 않아도 무너진 돌덩이가 그의 무덤이 되었다.

"흐흐. 흐흐. 흐하하하하하!"

대풍자는 미친 듯 웃음을 터뜨렸다.

그는 죽지 않은 만큼, 이곳에서 벌어진 일들과 이야기를 다 기억하고 있었다.

고경천을 통해 나온 그 말… 특히 곡장음은 충분히 그런 짓을 저지를 인간인 것을 알기에 그의 웃음은 더욱 몸서리쳐졌다.

"곡장음. 고경천. 뿌득."

대풍자는 이빨이 부서져라 악다물었다. 그리고 그는 비틀거리며 왕건묘를 벗어났다. 이젠 그에게 자존심이고 뭐고 아무것도 남지 않았다. 남은 것은 오직 복수.

"뇌풍 사형이 네놈들에게 복수해 줄 것이다."

대풍자는 그 한마디를 끝으로 무거운 몸을 이끌고 청성파가 아닌 공동파로 향했다.

성도부에 도착한 고경천은 일단 뜨거운 물에 몸을 담가 피로를 풀었다. 큰 상처를 입은 것은 아니지만, 이래저래 무척 피곤한 맘이라 그는 오자마자 목욕을 마쳤다.

그 다음 고경천은 침상이 아닌 서탁을 찾아 서찰을 적고 있었다. 그는 서찰을 다 적자 백아를 불러 목의 전서통에 그걸 넣었다.

"백아야, 이 서찰을 최대한 빨리 송번의 서생에게 전해라."

캬오.

설묘는 얼마 전의 일이 있어선지 힘차게 대답을 하고 밤길을 재촉해 송번으로 달렸다.

고경천은 창 너머 어둠 속으로 사라지는 설묘를 바라보며 입가에 미소를 지었다. 서찰을 받게 될 두 사람을 떠올리자 그냥 즐거워졌다.

그러나 그 웃음은 곧 싸늘함으로 바뀌었다.

"곡장음. 욕심이 많은 자란 걸 알고 있었지만, 동료마저 쉽게 배신하다니. 덕분에 설묘로 깨닫게 된 무공을 처음으로 견식할 수 있는 영광을 주지."

그는 슬슬 동편에 작은 빛무리를 발하는 하늘을 보다 결가부좌를 틀고 아침을 준비했다. 그리고 설묘를 씻어주다 깨닫게 된 새로운 무공, 염라부에 대해 다시금 정리해 나갔다.

*   *   *

그동안 조용히 모든 걸 준비해 오던 은풍장이 시끌벅적하게 돌아갔다. 장내의 사람들을 소집하고, 모두들 빠르게 무장을 시켰다.

그리고 그들을 모아놓은 너른 연무장에서 인솔자들을 향해 제갈효가 명을 내렸다.

"그럼 자네들은 준비되는 대로 성도와 청성산으로 나눠서 떠나게."

"예."

철극과 양정이 대답을 하고, 각자 맡은 곳으로 몸을 날렸다.

"내가 제명에 못 죽지."

제갈효는 멀어지는 그들을 보며 고개를 흔들었다. 도저히 마음 편할 날이 없었다.

오늘도 이른 아침에 고경천으로부터 도착한 서찰르 인해

은풍장이 이 난리에 빠졌다.

철극과 양정은 북신마교와 함께할 자들을 불러 모을 준비를 했고, 백호칠수는 각기 자신의 애병을 챙기고 서둘러 떠날 준비를 했다. 이미 경공이 제일 좋은 우문태와 홍아연은 서찰을 보자마자 그대로 성도로 달렸다. 그 뒤를 명도 기다리지 않은 현무칠수의 나머지들이 따랐다.

남겨진 자는 이것저것 일을 지시하고 떠나려 했다.

"제갈 형, 갑시다."

"그럽시다."

추일학과 제갈효는 기다리는 나머지 백호칠수와 호군평과 함께 서둘러 은풍장을 떠났다.

그들을 이렇게 서두르게 한 서찰의 내용은 그것이었다.

서생과 수재께.

고맙소. 두 분이 날 믿고 방해(?)하지 않은 덕분에 어느 정도 성취를 볼 수 있었소.

뭐, 배후를 확실히 알아낸 것은 아니지만 일단 진하게 경고장을 보내놓았으니 쉽게 경거망동을 하진 못할 것이오. 거기다 내 이미 공동사로까지 박살 내놓았으니 청성, 공동 연합은 깨진 거나 다름이 없소.

그러니 청성파의 배후가 빨리 움직이기 전에 청성산을 접수합시다.

그러니 이 서찰을 받는 대로 북신마교의 전 인원을 데리고, 일부는 당가를 도와 성도의 청궁장을 치고, 나머지는 청성산의 청성파로 오시오. 내 당가에도 기별을 넣어두겠소.

앞으로 우리 전설의 시발점은 청성산의 청성파, 바로 그곳이 될 것이오!

그럼 내일 미시(未時) 정각에 시작할 테니 늦지 않게 오시오. 만일 늦으면, 나 혼자 다 해버릴 테니 알아서들 하시오.

일의 과정이야 어떻든 상관이 없었다. 이 서찰의 문제점은 마지막 두 줄이었다.

송번에서 청성산까지는 빡빡한 한나절의 여정. 잠시도 숨 돌릴 틈도 없이 길을 재촉해야 했다. 그렇지 않으면, 곧 고경천 단신으로 청성파를 치러 간다는 말이기에…….

"일단 각자 다른 사람은 생각하지 않고 최고 속도를 내시오."

"그럼 먼저 가겠수."

말이 떨어지기 무섭게 아불승이 치고 나갔다.

그리고 각자 무공이 제일 높은 혁진웅, 교홍홍이 곧 나머지와 거리를 벌렸다.

第十章

마(魔)! 그 전설의 시조

점심시간이 끝나갈 무렵.

이 시간에는 약간 나른함을 제외하고는 제일 활발히 움직일 시간이었다.

쾅!

두꺼운 정문이 순식간에 부서져 나가며 벽 전체가 무너질 듯 흔들렸다.

지금 깨어져 나간 정문으로 한 사람이 두 사람을 한 손에 든 상태로 걸어 들어왔다.

한창 바쁘게 움직이던 청성파의 제자들은 조금 멍해진 시선으로 깨어져 나간 정문을 바라보았다.

“…….”

그곳에는 흑발을 날리며 얼굴에 검은 문신이 새겨진 자가 오만한 시선으로 그들을 바라보고 있었다.

고경천은 수십 쌍의 눈빛에도 별다른 동요 없이 큰 소리로 외쳤다.

“곡장음에게 전해라! 북신마교주가 직접 만나러 왔다고!”

그의 목소리는 내공이 가미해져 전각과 전각 사이를 울리며 넓게 퍼져 나갔다.

그러나 그 정도의 목소리에도 어느 누구 하나 반응을 보이지 않았다.

그들은 북신마교주란 다섯 자에 이미 놀라 굳어버렸다.

근자에 사천에서 제일 떠들썩한 이름. 더욱이 얼마 전 청성파로 보내진 공동오로 음풍자의 시체에 대해서는 말단 제자들도 알고 있었다. 비록 위에서 쉬쉬했건만, 그런 소문은 금방 퍼지기 마련이었다.

그러나 그들은 곧 내전을 통해 우르르 몰려나오는 무리들로 인해 곧 정신을 차렸다.

그들은 청성파 내원의 인물들로 그들이 바로 청성파를 이끄는 실세들이었다. 특히 그들을 이끄는 곽전(郭田)은 곡장음의 사제로 청성파 내에서 세 손가락 안에 드는 고수였다.

그러나 그런 그도 지금은 굳은 얼굴이었다.

북신마교주란 다섯 자에 긴장된 기색을 보였다. 그는 그를 만나러 간 공동오로의 나머지 삼 인이 아직 돌아오지 않은 것을 알고 있었다. 그래서 그는 더 생각할 것 없이 크게 소리쳤다.

"전 제자는 청풍검환진(靑風劍環陣)을 펼쳐라!"

그의 명에 지금까지 어떻게 행동해야 할지 몰라 하던 청성파 제자들은 즉시 허리에 찬 청풍검을 뽑았다.

창!

곧 백여 자루에 해당하는 검들이 햇빛에 반짝이며 고경천의 눈을 어지럽혔다.

그리고 그들은 각기 내원의 무리들이 이끄는 대로 원형검진을 만들었다.

고경천의 앞에 여러 개의 고리가 나란히 돌고 있는 것처럼 보였다.

"또 진인가?"

고경천은 눈살이 찌푸려졌다. 그는 이미 한 번 그 귀찮음을 똑똑히 본 터라 다른 생각을 하지 않았다.

양손에 네 가지의 기운을 끌어올려 맞잡은 손에서 그것을 합쳤다. 전에 혁진웅을 상대할 때 쓰던 방법을 그대로 사용하려 했다.

"홍월강!"

쒜애애애액.

하늘의 초승달이 그대로 바닥에 떨어지는 듯한 환상을 만들며 거대한 강기 세 개가 공간을 가르는 소리가 요란했다.

그 모습에 곽전의 입이 쩍하니 벌어졌다.

"이건 거짓… 피해. 모두 검진을 풀고 피해라!"

곽전의 외침이 아니어도 이미 청성파의 제자들은 혼란에 빠져 검진을 흐트렸다.

"내원의 고수들은 나를 따르라."

곽전은 선두로 나서며 주위의 내원고수들과 그들 앞에 새로운 검진을 만들었다. 그리고 검진을 맹렬히 회전시켜 그들의 힘을 하나로 묶어갔다.

우우우웅.

검진 전체에 투명한 장막이 생기며 그곳을 향해 고경천의 강기가 그대로 날아들었다.

쾅!

"크억!"

"음."

두 가지 비명이 터지며 각각 이런 충돌을 만든 자들은 뒤로 밀린 상태였다.

하지만 검진을 이루는 내원고수들의 입에서는 홍건한 핏물이 쏟아져 나왔다.

단지 고경천만이 미간을 깊숙이 찌푸린 채 뒤로 물러난 상태였다.

'역시 진이란 한 방엔 무리군. 그렇다고 일일이 상대하자

면 귀찮고, 강기를 연속해서 사용하려니 내공 소모가 너무 크
고⋯⋯.'

고경천은 어떻게 할까 내심 고민을 했다.

그러나 그의 그런 모습은 다른 자들에게 내상을 다스리는
것처럼 보여졌는지 누군가 소리쳤다.

"쳐라!"

"적은 하나다!"

고경천 이후로 더 이상 나타나는 자들이 없자 놀란 자들은
그대로 검을 들고, 고경천에게로 달려들었다. 누가 먼저랄 것
도 없이 한번 불붙기 시작한 군중심리는 그대로 고경천을 인
의 장막 속에 파묻히도록 만들었다.

"건방진 놈들."

고경천은 더 이상 고민할 필요 없이 양손을 세 가지 기운으
로 물들이며 그대로 인파 속으로 파묻혔다.

캉!

퍽!

우둑!

갖가지 소음들이 뒤섞이며 쓰러지는 자들이 점점 늘어났다.

그러나 사람들에게 밀려 뒤로 플러날 수 없는 자들은 이를
악물고 고경천에게 달려들었다.

곽전은 쓰러지는 제자들을 보자 두 눈이 찢어질 듯 부릅떠
졌다. 비록 예전보다 세가 떨어져 공동과 손을 잡은 청성파지

만, 그렇다고 청성파의 능력이 떨어지는 것은 아니었다.

"장문인에게 알려라."

곽전의 말에 한 사람이 억지로 몸을 움직여 내원 쪽으로 달렸다.

하지만 그는 얼마 가지 않아 좋지 않은 얼굴로 다가오는 곡장음과 차가운 인상에 느긋함을 드러낸 한 사람을 볼 수 있었다.

"장문인, 지금 북신마교주란 자가……."

"알고 있다. 나도 그놈의 외침은 들었으니까. 그런데 귀빈을 앞에 두고 너무 소란이구나."

곡장음은 지금 미치기 일보 직전이었다. 어떻게 북신마교주란 자가 쳐들어올 수 있는가? 그를 제거하기 위해 그는 공동삼로는 물론, 숨겨온 힘까지 사용했는데…….

그러나 지금은 옆에 있는 자로 인해 발작을 하진 못했다. 거기다 슬쩍 그자의 눈치까지 봤다.

그자는 차가운 인상에 입가에는 비릿한 미소를 짓고 있었다.

곡장음은 그를 보며 공손한 음성으로 입을 열었다.

"마 사자, 아무래도 공동삼로도 저놈을 막지 못한 것 같소. 아무래도 사자의 도움이 필요하게 될 것 같소."

"흐음. 그보다 곡 장문인, 청성파의 능력이 이 정도밖에 되지 않소? 겨우 한 사람에게 이리 무인지경으로 당하다니……."

마유상(麻幽喪)은 곡장음의 말에 말꼬리를 조금 비틀었다.

그 한마디에 곡장음은 미간을 꿈틀거렸다.

"마 사자, 상대는 백호칠수도 패퇴시켰다고 하고, 그를 만나러 간 공동삼로도 돌아오지 않게 만든 자이오. 거기다 어렵게 알게 된 정보에 의하면, 북신마교의 교주란 자가 바로 강서성에서 소란을 일으켰다던 고경천이란 자요. 고경천이란 자는 바로 흡정마공의 전인이라 불리던 자 아니오?"

곡장음은 다급하게 돌아가는 장내의 상황으로 숨겨놓았던 비밀까지 풀었다.

"흡정마공?"

"그렇소."

"흐음. 곡 장문인은 그런 귀한 정보를 어떻게 얻었소? 거기다 나에게 알리지도 않다니."

"마 사자, 오해 마시오. 나도 얼마 전에야 간신히 그 정보를 얻을 수 있었소. 그렇지 않았으면 내가 어찌 그 사실을 숨겼겠소?"

"흠."

마유상이 못 미덥다는 시선을 곡장음에게 보냈다.

그러나 곡장음은 표정 하나 바꾸지 않았다.

"좋소. 곡 장문인이 설마 그런 정보를 나에게 숨겼겠소. 그보다 저자가 흡정마공을 익힌 고경천이라 해도 아직 어린 애송이 아니오? 그리고 무림이십팔수 따위 물리친 것이 무어 그리 대단하다고. 곡 장문인에게 조금 실망스럽소."

'으득. 얼마 전에도 무림이십팔수 중 현무칠수에게 당해 삼양궁과 충돌하지 않았느냐?'

하지만 속이야 어떻든 곡장음은 싫은 내색을 하지 않고 상대의 비유를 맞춰주었다.

"역시 마 사자는 마염성의 칠대사자(七大使者)답소. 무림이십팔수도 발아래 두다니."

"내가 뛰어난 것이 아니고, 곡 장문인께서 너무 지레 겁을 먹은 것이오."

"……."

곡장음의 얼굴이 똥이라도 씹은 듯 꺼멓게 변했다.

그리고 그 얼굴을 보았는지 마유상이 잔인한 한마디를 보태주었다.

"뭐, 굳이 내가 나설 필요도 없을 것 같소. 상황은 거의 정리되어 가니 말이오."

그리고 마유상의 말대로 상황은 점점 종료되어 가고 있었다.

비명 소리가 현저하게 작아져 이제는 몇몇 자들의 음성밖에 들리지 않았다. 아직 멀쩡한 청성 제자들은 곽전이 이끄는 내원고수들이 피해를 막기 위해 고경천을 막아서자, 자연스레 떨어져 구경만 해야 했다.

청성파의 실세라는 그들도 거의 악전고투를 벌이는 판국

이라 다른 제자들은 쉽게 나서지 못했다. 원래 청성파가 공동파와 손을 잡은 것도 고수 층이 얇아서였다. 그리고 그 결과는 지금 이렇게 나타나는 것이었다.

그러나 청성파의 실세들인 그들도 언제 무너질지 모르는 위태한 상태.

그것이 고경천의 집요함으로 진의 묘용을 제대로 살리지 못했다. 어차피 진의 허점을 찾아 깨는 것은 애당초 그에게는 무리였고, 그렇다고 힘으로 누르기에는 상대의 기를 엉뚱한 곳으로 이끄는 타기도인(他氣導引)의 묘용을 진이 갖고 있었다. 그래서 고경천이 방법을 바꾼 것이 이것이었다.

'좋다. 네놈들이 진을 이용해 하나처럼 움직이지만, 그래도 어차피 여럿이다. 그러니 다 상대할 필요 없이 난 한 놈만 친다.'

고경천은 움직임이 둔한 한 사람만 쫓아다녔다. 다른 인간들이 공격하는 거야 위험한 것은 막아내고, 나머지는 몸으로 때웠다.

하지만 그들은 방위를 밟아가며 고경천에게 쉽게 잡히지 않았다.

그러나 문제는 그것이 아니었다. 집요함은 때론 짜증을 넘어 공포로 다가왔다. 이미 고경천의 첫 공격을 본 자들이다 보니 그가 손을 올릴 때마다 몸이 움찔거리지 않을 수 없었다.

그리고 결국 그런 마음이 움직임에 작은 허점을 만들었다. 방위와 조금 다른 곳을 밟게 되니 즉시 끊이지 않고, 원활하게 움직이던 원이 깨져 버렸다.

그러자 고경천을 압박하던 기운이 풀어지며 그는 그대로 쫓던 자를 향해 몸을 쇄도해 갔다.

"헉!"

그자는 갑자기 고경천과의 거리가 가까워지자 본능적으로 뒤로 한 발 뺐다. 그걸로 진에 완전 구멍이 생겨 버렸다.

"차앗!"

고경천은 기합성과 함께 네 가지 기운으로 물든 강수를 그대로 그에게 내질렀다.

상대는 본능적으로 검을 세워 막았다.

캉!

요란한 쇳소리가 나며 그자의 청풍검이 그대로 반으로 갈렸다. 그리고 고경천의 일권은 그대로 그자의 가슴에 틀어박혔다.

우드득.

뼈가 부러지는 소리와 함께 그는 빠르게 뒤로 날아갔다.

"크아악!"

그리고 우리를 벗어난 고경천은 진 밖에서 놀란 눈으로 그들을 바라보는 내원고수들을 향해 선물을 안겨주었다.

"홍월강!"

사색으로 물든 강기 덩어리들이 우박처럼 그들을 향해 날아갔다.

그들은 더 이상 진의 묘용을 살릴 수 없어 각자가 그 공세를 막아섰다.

카가가강!

"컥!"

"윽!"

"케엑!"

동시 다발적으로 비명을 내지른 그들은 강기에 적중당해 그대로 뒤로 날아갔다.

그리고 유일하게 서 있는 고경천은 내심 만족했다.

'이제 무공의 운용이 숙달되어졌다.'

그동안 수차례의 싸움을 통해 이제 어느 정도 실전에 익숙해졌다. 싸움이란 강함만으로 될 수도 없기에 강약의 조절을 잘해야 했다. 그렇지 않으면 이쪽이 먼저 나자빠질 수도 있는데 이제는 그것도 숙달이 되어 그의 뜻대로 되었다.

그리고 이 결과를 보던 자들은 각자 다른 표정을 지었다.

곡장음을 비롯해 청성파의 인물들은 완전 얼이 빠졌고, 마유상은 특유의 비릿한 미소를 더욱 짙게 만들었다.

고경천은 주변을 둘러보다 그를 바라보는 삼 인과 눈이 마주쳤다. 그중 둘은 청성의 무리로 보였고, 나머지 한 사람은 그들과 달라 보였다.

하지만 고경천의 목적은 오직 한 사람이기에 그를 잡아먹을 듯 노려보는 가는 눈의 중년인을 향해 걸음을 옮겼다. 본능적으로 그가 곡장음임을 느꼈다.

"그동안 청성파의 장문인이 누군가 궁금했는데, 오늘 보니 역시 뒤에 숨어 있기만 하는 겁쟁이였군. 아직까지 직접 나설 생각을 하지 않다니, 아직도 더 부릴 수가 남았는가?"

고경천의 한마디에 곡장음의 얼굴 표정이 순간적으로 변했다.

그러나 곧 제 표정을 찾은 그는 마유상이 무어라 입을 열까 먼저 선수를 쳤다.

"수? 네놈이야말로 수를 부린 것이 아니냐? 너를 만나러 간 공동삼로는 어떻게 되었느냐?"

"그건 네가 더 잘 알지 않느냐?"

"내가 뭘 잘 아느냐? 역시 마공을 익힌 놈답게 그 마음 씀씀이가 음흉하고 잔인하구나. 그들도 네 욕심을 위해 흡정마공의 재물로 사용한 것이냐?"

"내 욕심이 아니라 네 욕심이겠지."

고경천은 다른 자들이 없는 것처럼 곡장음만 바라보며 이야기를 했다.

그런데 곡장음은 교묘하게 한 발을 뒤로 빼 고경천은 그가 아닌 마유상에게 다가가는 것처럼 되었다.

그리고 일은 곡장음의 의도대로 되어 마유상이 입을 열

었다.

"자신인가? 아님 자만인가?"

"……?"

고경천의 발걸음이 멎었다.

"죽음이 앞에 다가온 것도 모르고 이 난리라니… 흡정마공을 익히니 세상에 무서운 것이 없나 보군."

"곡장음을 대신할 것이 아니던 빠지는 게 좋아. 지금 나는 상대가 어떤 자인지 가릴 처지가 아니니까."

"으하하하!"

"……?"

"고작 청성파 정도를 어찌한 걸 가지고 너무 기고만장하는군. 세상은 넓어. 때론 오만방자함이 자신의 명을 재촉하는 길이 되지."

"훗. 그 말은 당신이 속한 세상은 청성파보다 넓다는 말인가?"

"그렇지. 우리는 흡정마공을 익힌 애송이가 나타났다 해도 별 신경을 쓰지 않을 정도로 넓지. 삼양궁 따위나 안절부절못해 그 난리를 쳐 망신을 당했지만 우리는 언제든지 처리할 수 있기에 잠시 놀게 두는 거다."

마유상의 이 한마디에 모든 것이 담겼다.

그로 인해 고경천은 그의 정체를 짐작할 수 있었다. 삼양궁 따위라는 말을 쉽게 할 수 있는 곳은 그가 알기로는 하나였다.

하지만 그는 마유상이 아닌 곡장음을 바라보았다.

"곡장음, 이거였나? 청성파의 무리는 보내지 않고, 공동오로를 소모품으로 사용한 것이 마염성과의 연수를 위한 것인가?"

"무슨 헛소리냐!"

곡장음이 놀라 소리쳤지만, 고경천의 시선은 마유상의 두 눈에 박혀 있었다.

"그럼 왕건묘의 그 비겁한 선물을 준비한 것은 당신이었군."

"비겁한 선물?"

"여하튼 잘 받았어. 그렇게 잘난 척하는 마염성 따위가 자객을 이용해 암습 따위를 하다니, 전혀 예상하지 못해 내가 허를 찔릴 정도였으니……."

"그게 무슨 말이냐?"

마유상의 얼굴이 변했다. 그의 눈빛이 곡장음의 얼굴에 날아가 꽂혔다.

곡장음은 이젠 마음이 정리가 되어 이번에는 놀라지 않고 대신 콧방귀를 뀌었다.

"마 사자는 저놈의 말을 신경 쓰지 마시오. 저놈이 간계로 우리의 사이를 흩뜨려 이 상황을 벗어나려 하는 것 같은데, 그렇게 된다면 저놈의 뜻대로 되는 것이오."

'역시 네놈은 쉽게 죽을 팔자가 아니다.'

고경천은 새삼 곡장음의 처우에 대하 결심을 내렸다. 그리고 마유상에게 쐐기를 박았다.

"막고자 하면 막아. 그러나 그 다음에는 단단히 각오를 하는 게 좋을 거야. 내 입장에서는 선하령 때 마염성도 썩 좋은 인상은 받지 못했으니까."

고경천의 머리 속에 선하령에서 보여준 막교립 일행의 모습이 보였다. 그를 죽이려 살기를 토해내던 그 모습. 또 사천의 일이 마무리되면 나름대로 결론을 내려야 했다. 그렇지 않으면 삼양궁과의 일에 걸림돌이 될 수 있다.

그러나 그로 인해 고경천은 마염성의 눈치를 볼 생각은 추호도 없었다.

마유상은 잠시 생각에 잠겼는지 말이 없었다. 그래서 고경천은 그냥 그를 지나쳐 곡장음을 잡으려 했다.

곡장음은 마유상의 머뭇거림에 비장한 표정을 지었다. 고경천이 단신으로 청성파를 찾아와 일이 묘하게 돌아갔다. 아니, 조금만 늦게 도착했더라면 일이 이렇게 되지도 않았을 것이다. 오늘이 바로 마유상이 약속한 그날이었다.

그런데 그때였다.

"우우우우."

기다란 장소성이 주변에 메아리치며 점점 청성파를 향해 가까워지고 있었다.

그 장소성에 마유상의 얼굴 표정이 뜨 변했다. 그리고 고경천의 표정도 변하고 있었다.

"곡 장문인!"

잠시 굳게 닫혀 있던 마유상의 입이 열렸다.

"……?"

"조건을 바꿔야겠소."

"무슨 소리요?"

"청성파가 마염성의 사천지부가 된다면 당신을 도와주겠소."

"뭣이오?!"

곡장음이 놀라 소리쳤다.

"지금 청성파는 공동과도 힘을 잃은 상태고, 더욱이 제자들은 다 저런 상태가 아니오? 비록 청성이 오랜 역사를 가진 명문이라 해도 우리 쪽에서 껍데기까지 대우해 줄 수는 없소."

"이보시오, 마 사자! 공동의 일은 마 사자도 동의한 것이고, 그보다 남의 어려움을 조건으로 삼을 수 있소?"

곡장음은 분노에 얼굴이 붉게 달아올랐다. 지금까지 남을 이용해 이득을 보려 했지만, 막상 자신이 당할 줄은 꿈에도 생각지 못했다.

"후후. 잘 생각해 보시오. 협력 문파나 지부, 그 차이가 어딨소. 오히려 직접적으로 속하게 되는 지부가 낫지 않소? 싫다면 없었던 것으로 하겠소. 어차피 우리 힘만으로도 능히 모든 것을 할 수 있으니 말이오.”

“…….”

곡장음의 악다문 입가가 부들부들 떨렸다.

말이 지부가 더 좋지. 그건 청성파 존속 자체를 부정해야만
하는 일이었다. 그 말은 곧 조건을 수락하는 순간, 청성파는
영영 사라진다는 말과 진배없었다.

고경천은 장소성이 들리고 나서 더 이상 곡장음을 어쩌려
하지 않았다. 잠시 거리를 둔 상태로 둘이 하는 짓거리를 바
라보았다.

‘구토라도 하고 싶을 정도군.’

고경천은 속이 느물거려 당장이라도 그들 앞에 쏟아내고
싶었다.

여우와 호랑이의 줄다리기.

결국 약삭빠른 여우의 최후라 해야 할까? 호랑이를 등에
업으려다 실패해 졸지에 먹잇감으로 전락할 신세에 빠져 버
렸다.

“우우우우.”

장소성의 거리는 점점 가까워져 바토 지척에서 울리는 듯
했다.

그리고 그 순간 곡장음의 입이 열렸다.

“좋소. 그전에 저놈을 확실히 없애주시오. 청성파에게 이
런 수모를 안겨준 놈이 사라지지 않는 한, 나는 마 사자의 조

건을 수락할 수 없소.”

“장문인!”

곁에 있던 내원무사가 놀라 소리쳤다. 그의 한마디로 청성의 역사가 종지부를 찍게 되었다.

마유상은 곡장음의 한마디에 득의양양한 미소를 지었다.

“걱정하지 마시오. 지금 오는 그들이라면, 반드시 귀하의 소원을 이뤄줄 것이오.”

그 말과 동시에 수십이 넘는 검은 인영들이 속속 청성의 정문으로 들어서고 있었다.

모두 검은 의복에 가슴에는 화염 무늬를 수놓고 있고, 등에는 커다란 직배도를 메고 있었다. 그들은 모두 염화지옥을 뛰쳐나온 염귀들처럼 매섭고 강렬한 기세를 뿜어댔다.

그들의 선두에는 육 척의 키에 오만한 표정을 짓고 있는 자가 그들을 이끌었다.

마유상은 그를 보자 그에게 다가가며 정중히 인사를 올렸다.

“오시느라 수고하셨습니다, 소성주님.”

그러나 막교립은 그의 인사에 대답하지 않고 주변을 매서운 눈으로 살폈다. 선하령 때보다 더욱 기질이 강해진 그는 청성파를 둘러보다 고경천의 두 눈과 딱 마주쳤다. 그리고 그 사이 마유상에게 무슨 전음이라도 들었는지 두 눈에서 빛을 냈다.

‘저놈은?’

고경천은 막교립을 보자 선하령의 일이 저절로 떠올랐다.

막교립은 천천히 고경천에게 다가왔다. 전신에는 곧이라도 폭발할 듯한 기운을 담아 그 거친 기운을 고경천에게로 뿌렸다.

"구면이군. 그런데 그때보다 몰골이 더 아니군. 적발 대신에 이젠 문신인가?"

"그게 바로 더 강해졌단 증거지."

"소문에 흡정마공을 얻었다더니 기고만장해졌구나. 선하령에서는 요상한 간계로 꽁지 빼-져라 도망치더니……."

"후후. 그것이 못내 마음에 걸렸지. 겨우 들개들에게 맹수가 몸을 피해야 했으니. 하지만 지금도 그런 걸 기대한다면 조심하는 게 좋아. 나에게 더 이상 그럴 필요가 없어졌으니까."

고경천도 기세를 끌어올려 그에게 쏘아 보냈다.

둘의 기운이 허공에 부딪치며 강렬한 기류를 만들어냈다. 그리고 서로 조금씩 기운을 더 올려 상대를 옭아매려 했다.

'범산호나 이놈이나 꼭 쓴맛을 봐야 정신을 차리겠군.'

고경천은 다섯 가지 기운을 끌어올려 막교립에게 압박해 갔다.

"윽!"

막교립의 눈이 커지며 비명과 함께 그의 신형이 크게 비틀거렸다.

"소성주!"

곁에 있던 수하들이 얼른 그를 받쳐 주었다.

그리고 그 순간 고경천을 바라보는 마유상의 눈빛이 달라졌다.

북두칠강하면, 웬만한 중소문파의 문주들도 한 수 접어주는 자들이었다. 거기다 그들은 종종 무림이십팔수와 어깨를 나란히 하기도 했다.

그런데 고경천은 그를 아이 가지고 놀 듯, 간단하게 처리해 버렸다. 기세 싸움이야 직접 싸움과 다르다 해도 이로써 고경천과 막교립의 차이는 확실히 드러났다.

"겨우 이 정도로 호랑이 행세를 했나? 이 정도가 당신이 자랑스러워하는 마염성의 힘이라면, 저놈을 데리고 물러가는 것이 좋아. 지금 나의 관심은 오직 곡장음 하나니까. 이런 기회는 많지 않아."

고경천의 말에 모든 자들의 얼굴색이 변했다.

특히 믿던 마염성의 무리들마저 별 힘을 발휘하지 못하자 곡장음으로서는 뾰족한 수가 없었다.

"놔라!"

막교립은 그를 받쳐 준 수하들의 손을 뿌리치고, 매서운 눈길로 고경천을 바라보았다. 그의 눈 속에는 치욕과 분노, 놀람의 여러 감정들이 담겼다.

그러나 제일 그를 자극하는 것은 마염성을 무시하는 발언이었다.

"흡정마공을 얻었다더니, 안 본 사이에 꽤 강해졌구나. 그러나 네놈이 아무리 강해졌다 해도 마염성의 힘 앞에서는 겁모르는 천둥벌거숭이일 뿐이다.'

"결국 잘난 배경 타령인가?"

고경천의 얼굴 표정이 딱딱하게 굳어졌다.

"너처럼 근본도 모르는 갑자기 뛰쳐나온 놈이 그걸 알 수 있겠느냐? 무림은 개인만으로는 어쩔 수 없는 작은 곳이 아니다. 무림에서 진정으로 군림하려면 그어 걸맞는 배경도 가져야만 한다."

막교립의 음성에는 자신의 배경인 마염성에 대한 자부심이 넘쳐 났다.

"정신이 썩어빠진 놈이군. 네놈은 무인이라 불릴 자격도 없다."

"뭣이?"

"무인이면 무인답게 스스로의 강함으로 모든 걸 증명해라. 그럴 자신이 없으면 구석에 찌그러져 있어. 더 이상 쓸데없는 말을 지껄인다면, 네놈에게 가장 먼저 지옥을 보여줄 테니."

고경천은 그를 무시한 채 곡장음에게로 다가갔다. 그의 전신에는 강력한 기운을 담아 어느 누구도 함부로 건드릴 수 없게 만들었다. 적지에 홀로 있음에도 그는 오히려 전체를 압박해 갔다.

"마 사자, 어떻게 해보시오."

마유상은 이 순간 미간을 찌푸렸다. 분명 수적으로 이쪽이 유리한 것이 틀림없는데, 무언가 찜찜했다. 아무리 생각해도 아무리 천인의 능력이 있다 해도 혼자서 쳐들어온다는 것은 말이 되지 않았다.

그러나 마유상이 뭐라 입을 열기 전, 막교립의 분노 섞인 음성이 먼저 주변을 떨어 울렸다.

"지옥대(地獄隊)의 도객들은 건방진 애송이에게 마염성의 힘을 보여줘라!"

"존명!"

지금까지 조용히 대기하고 있던 검은 무복의 도객들이 등에 멘 거대한 직배도를 손에 들었다. 그리고 직배도로 고경천을 가리킨 채 모든 이들이 그에게 달려들었다.

막교립도 자신의 도를 비껴들고 고경천에게 달려들었다.

그들의 전신에서는 마염성 특유의 지옥겁화결로 인한 열기가 도신에서 뿜어져 나왔다.

삼양궁의 삼양검대와 더불어 천하에 이름을 날리는 무력대였다. 특히 지옥대는 마염성의 다른 이대 마염대(魔炎隊), 마화대(魔火隊)와 달리 친위대 성격이 강했다. 그렇다고 성주의 호위가 아닌 막씨 일가의 개인적인 친위대였다. 그래서 그들은 또 다른 의미도 가졌다.

'매를 버는구나.'

고경천은 곡장음을 향한 발걸음을 돌려 오히려 막교립과 지옥도객들을 향해 부딪쳐 갔다.

캉.

"큭!"

'음.'

고경천은 일단 맨 처음 그와 부딪친 자를 뒤로 날려 버렸다.

그러나 청성파를 상대했을 때처럼 일격에 무기를 부숴 상대를 박살 내지 못했다. 확실히 마염성의 무리가 청성파의 무리보다 능력이 뛰어났다.

그리고 중요한 것은 그들 중에는 막교립이 끼어 있었다.

"지옥열천(地獄熱川)!"

막교립은 무림육대절학 중 지옥겁화결의 화룡마도(火龍魔刀)를 펼쳤다. 그러자 그의 직배도에서 뜨거운 열기가 강렬하게 밀려와 순식간에 고경천을 열천에 빠뜨렸다.

'빌어먹을.'

고경천은 끌어올리는 내공 중 화의 기운을 제외한 빙, 뇌, 무의 기운을 끌어올렸다. 화와 화의 충돌은 자칫하면 그에게까지 손상을 입힐 수 있었다.

"홍강수!"

뇌전이 이글거리는 고경천의 묵강수가 막교립의 직배도와 부딪쳤다.

펑!

"큭!"

"음."

막교립은 충격에 뒤로 밀려났다.

그러나 고경천도 이번만큼은 특별히 우위를 점하지 못했다. 현재 뭐니 뭐니 해도 그의 내공의 가장 커다란 두 가지는 빙과 화였다. 나머지는 흡정으로 얻은 기운이라 화가 빠지자 본래보다 좀 떨어져 제대로 위력을 발휘하지 못했다.

그렇다 해도 그 기운을 쉽게 받아들일 자는 없기에 고경천은 밀려나지 않고 계속해서 지옥도객들과 접전을 벌였다.

그들은 도의 특성에 맞게 주로 베기 위주의 단순한 공격이었다. 그러기에 위력만큼은 강렬했다. 특히 막교립이 그들과 함께하니 진기의 소모가 점차 심해져 가는 고경천은 쉽게 그들을 물리치지 못했다.

그리고 그걸 바라보는 다른 사람들의 표정이 환하게 변해갔다. 아무리 전설의 무공을 얻었다 해도 어디까지나 한계는 있기 마련, 결국 한 주먹이 여러 주먹을 당해낼 수 없다는 진실을 증명해 주었다.

그 덕분인지 찌푸려졌던 마유상의 미간이 조금씩 펴졌다.

곡장음은 고경천의 상태에 한편으로는 시원함을 맛보면서도 한편으로는 답답함이 일었다. 이대로 고경천이 마염성의 무리들에게 쓰러지면, 정말 영락없이 지부로 바뀌게 될 것이

다. 일단 대답은 해놓았지만 그의 꿈은 마염성의 지부 따위가
아니었다. 그랬으면 공동파를 버리지도 않았을 것이다.

곡장음은 두 눈에서 빛을 발하며 한 가지 결정을 내렸다.

그리고 그처럼 다른 누구도 결정을 내렸다.

'빌어먹을 놈들. 좋다. 네놈들이 그렇게 비겁한 방식을 고
수한다면 나도 애써 참을 필요는 없지. 백아한테는 미안하지
만, 다수의 힘으로 핍박하려는 늠들에겐 매가 약이다.'

고경천은 결정을 내리자 묵간수를 풀어버렸다. 그리고 온
몸에 잠들어 있는 흡정마기를 서서히 음직였다. 그러자 그의
얼굴에 그려진 문신들이 꿈틀거리며 그에게서 묘한 냉기가
솟아났다.

"……?"

제일 가까이에 있던 지옥대원은 한참 살기를 일으키며 덤
벼들다 고경천의 몸에서 일어나는 괴현상에 주춤거렸다.

그리고 그 짧은 순간 고경천과의 거리가 순식간에 좁혀지
며 강철 같은 손이 목을 휘감았다.

"큭!"

그러나 숨이 답답한 것도 잠시, 몸속을 빠르게 잠식하는 괴
상한 기운에 비명을 내질렀다.

"크아아아악!"

우둑. 우두두둑.

사지를 이상하게 뒤트는 지옥대원의 몸에서 소름 끼치는

음향이 퍼졌다.

"……!"

갑작스레 벌어진 괴사에 싸움이 잠시 주춤거렸다.

그러나 고경천은 그럴 생각이 없기에 나머지 손으로 또 다른 자의 목을 틀어쥐었다.

"컥. 크아아아악!"

우두두둑!

또 섬뜩한 음향이 그의 몸에서 터지며 그자는 몸을 미친 듯 떨어댔다.

탱캉.

거대한 직배도가 바닥을 때리자 멈춰졌던 지옥대원들의 정신을 일깨웠다.

그리고 잠시 숨을 고르던 막교립의 고함이 터졌다.

"놈은 하나다! 사술을 펼치든 흡정마공을 사용하든 물러서지 말고 쳐라!"

지옥도객들은 그 말이 아니더라도 이미 고경천에게 다시 달려들고 있었다. 그들은 싸움을 위해 단단히 교육을 받은 자들이라 혼란의 수습이 빨랐다.

거대한 직배도들이 허공을 가르며 그대로 고경천의 몸으로 떨어졌다.

'지옥대들이라 했으니 지옥대답게 지옥으로 보내주마!'

고경천은 양손에 들고 있던 지옥대들을 떨어지는 직배도

아래에 던져 버렸다.

서걱. 서서석.

곧 갈가리 갈라진 육편이 사방으로 퍼져 나갔다. 그리고 그 육편과 핏물은 뒤집어쓴 지옥대의 눈이 크게 부릅떠졌다. 아무리 싸움에 집중해야 된다 해도 동료의 시신을 자른 그들은 또 한 번의 틈을 만들었다.

슈욱.

그리고 그 육편 사이를 뚫고 나오는 하얀 손.

멍해 있던 지옥도객의 눈에는 지옥을 뚫고 나오는 마귀의 손 같았다. 그리고 그 마귀의 손이 지옥으로 이끌었다.

"컥. 끄아아아악!"

우둑. 두두두둑.

또다시 들리는 역겨운 뼈마디 음에 싸움은 점점 지옥의 광란으로 바뀌어갔다. 그러면서 숫자가 많은 자들이 이득인 싸움이 아니라 오히려 양 떼 속을 헤집는 맹수의 살육으로 변해 갔다.

흡정마공은 잡히는 순간, 그 사람의 싸울 의지를 꺾어버렸다. 차라리 팔다리가 잘린 편이 낫다 싶을 정도로 잡히면 끝이었다.

"피… 피해!"

누구의 입에서 터져 나온 말인지 몰랐다. 그 한마디에 싸움의 판도가 완전 뒤집어졌다.

쫓는 한 사람과 피하는 다수들.

막교립은 더 이상 싸울 의지를 잃고 멍하게 굳어갔다.

그리고 멀리 떨어져서 승리자의 미소를 짓던 마유상은 물론, 허리의 검에 손을 가져갔던 곡장음의 손은 이미 축 늘어져 있었다.

'아… 악몽이다.'

아예 싸울 의지를 무너뜨리는 장면의 연속이었다.

지금 고경천의 모습을 바라보는 모든 이들의 머리 속에는 오직 네 글자밖에 떠오르지 않았다.

흡정마공.

그제야 마유상은 찜찜함의 정체를 알 수 있었다.

고경천이 혼자라도 당당한 이유. 그리고 그를 혼자라도 당당하게 만드는 이유.

그건 전설은 어떤 이유로도 무시할 수 없고, 또 새로운 전설의 탄생을 불러온다는 것이었다.

그렇게 사람들의 얼이 빠져 갈 때,

"우우우우우."

또 다른 자들의 접근을 알리는 장소성이 청성파를 울렸다.

소림의 사자후를 닮은 그 소리는 빠르게 청성파를 향해 접근하고 있었다.

그 소리에 한참 지옥도객들의 숫자를 줄여가던 고경천의 신형이 거짓말처럼 멎었다. 그리고 그의 거침없는 살육의 행보는 거기서 끝나는지 미친 듯 날뛰는 흡정마기를 달래갔다.

"후우……."

긴 한숨과 함께 그의 전신을 뒤덮던 포식자의 기운이 서서히 가라앉았다. 그러자 고경천은 날뛰느라 피와 땀에 절어 엉망이 된 머리카락을 뒤로 넘겨 수려한 외모를 드러냈다.

"우우우우."

장소성은 청성파 정문에 다다랐다. 그리고 잠시 후, 여러 명의 사람들이 청성파 내로 들이닥쳤다

그리고 들어서던 자들은 그대로 굳어버렸다.

"……."

그들의 눈앞에 펼쳐진 참혹한- 참상. 그리고 그 속에 홀로 서 있는 눈에 익은 뒷모습.

"교… 교주님."

누구의 입에서가 먼저일지 알 수 없는 떨리는 목소리가 흘러나왔다.

나타난 자들은 우문태를 제외한 백호칠수의 육 인과 추일학으로 그들은 묵묵히 고경천의 뒷등만 바라보았다.

그들이 그렇게 침묵에 빠질 때, 양정을 필두로 하는 현무마단의 인물들이 속속들이 청성파 경내로 들어섰다.

이곳에 오지 않은 자들은 청성파의 성도 근거지인 청공장을 정리하기 위해 사라졌다.

뒤늦게 들어온 자들도 장내의 참상에 모두 입을 다물었다.

그리고 장내에서 유일하게 한 사람만 이 순간 입을 열었다.

"오늘부로 이곳은 북신마교의 총단이 된다. 불만있는 자는 얼마든지 이야기하도록."

"……!"

곡장음의 얼굴색이 똥이라도 씹은 듯 바뀌어 버렸다. 그리고 구원의 손길을 찾듯 마염성의 무리들을 바라봤지만, 그들도 청성파를 채운 북신마교의 무리들로 인해 그보다 낫다고 볼 수 없었다.

그리고 그들의 낯빛도 바로 이어지는 고경천의 말에 완전 엉망이 되었다.

"더 이상 마염성 네놈들에게 볼일은 없다. 그러니 살아남은 떨거지들을 데리고 꺼져라. 만일 오늘이 북신마교의 정식 개파를 선포하는 날이 아니었다면, 절대 살려두지 않았을 테니 내 마음이 변하기 전에 떠나라."

"……"

막교립의 얼굴이 다시는 펴지지 않을 것처럼 구겨졌다. 그리고 큰소리쳤던 마유상도 이 순간 눈을 감고 몸을 잘게 떨고 있었다. 정말 스스로의 능력을 조금도 드러내지 못하고 이렇게 궁지에 몰리다니 악몽이라도 한껏 꾼 듯했다.

그러나 마유상은 시류를 어길 정도로 멍청한 자가 아니었다.

"가… 가시지요, 소성주님."

"마 사자!"

오히려 곡장음이 놀라 소리쳤다.

그러나 마유상은 곡장음의 아타는 듣성은 들은 척도 하지 않고 움직일 생각을 하지 않는 막교립의 팔을 끌었다.

"크으으으윽. 으드드득."

막교립은 터져 나오려는 괴성을 이빨을 악다물어 억지로 참아냈다.

"북신마교도는 길을 열어라!"

고경천의 한마디가 떨어지자 북신마교의 인물들은 어느 누구도 토를 달지 않고 그대로 사람을 반으로 나눠 정문까지의 길을 열어주었다. 지금 고경천의 분위기는 절대 어길 수 없을 정도였다.

그리고 마유상과 막교립, 살아남은 지옥도객들이 고경천의 곁을 지날 때였다. 나직하지만 싸늘한 고경천의 한마디가 그들의 귀를 파고들었다.

"나의 자비는 오늘 한 번뿐이다. 앞으로 그 잘난 마염성의 능력을 발휘해서 최선을 다해 날 막아라. 그렇지 않으면, 네 놈이 자랑하는 마염성은 곧 내 손에 의해 없어질 테니까."

"……."

막교립의 악다문 입술 사이로 붉은 핏물이 흘러내렸다.

"고 교주의 그 말 잊지 않겠소."

마유상은 지금까지와 다른 말투로 막교립 대신 그 말에 대답했다.

그리고 마염성의 무리들은 조용히 청성파를 떠났다.

전력에 비해 상징적인 의미가 큰 지옥도객만으로 사천을 잠식하려던 그들의 계획이 너무 어이없게 무너졌다. 애초부터 본격적으로 달려들었으면 지금과 다르겠지만 그들은 뒤늦게 사천에 뛰어든 고경천과 현무칠수를 무시했다. 더욱이 삼양궁과 달리 쓴맛을 본 적이 없던 일이 이렇게 만들었다.

그러나 패배는 패배이기에 그들은 싸움에 진 개마냥 조용히 사라졌다.

모든 조력자를 다 잃은 곡장음은 멍한 표정이 되어 있었다. 공동파를 끌어들여 사천에 세를 불리고, 또 정체도 모르는 자와 손을 잡기까지 해서 비장의 수를 두었다. 그리고 별도로 마염성과도 연줄을 넣기 위해 노력해 왔다.

그런데 그 모든 것이 하루 아침, 아니, 반나절도 걸리지 않아 끝나 버렸다. 흡정마공이란 전설의 무학을 익힌 어떤 자 하나에 의해 완전히 산산조각이 났다.

곡장음의 두 눈이 아직도 혈전의 중앙에 있는 고경천의 얼굴에 머물렀다. 그 두 눈 속에는 활활 타오르는 분노가 고경천을 재로 만들어 버릴 정도였다.

"자… 장문인!!"

세 번째로 다급한 발걸음으로 청성파를 찾은 자가 있었다.

그러나 그는 청성파 내부로 채 발걸음을 옮기기 전에 그대

로 얼어버렸다. 그는 격전이라도 치르고 온 것처럼 이곳저곳
이 상처투성이였다.

하지만 그는 고통과 다급함도 잊고, 강렬한 기세를 풍기는
장내의 인물들을 보고 입을 다물어 버렸다.

곡장음은 그의 등장이 무엇을 뜻하는지 알고 있었다. 그들
은 바로 청공장에 남겨둔 제자들 중 하나로, 그가 저렇게 되
었다는 것은 곧 청공장의 운명이 어떻다는 것을 반증하는 것
이었다.

'끄… 끝났나?'

곡장음은 이제 자신에게 남겨진 것이 하나도 없음을 깨달
았다.

"자… 장문인… 이제 청성파는… 크흑!"

새롭게 나타난 청성 제자의 모습에 곡장음의 곁을 지키는
내원고수가 비통한 신음을 터뜨렸다. 그의 말처럼 이제 청성
파는 뒤가 없었다.

그리고 그 순간 곡장음의 눈에 분노가 사라지고 본래의 교
활함이 빛을 발했다.

『흡정마공』 제3권 끝

지금 유전자가 말하는 사랑과 성의 관한 솔직 대담한 진실이 펼쳐집니다!

남편의 후광을 등에 업는 것은 까마귀와 인간뿐…

모두에게 바보 취급받던 독신 암컷이 단번에 인생대역전을 해서
서열 1위인 수컷의 아내 자리를 차지하게 될 수도 있다는 말입니다.
모든 여성이 이상형의 남자와 결혼할 수 있는 것은 아닙니다.
적당한 선에서 타협하여 적당한 사람과 결혼하지요.
하지만 솔직히 말해서 당연히 멋진 남자가 더 좋지 않겠습니까?
따라서 여성은 생각합니다.
'그럼 어떻게 하지? 유전자만이라면 가질 수 있어!'
그리하여 장기계획형이나 단기승부형과 같은 여러 가지 방법의
외도가 생겨나는 것입니다.
물론 모든 여성이 이를 실행에 옮기지는 않습니다.

하지만 기회가 있다면 어떨까요?
다른 조건과 이미 타협을 봤다면?
남편이 사소한 일은 눈치 못 채는 둔한 남자라면?
뭔가 유전자의 음모가 느껴지지 않습니까?

실패를 모르는 남자 선택법!
「내 남자친구는 왼손잡이」 법칙

어째서 여성은 왼손잡이 남성에게 마음이 끌리는 걸까요?

여기서 기억해야 할 것은 몸의 좌우와 뇌의 좌우는 원칙적으로 반대 관계라는 점입니다.
따라서 왼손잡이 남성은 우뇌가 발달했습니다.
발달했다는 사실이 왼손잡이를 통해 반영된 것입니다.

그리고 두 번째로 생각해야 할 것은 우뇌는 남성 호르몬의 일종인 테스토스테론에 의해 발달한다는 점입니다.
요약하자면 왼손잡이 남성은 우뇌가 발달했는데, 그것은 테스토스테론 수치가 높기 때문입니다.
그것은 다름 아닌 생식 능력이 높다는 것을 의미하지요.

「내 남자 친구는 왼손잡이」에 감춰진 의미는… 내 남자 친구는 생식 능력이 높아… 인 것입니다.

초등학생이 반드시 읽어야 할 좋은 책 49권

각 학년별로 초등학생이 반드시 읽어야할 좋은 책을 선정하여 통합논술의 기본이 되는 '올바른 독서법'을 일깨워 줍니다.

교과서와 함께하는 초등학교 통합논술

초등1학년 | 값 12,000원 / 초등2학년 | 값 9,500원 / 초등3학년 | 값 11,000원 / 초등4학년 | 값 9,500원 / 초등5학년 | 값 9,500원 / 초등6학년 | 값 11,000원

♣ 혼자 할 수 있어요.

엄마가 책 읽는 방법을 가르쳐 주어도 좋아요.
독서지도하는 선생님이 가르쳐 주어도 좋답니다.
"초등 교과서와 함께하는 **통합논술 시리즈**"는
아이 스스로 독서할 수 있도록 꾸며진 책이에요.
엄마와 선생님은 요령만 가르쳐 주시면 된답니다.

♣ 교과서의 중요한 내용이 총정리되어 있어요.

각 학년별로 중요한 교과 내용이 함께 수록되어 있어요.
초등학생은 교과서 내용을 충실하게 공부해야 합니다.
아울러 그와 병행한 독서가 대단히 중요하지요.
"초등 교과서와 함께하는 **통합논술 시리즈**"는
두가지 방법 모두 알려준답니다.

♣ 이 책은 훌륭하신 선생님들이 함께 쓰신 책이랍니다.

동화작가 선생님들이 쓰셨어요. 소설가 선생님도 쓰셨답니다.
국어 논술독서지도 선생님들도 함께 쓰셨지요.
"초등 교과서와 함께하는 **통합논술 시리즈**"는
엄마의 마음으로 모든 선생님들이 함께 꾸민 책이랍니다.

입소문을 통해 아는 분은 다 알고 계십니다!
올 한해 공인중개사 최고의 화제작!

1~2권 합본 | 이용훈 지음
3~4권 합본 | 이용훈 지음
5~6권 합본 | 이용훈 지음
용어해설 | 이용훈 지음

수험생 기본 필독서
만화 공인중개사

제목 : 만화공인중개사 쓰신 분에게 감사드립니다.

학원을 두 달 다녔어요. 근데 과연 그 숫자 외우기 그런 게 몇 문제나 나올까 생각을 했어요.
아니라는 생각이 드네요. 학원강의를 뒤로하고 서점을 갔어요. 내 머리에 가장 이해될 수 있는
책이 없나 하구요. 거기서 만화를 발견했어요. 무조건 세 번 봤어요. 3개월 걸렸어요. 문제집을 보라고
했는데 그건 시행을 못했어요. 근데 합격을 했네요.
어떻게 감사의 말을 해야 될지……
도서관에서 만화책 들고 다니니까 사람들이 비웃더라구요. 만화책으로 공인중개사를 공부한다고
미친 사람처럼 보더라구요. 근데 그거 다 감수하고 했던 내가 자랑스럽습니다.
어떻게 감사의 말을 해야 할지… 정말 감사합니다.
부디 행복하세요. 제 나이 41살에 좋은 스승을 만난 것 같습니다.
엎드려 감사드립니다.

−본사 홈페이지에 독자분이 올린 메일 中 에서 발췌−